後宮の花詠み仙女

白百合は秘めたる恋慕を告げる

松藤かるり

23402

角川ビーンズ文庫

目次

英《えい》秀《しゅう》礼《れい》
高《こう》の第四皇子。審礼宮《しんれいきゅう》に住む。
華《か》仙《せん》紅《こう》妍《けん》
右手に花痣《はなあざ》を持つ華仙術師《かせんじゅつし》。
後宮の花詠み仙女
白百合は秘めたる恋慕を告げる

人物紹介

蘇《そ》 藍《らん》玉《ぎょく》

冬《とう》花宮《かきゅう》の宮女長。
清益の姪。

蘇《そ》 清《しん》益《えき》

秀礼付きの宦官《かんがん》。
秀礼とは旧知の仲。

華《か》仙《せん》白《はく》嬢《じょう》

紅妍の姉。

辛《しん》 琳《りん》琳《りん》

秀礼の許嫁。
辛皇后の姪。

鬼《き》霊《りょう》

不本意な死を迎えた者や生への執着が強い魂が現世に残って鬼霊となる。鬼霊は死因となった傷に大きな紅色の花を咲かせる。黒い無地の面布《かおぎぬ》をつけている。

本文イラスト／秋鹿ユギリ

一章　華仙女《かせんにょ》は花を詠《よ》み、花で祓《はら》う

生きることは罪深いのだと、華仙紅妍《かせんこうけん》は知っている。

笑ってはいけない。泣いてもいけない。感情を表に出し自己表現をすることは一族を不快にさせ、自らへの責め苦が増えるだけだと、物心ついた時に学んだ。一族に疎《うと》まれ、虐《しいた》げられることは紅妍にとって日々の常であり、ひたすらに耐《た》えるしかなかった。

「白嬢《はくじょう》！　紅妍！」

その生活が十六年続いた時である。掃除《そうじ》をしていた紅妍の耳に、忙《せわ》しない足音と悲鳴に似た呼び声が届く。

呼んだのは華仙一族の婆《ばあ》だった。深い皺《しわ》が刻まれた顔はいつも険しく、横柄《おうへい》な態度を取っているのだが、今回は違《ちが》った。声音《こわね》に妙《みょう》な焦《あせ》りが滲《にじ》んでいる。正房《せいぼう》にいた白嬢も婆の普《ふ》段《だん》と異なる様子に気づいたらしく、慌《あわ》てた様子で駆《か》けつけてきた。

白嬢と紅妍は姉妹だが、二人の扱《あつか》いは異なっていた。白嬢は婆を祖母と呼ぶことを許されている。しかし紅妍は許されていない。婆は白嬢だけを孫として可愛《かわい》がっているのだ。

婆は、紅妍と白嬢が並んだのを確かめるなり、怯《おび》えたような声音で告げた。

「よくお聞き。集陽《しゅうよう》からの使者がここにやってくる」

集陽とは、この国『髙《こう》』の中心にある都だ。その都城には髙を治める建碌帝《けんろくてい》が住まう豪《ごう》壮華麗《そうかれい》な宮城があり、周囲には帝《みかど》を慕《した》って地方より集まった数多《あまた》の人々が住むという。産物や果物など髙のあらゆるものは集陽に寄せられ、この国で最も栄えているといっても過言ではない。

紅妍は集陽を訪《おとず》れたことがない。華仙一族の隠《かく》れ里は集陽より遠く離《はな》れた山奥にあるため。麓《ふもと》の村人でさえ、ここに華仙一族が潜《ひそ》んでいると知るのはごく一部だというのに、集陽からの使者がやってきたのだ。仙術師が潜んでいると知り、殺しにきたのだろうか。使者の目的はわからないが嫌《いや》な予感がする。紅妍は婆が慌てる理由に納得《なっとく》した。

「麓の村に潜ませていた者から報《しら》せがあった。最近、仙術師について探《さぐ》る者がいると聞いていたが、ついに里の位置が知られ、ここに向かってきているらしい。お前たちは室《むろ》に隠れるよう。それから――」

老いた瞳《ひとみ》は紅妍を捉《とら》えるなり、侮蔑《ぶべつ》を込めて鋭《するど》くなった。

「紅妍。この凶事《きょうじ》はお前がいたから起きたことだ。何代も隠れ住《す》んできたというのに、お前が生まれたがために、こうして華仙の平穏《へいおん》は脅《おびや》かされる。そんなお前を殺さず生かしたことに感謝し、その手足や命を捨ててでも白嬢を守れ」

長《おさ》や婆は容姿端麗《たんれい》なる白嬢を可愛がり、彼女に傷がつくことを恐《おそ》れている。有事に白嬢の身代わりになれと命じられるのは初めてではなかった。

（この日々が終わると思えば、死など怖《こわ》くない）

こういった命令には慣れている。身命を擲《なげう》つ覚悟《かくご》はとうにできている。ただ、虚《むな》しくは思うのだ。姉妹であるのにこうも生き方が違う。紅妍は奴婢《ぬひ》の如《ごと》く扱われ、白嬢のように生きることを許されない。死のことを考える時、虚しさは雫《しずく》のようにぽたりと、心のどこかに落ちていく。感覚さえわからないような心の奥底。しかし深く考える間はなく、今日も虚しさなどなかったかのように振《ふ》る舞《ま》う。

婆の命令を受けた二人は裏口から屋敷《やしき》を出て、敷地の外にある倉へと向かった。この屋敷は、華仙の里で最も広い敷地を持つ。この屋敷の主《あるじ》である長と婆が華仙一族を率いているためだ。身を隠すよう命じられた倉は屋敷の裏にある。

倉の中は暗く、干し肉や草の匂《にお》いが充満《じゅうまん》している。紅妍はすぐ手燭《てしょく》を探して火をつけた。婆に指定された室は床下《ゆかした》にあった。麻袋《あさぶくろ》に入った芋《いも》や木箱を動かし、手燭の明かりを頼《たよ》りに床板を外す。これらの作業を行うのは紅妍であって、白嬢は空の木箱に腰《こし》掛けて眺《なが》めていた。黙《だま》って見ているのも飽《あ》きたのか、不満げにその唇《くちびる》が動く。

「早くしなさいよ」

高圧的な物言いは今に始まったことではない。白嬢にとって紅妍は、長や婆だけでなく一族全員から虐げられる者だった。紅妍は痩《や》せ細り、身につけているのは布接《つ》ぎだらけの襤褸《ぼろ》だ。それに比べて白嬢は、健康的で美しく、一族の者が麓の村で手に入れた襦裙《じゅくん》を着ている。知らぬ者が二人を見たら姉妹だと気づかないだろう。

「あんたの忌《い》み痣《あざ》は、ついに一族をも滅《ほろ》ぼすのね。婆はどうしてあんたを生かし続けているのかしら。わたしならさっさと殺しているのに」

紅妍は黙々《もくもく》と床板を剝《は》がす。紅妍だって、望んでこの生き方をしているわけではないが、言ったところで生意気だと叱《しか》られるだけだ。

紅妍の右手には花痣があった。花痣は生まれた時からついていた。火傷《やけど》の痕《あと》のように赤く爛《ただ》れているが痛みはなく、成長しても消えることはない。痣は中心に正円、四方に花びらのような独特の形が並ぶ。華仙一族はこの花痣を忌み痣と呼び、恐れていた。

白嬢はこの痣を視界に入れるなり、顔をしかめた。

「それって、昔の華仙術使いにあった痣でしょう？　その代から迫害《はくがい》されるようになった不吉《ふきつ》の印じゃない。痣を持つ子がいるなんて凶事の報せよ。ああ、やだやだ」

この痣が忌み嫌《きら》われるようになったのは二百年前だ。仙術を使う華仙一族は、高の初代皇帝《こうてい》に重宝され集陽に住んでいた。特に花痣を持つ華仙の女は力が強かったとされている。だが年を重ねるにつれ、帝は様々な仙術を憎《にく》むようになった。仙術師狩《が》りである。捕《と》らえられた仙術師は二度と戻《もど》ってこなかった。華仙術師もその対象、命からがら逃《に》げることのできた数名がこの山に身を潜めたという。

「皆《みな》が言っているけれど、仙術を捨てて普通《ふつう》に戻るのが一番なのよ。『花の詠み声を聞き、魂《たましい》を花に渡《わた》す』――そんな仙術、必要とされないわ」

隠れ里に住んで歳月が経《た》ち、今や仙術師は時代に消えたとされている。華仙一族も仙術を捨て、普通の民《たみ》になろうとしていた。仙術は継承《けいしょう》されず、才を持たぬ子が生まれればひどく喜んだ。白嬢が長や婆に可愛がられるのもこのためだ。

しかし紅妍は異なる。紅妍は華仙術師だ。

花痣は華仙術の強い才があることを示すものであり、仙術を捨てようとしている華仙一族にとって一族衰退《すいたい》の印だ。紅妍はその痣を持って生まれた。

床板を剝がし終え、紅妍が顔をあげる。不敬だと叱られるため、白嬢の目を見てはならない。目を合わせないようにして告げた。

「終わりました。室に入りましょう」

「ああよかった。今度はもっと早く床を剝がしてちょうだいね――そうそう。あんたが先に入ってよね。蛇《へび》や虫がいたら嫌だもの」

命じられて、先に紅妍が室へと下りる。しばらく開けていなかったこともあり、じめついている。目を凝《こ》らして、何もないことを確かめてから白嬢に合図を送った。

（わたしに花痣がなかったら、仙術師の才がなかったら……白嬢と仲良くなれたのかもしれない）

時々、叶《かな》うことのない『もしも』を想像する。この痣を持って生まれなければ、紅妍と白嬢は微笑《ほほえ》みあっていたのだろうか。白嬢は恥《は》ずかしい妹を持ったと負い目を抱《いだ》かず、姉としてそばにいてくれただろうか。

白嬢が室に入ってから、紅妍は床板を戻した。腕《うで》をぴんと伸《の》ばし、見上げるような姿勢になるため首が痛い。床板の裏を引っ掻《か》くようにして少しずつずらして戻すため、作業は難航した。それでも白嬢に手伝う素振《そぶ》りは見られなかった。

床板を戻したため室は暗い。目が暗闇《くらやみ》に慣れるまでは時間がかかった。居住目的で作られていないため天井《てんじょう》が低く、床には木箱や麻袋がいくつも置かれていたため、身動きが取りにくい。陰鬱《いんうつ》な場所で身を縮こまらせて息を殺すことしかできなかった。

二人が隠れて少し経つと、けたたましい足音が鮮明《せんめい》に聞こえた。使者は倉庫の近くまで迫《せま》っているらしい。

白嬢も足音を聞いていたのだろう。怯えの色が浮《う》かぶ声音で告げた。

「わたしが殺されそうになったら、あんたが身代わりになるのよ」

「……はい。わかっています」

紅妍の返事を聞いた白嬢は室の奥にある木箱の陰《かげ》に隠れた。紅妍は取り外しできる床板の真下に控《ひか》える。万が一見つかったとしても、紅妍が目立つようにと考えての配置だ。

（もしも見つかったら殺されるのかもしれない。でも、その方が今よりも楽になれるかもしれない）

外から聞こえる物音は死の足音のようだった。しかし、婆《ばあ》や白嬢に投げつけられる言葉の冷たさや、華仙一族から向けられる敵意の方がもっと紅妍を傷つける。見つかった方がよいのかもしれないと思うほどに。

そこで戸の開く音がした。倉に誰《だれ》かが入ったのだ。まもなくして話し声が聞こえた。

「これだけ探しても、麓の村で聞いた仙術師の娘《むすめ》が見つからないのですから、どこかに隠しているのかもしれません」

「隠すのならばこういった場所がうってつけかもしれんな」

声からして男が二人。長も一緒《いっしょ》のようで「何もないと言うておる」と声を荒《あら》らげているが、男たちは無視していた。木箱を動かす音や壺《つぼ》を倒《たお》す音が聞こえることから、男たちは倉を荒《あ》らして、何かを探しているようだ。

そしてついに――一人がこちらに気づいた。

「秀礼《しゅうれい》様、ここに床板をずらした跡《あと》がありますよ」

「なに？　開けてみろ」

白嬢は身を縮めて、木箱の陰に隠《かく》れてしまった。これ以上隠れることのできない紅妍はじっと穴を見上げる。床板を剝がしているらしく、かりかりと細かな音が響《ひび》き、砂や埃《ほこり》が隙間《すきま》からこぼれ落ちてくる。光が入りこむ隙間は徐々《じょじょ》に広がっていく。

（ついに、死ぬ時がきたんだ）

室の床がすべて外れた時、紅妍はそう感じた。

まもなくして、光を背負うようにして男たちがこちらを覗《のぞ》きこんだ。彼らは紅妍の姿を確かめるなり、顔を見合わせて頷《うなず》いた。

「……娘を隠していましたね」

「隠すということはこれが探していた者か――おい、そこにいるのはお前一人か？」

問われて、紅妍は頷いた。彼らが下りてきてしまうと白嬢のことが知られてしまうので、紅妍は自ら室を出る。

室が暗かったせいか、倉の中に出れば眩《まぶ》しく感じる。倉には長《おさ》や婆だけでなく、武装した者がたくさんいた。どうやら彼らも集陽からの使者らしい。こちらを覗いていた二人は武装した者たちと違《ちが》って、意匠《いしょう》の凝った盤領袍《ばんりょうほう》を着ている。

一人は金糸の刺繍《ししゅう》が入った瑠璃紺《るりこん》の袍を着ていた。腰《こし》に佩《は》いた剣《けん》からして武官かと思ったが、それにしては豪奢《ごうしゃ》で目を引く金剣である。男の髪《かみ》は長く、金飾の輪で結《ゆ》っていた。身なりの煌《きら》びやかさはもちろん振る舞いも悠然《ゆうぜん》とし、ただ者ではないことを示している。

眉根《まゆね》を寄せて不快感を表すも、端整《たんせい》な顔つきに浮かぶ凛々しさは崩《くず》れない。

「……ここまで屋敷を探したが、見つかったのはこの娘だけか」

男はそう言って、ため息をつく。

これに答えたのが隣《となり》に立つ男だ。幞頭《ぼくとう》を被《かぶ》り、藍《あい》の袍を着た者だ。柔和《にゅうわ》な顔つきをしている。剣を手にしているが、こちらを攻撃《こうげき》してくる気配はなかった。

「麓《ふもと》の村で聞いたのは、山中で見た花の仙術を使う娘という話ですからね。娘の特徴《とくちょう》がわからないので彼女かどうかはわかりません」

これを聞いて、瑠璃紺の袍を着た男は、頭から足先へと舐《な》めるように紅妍を眺《なが》める。彼は首を傾《かし》げた。

「隠しているから当たりかと期待したが……この者は随分《ずいぶん》と痩せ、身なりもひどい。仙術師とは思えんな」

「ではもう一度、里の中を探しましょう」

「室の奥を調べよう。他《ほか》の者が隠れているかもしれん」

彼らの会話は、ここに来た目的が何であるかを語っていた。華仙術師を探しにきたのだ。

紅妍の背筋がぞくりと粟立《あわだ》つ。

(この人たちは仙術師を見つけて殺すつもりかもしれない……けれど室の奥を調べてしまえば白嬢が見つかってしまう)

身命を擲《なげう》ってでも白嬢の身代わりとなれ。その言葉は呪縛《じゅばく》となり、紅妍の足を動かした。

紅妍は一歩歩み出て、彼らに告げる。

「……わたしが、里で唯一《ゆいいつ》の仙術師です」

この発言に対し、瑠璃紺の袍を着た男は懐疑《かいぎ》の目を向けた。眉根をよせ不快感を露《あら》わにしている。

「嘘《うそ》をつくな。探しているのは花の仙術を使うという華仙術師であって、奴婢《ぬひ》ではない」

「お待ちください！」

割りこんだのは婆だった。焦《あせ》っているのかいつもより声が高い。

「嘘ではございません。確かにその娘は仙術師です。花を用いた仙術を使う華仙術師でございます」

婆の言葉を疑っているらしく、男は紅妍へと向き直る。

「本当にお前が華仙術師か？」

「はい。華仙術を得意としています。他の者は仙術を使えません」

「華仙術を使えぬ偽《いつわ》りの娘となれば――わかっているだろうな。宮城を騙《だま》した罪は重い。この里に二度と戻れぬと思え」

男は納得《なっとく》がいかないのだろう。彼は探《さぐ》るように室の奥を睨《にら》みつけている。訝《いぶか》しむ彼に声をかけたのは、隣に立つ柔和な顔の男だ。

「秀礼様、如何《いかが》しましょう」

瑠璃紺の袍を着た男は秀礼と呼ばれていた。

「本人も周囲も華仙術師だと主張するのだ。この者を集陽に連れていく」

紅妍は表情変化が乏《とぼ》しいためわかりづらいが、内心ではこれから集陽に連れて行かれることに慄《おのの》いていた。集陽は恐《おそ》ろしい場所だと聞いている。里に戻《もど》ることはもうないだろう。

「長。これまで育てていただきありがとうございました」

虐《しいた》げられてきたとはいえ今日まで生きてきたのだ。紅妍は感謝を告げる。しかし長も婆も冷ややかな目を向けるのみで、別れを惜《お》しむ素振りは一切《いっさい》見られなかった。

「……随分と冷めた家族だな」

そのやりとりを眺めていた秀礼が呆《あき》れたように言う。

「せめて荷物を持ってきてやるなどないのか。家族との別れだろうに」

「ありますものか。里を出る者に持たせるものはひとつもございませんよ」

秀礼の問いに答えたのは婆だ。厄介《やっかい》者を追い払《はら》えてせいせいするとばかりに、清々《すがすが》しく笑っている。

「……では、行くぞ」

秀礼が歩き出したのを合図に武官たちも動きだす。紅妍は逃走《とうそう》の隙《すき》を奪《うば》うかのように武官らに挟《はさ》まれていた。大人しく、紅妍も彼らに付いていく。

そうして紅妍は里を出て行った。見送る者は誰もいない。

二百年の歴史を持つ髙の中心、それが集陽である。侵略《しんりゃく》者に悩《なや》まされた過去を持つため、外敵を妨《さまた》げる牆壁《しょうへき》で都を囲んでいる。門を抜《ぬ》けて内部に入れば、民居が隙間なく建てられ、通りには露店《ろてん》が並び、多くの人が行き交《か》っていた。華仙の里どころではない。麓の村を百近く集めて塀《へい》に囲えばこうなるであろうか。

秀礼らに連れられて集陽に入った紅妍は、唖然《あぜん》としていた。華やいだ集陽は初めて見るものが多い。だが、紅妍が足を止めることはなかった。それは五日も続く警戒心《けいかいしん》のためだ。

（この人たちはわたしをどうするつもりなのだろう。わたしはいつ殺されるのだろう）

連れ出された時から、いつ殺されるのかと覚悟《かくご》していた。だが彼らは何も言わず、紅妍を連れて歩いて行く。集陽までは五日間の距離《きょり》を、常に死の覚悟をしていたのだ。

そこで柔和な顔をした男が紅妍に声をかけた。

「いまは疫病《えきびょう》が流行《はや》っていますから、このまま宮城に向かいます」

集陽に向かう間も、たびたび彼は紅妍に声をかけていた。彼の名が蘇《そ》清益《しんえき》ということもここへ来る道中で聞いている。

「疫病……」

それ以上は聞けなかった。


「この集陽はいくつもの問題を抱《かか》えています。その一つが疫病ですよ」

清益の口調は穏《おだ》やかなものだ。疫病のことは気になったが、彼らに対する不信感が勝《まさ》り、それ以上は聞けなかった。

秀礼も構わず歩を進めていた。集陽の民《たみ》は彼らに気づくと端《はし》に避《よ》けて道を譲《ゆず》る。武官らの列に交ざった紅妍は、連行されていく奇異《きい》なる者として民の目に映ったことだろう。

一行は集陽の中心へと向かった。そこは外の壁よりも随分と高く、堅牢《けんろう》な二重塀がある。中を繋《つな》ぐ門の前には大勢の衛士《えじ》が詰《つ》め、集陽の町並みにはなかった緊張《きんちょう》が感じられる。

「これから髙の帝《みかど》がおわす宮城に入ります」

「……そのようなところにわたしが立ち入ってよいのでしょうか」

「我々が連れてきたのですから構いませんよ。そのように緊張する必要もありません」

紅妍が警戒していることに清益も気づいているのだろう。しかし緊張を緩めることはできなかった。視界の端にいる秀礼が気になっていたからだ。彼は衛士らと話している。

宮城の門が開いた。衛士らは道を開け、拱手《きょうしゅ》する。衛士らの前を秀礼は悠然と通り、彼の後に続いて紅妍も宮城に入った。

二重壁《かべ》の向こうは集陽の町とは異なり、厳《おごそ》かな空気が流れていた。青い空に目立つ瑠璃《るり》瓦《がわら》やその端で存在感を放つ棟飾《むねかざ》り。さらさらと流れる水路に架《か》けた橋には玉石が用いられている。水路にかかるよう植えられた高木や低木は見栄《みば》えよく剪定《せんてい》され、人の手が行き届いていることを実感した。

「よし……ここでいい」

玉石の階《きざはし》を上り、朱《しゅ》に塗《ぬ》られた門の前で秀礼が言った。この言葉を合図に供をしていた武官がさっと動いた。武官たちは、両手を胸の前で組んで頭を下げている。揖礼《ゆうれい》しているのだ。終えると彼らはそれぞれ離《はな》れていく。

残されたのは紅妍の他、秀礼と清益である。

「さて、華仙紅妍とやら」

秀礼が切り出した。

「いま通ったのは外廷だ。執政《しっせい》の場であり、高を動かす場所——だがお前の行く先は違《ちが》う。この門を抜けた先にある内廷《ないてい》、帝の居住地だ」

「……はい」

「お前は華仙術師と言っていたな。もしも偽者《にせもの》であれば……覚悟せよ」

秀礼は威圧《いあつ》的な言葉と共に、佩《は》いた金刀に触《ふ》れていた。いつでも斬《き》り捨てると示しているのだろう。紅妍は再び深く頷《うなず》いた。

そうして一歩。境界線のようにそびえ立つ朱塗《しゅぬ》りの門を越《こ》えた——その瞬間《しゅんかん》。

ぞわりと肌《はだ》が粟立《あわだ》った。踏《ふ》み出した足先から、粘《ねば》ついたものが絡《から》まってくるように感じる。空気は重苦しく、息を吸いこむも頭がくらくらと揺《ゆ》れた。

（血のにおい。そして重たくのし掛《か》かるようなこの気配は……）

この感覚は知っている。紅妍は周囲を見回した。

内廷と外廷を隔《へだ》てる塀沿いに緑地がある。そこにいくつもの連翹《れんぎょう》が植えられ、小さな黄色い花がひしめきあって咲《さ》いていた。紅妍は連翹を睨みつける。

すると、そこから黒の面布《かおぎぬ》をつけた者が現れた。幞頭《ぼくとう》に薄鼠《うすねず》の袍《ほう》を着ている。格好からして宮勤めをしていた男だろう。土気色の肌をして、その手は紅《べに》に艶《つや》めく刀を握《にぎ》っている。全身の力を欠いたように、ゆらりと歩を進める。その姿に生を感じることはなかった。

「鬼霊《きりょう》……！」

紅妍は叫《さけ》んだ。

鬼霊とは、死者の魂《たましい》だ。本来、死者の魂は浄土《じょうど》に渡《わた》るが、不本意な死を迎《むか》えた者や生への執着《しゅうちゃく》が強い魂は浄土に渡れず、現世に残ることがある。鬼霊は誰《だれ》でも視認《しにん》できるが、肉体はとうに失われているので実体はない。生の輝《かが》きを欠いているため思考は衰《おとろ》え、恨《うら》みや悲しみに支配されていた。

恨みに駆《か》られた鬼霊は生者に刃《やいば》を向け、時に命を奪うこともあった。それでも渇望《かつぼう》はつきずに彷徨《さまよ》い続ける。鬼霊に抗《あらが》う術《すべ》を持たない生者にとって恐ろしい存在といえよう。

不自然に身を揺らして、鬼霊がこちらに向かってくる。

「宦官《かんがん》の鬼霊か。良い時に現れてくれたものだ」

秀礼が言った。鬼霊が現れたことは秀礼や清益も気づいている。だが二人は紅妍より離れた位置に立ち、動こうとはしていない。

「紅妍よ。お前が真に華仙術師であるのなら、この鬼霊を祓《はら》えるだろう?」

宦官の鬼霊は紅妍を狙《ねら》い、ゆっくりと距離を詰める。

(可哀想《かわいそう》に。この鬼霊は現世を彷徨って苦しんでいる。祓ってあげたい。けれど――)

華仙術を使えば、憐《あわ》れな鬼霊を祓うことができる。紅妍が持つ花痣《あざ》は、優秀《ゆうしゅう》な華仙術師の証《あかし》であり、紅妍は華仙術の才を持っていた。

だが、躊躇《ためら》った。

(秀礼も清益もこちらを見ている。それにここは宮城。帝のお膝元《ひざもと》で華仙術を使うなんて……わたしが本当に華仙術師なのか試してから、殺そうとしているのかもしれない)

華仙術を人前で使ってはならない。紅妍が華仙術を使うたび長《おさ》や婆《ばあ》に罰《ばつ》を与《あた》えられた、その出来事が脳裏《のうり》をよぎる。だから、一族はもちろん、仙術を嫌《きら》う髙の人々にも見せては殺されるのだと戒《いまし》めていた。

鬼霊が間近に迫《せま》る。秀礼らが紅妍に注視していることが、紅妍の行動を縛《しば》り付けていた。

(仙術師は迫害《はくがい》される。疎《うと》まれる。虐《しいた》げられる……)

華仙術を使うことはできなかった。紅妍は後退《あとずさ》りし、鬼霊から距離を取る。

そこで、誰かのため息が耳朶《じだ》に触れた。

「華仙術師とは……期待外れか」

秀礼だ。呆《あき》れたように呟《つぶや》いている。

「紅妍。祓えぬのなら下がれ」

秀礼は紅妍と鬼霊の間に割りこむと、腰《こし》に佩いた剣《けん》を鞘《さや》から引き抜く。金に輝く刀だ。武官が持っていた刀に比べれば鋭《するど》さは感じないものの、金の刀身には翠玉《すいぎょく》や紅玉といった装飾《そうしょく》が埋め込まれ、その華やかさに目を奪われる。触れていないのに、なぜかその刀が重たいもののように思えてしまった。

「そこで見ていろ」

その言を合図に秀礼が駆けた。鋭い眼光は鬼霊に向けられている。鬼霊も秀礼に気づくなり、苦悶《くもん》に満ちた呻《うめ》き声をあげて、刀を振《ふ》り上げた。

秀礼は正面から、鬼霊に向かった。待ち構える鬼霊に対し、焦《あせ》る素振《そぶ》りは感じられない。ついに間近まで距離《きょり》を詰めると鬼霊が刀を振り下ろした。しかし秀礼の身のこなしは素《す》早《ばや》く、くるりと身を翻《ひるがえ》してそれを躱《かわ》し、鬼霊の背後に回り込む。

ここまであっという間の出来事であった。背後を取った秀礼は、鬼霊の首に刀を添《そ》える。

「鬼霊め、消えるがよい」

その言葉と同時に、金の刀は役目を終えた。

首を斬られた鬼霊がその場に崩《くず》れていく。斬られた首からごぼごぼと水の溢《あふ》れるような音がし、土気色の手は何度も虚空《こくう》を摑《つか》もうとする。まるで苦しみの中に溺《おぼ》れていくかのように。もがく鬼霊を嗤《わら》うように褪《あ》せた紅の花びらが舞《ま》った。鬼霊は死者であり、血を欠いている。そのため血の代わりのように、斬られた首から花びらが舞う。溢れ舞う紅の花びらは鬼霊に降り積もっていく。これが生者ならば血の海に沈《しず》むようなものか。

空に向けて精一杯《せいいっぱいの》伸ばした鬼霊の手が震《ふる》えていた。その先には連翹がある。悲鳴のような水音が小さくなっていく。花びらに埋もれた鬼霊の体が溶《と》けているのだ。身を溶かす紅の花びらは鬼霊の体や顔を覆《おお》い隠《かく》し、それでも鬼霊は縋《すが》るように手を伸ばしていた。救いを求めるかのような動きは痛ましく、紅妍の胸がしめつけられる。

（なんて惨《むご》い……まるで鬼霊が泣いている……）

鬼霊の体が完全に溶けると、後を追うようにして紅の花びらも消えた。秀礼が持つ金の刀には汚《よご》れひとつ残っていない。鬼霊が消えたことを確かめた後、秀礼は刀を鞘に戻《もど》した。そして紅妍の許《もと》へ寄る。

「華仙紅妍。この程度の鬼霊も祓えぬとは――」

「あなたは、ひどすぎる！」

期待外れだ、と紡《つむ》ごうとしていたのだろう。だが紅妍はそれを遮《さえぎ》った。憐れな鬼霊の最期《さいご》に、胸が痛む。鬼霊の思いを理解せず、あのように苦しませて消滅《しょうめつ》させた者に、どうしても伝えたかったのだ。

「叩《たた》き斬って祓うなんて、あれでは『祓い』と呼べません。浄土に辿《たど》り着けず、再び鬼霊となるかもしれないのに」

「私のやり方に文句をつけるのか」

「あれでは二度殺すようなもの。死んでもなお殺される。あのような苦しみを与えるなんて惨すぎる」

秀礼は不快感を露《あら》わにし、紅妍を睨《にら》みつけた。だが紅妍も負けじと睨み返す。

「あなたは鬼霊を無視している。本当の『祓い』とは鬼霊の心に寄り添うこと」

「お前ならば鬼霊の心に寄り添えると言うのか？」

「……あなたよりは」

かすかではあるが鬼霊の気が残っている。もう一人、鬼霊が潜《ひそ》んでいるはずだ。

もう紅妍は恐《おそ》れていなかった。華仙術を人前で使うことよりも鬼霊を助けたい気持ちが勝《まさ》り、早く祓わなければと気持ちが急《せ》く。

紅妍は鬼霊が現れた連翹に向かった。山ではまだ咲かない連翹も平地であるこの場所ならば満開である。

低い位置に咲いていた連翹の花を一輪摘《つ》み取る。小さな花だがじゅうぶんだ。

「花を摘んでどうする。鬼霊に手向《たむ》けるつもりか？」

「華仙術とは花が詠み上げる声を聞き、花で魂を渡すもの。これから、華仙術の花詠みを行います。花詠みを使えば、過去にこの場所で何があったのか、この花が詠み上げる声を聞くことができるので」

手中に連翹の花を収めて、花を潰《つぶ》さぬよう柔《やわ》らかく握る。それから瞳《ひとみ》を閉じた。

気を静めて手中に意識を向ける。自らの意識を溶かし、花に混ざっていかなければならない。まるで花に落ちた一滴《いってき》の雨粒《あまつぶ》が、花弁の上で陽光に照らされて身を消していくかのように、するりと花の中に溶けていく。

（あなたが視《み》てきたものを、教えてほしい）

花に語りかける。草花は季節の移ろいに流されながら、人の世を視ている。咲いている時も咲かぬ時も人に寄り添って生きているのだ。そして草花は記憶《きおく》している。

紅妍が使う『花詠み』とは、過去の記憶を詠み上げる花の声を読み取ること。花と同一になれば、過去の景色をも視ることができる。

花と心を一体化させ、目的の記憶を探す。暗闇《くらやみ》の中で一本の絹糸を探すように、花の中で悠々《ゆうゆう》と漂《ただよ》う記憶を掴んだ。

先ほどと同じ場所だが、秀礼らの姿はなく、紅妍の体も消えていた。これは紅妍の意識と同化した花が記憶を詠み上げているのだ。

朱塗《しゅぬ》りの門と、内廷《ないてい》と外廷をわける塀《へい》。そこに植えられた連翹。連翹はそのつぼみを膨《ふく》らませているが咲《さ》いていなかった。何年前かははっきりとわからない。

そこへ一人の愛らしい顔の宮女が泣きながら走ってきた。連翹の前に膝《ひざ》をつく。

『これだけは誰《だれ》にも奪《うば》われたくないの。だからどうか誰にも見つからないでちょうだい』

宮女は指が土で汚れるのも厭《いと》わず、急《せ》いた様子で連翹の根元に何かを埋めていた。

それが終わる頃《ころ》、追いかけるようにやってきたのは薄鼠《うすねず》の袍《ほう》を着た宦官だった。宮女に『何をしているんだ。早く逃《に》げろ』と伝えているが、宮女は袍の端《はし》を摑んでかぶりを振る。

『あなたを置いて逃げたって』

宮女の悲痛な声。二人の表情が沈んでいることも、仄暗《ほのぐら》い未来を予感させた。宦官もそれ以上宮女を逃がそうとせず、彼女の手を強く握《にぎ》りしめる。

連翹の視界から二人は去り、まもなくして幾人《いくにん》もの足音が追いかけていく。

宮女の悲鳴が、聞こえた。

そこで花詠みは終わった。紅妍がゆっくりと瞼《まぶた》を開くと、訝《いぶか》しんだ顔の秀礼と清益がいる。記憶と異なり、連翹も咲き誇《ほこ》っていた。

手中にあった連翹の小さな花は枯《か》れていた。花の記憶を詠むとこうして枯れてしまう。紅妍はもう一度やさしく握りしめる。胸中で感謝の言葉を花に贈《おく》り、花を優《やさ》しく握りしめる。手を開くと粉々に砕《くだ》けた枯れ花が風に流されていった。それを見送った後、連翹の低木に向かう。木の根元に膝をついた。

「なぜ土を掘《ほ》り返している。花詠みとやらは終わったのか」

「あなたが斬《き》り捨てた鬼霊《きりょう》は何かを守っていました。その答えがここにあるはず。宦官《かんがん》の鬼霊は斬られて消滅したので祓《はら》えませんが、もう一人の鬼霊が残っています」

「まだ鬼霊がいる……だと？　私は何も感じないが」

「鬼霊が隠れているためです。わたしもこの鬼霊の気をわずかにしか感じ取れません」

秀礼は黙《だま》った。紅妍の為《な》すことをじっと見つめている。

ついに紅妍の指に何かが触《ふ》れた。現れたのは牡丹《ぼたん》の文様が刻まれた簪《かんざし》だった。それを紅妍が手にすると同時に、鬼霊の気が濃《こ》くなる。新たな鬼霊が現れたのだ。

その鬼霊は、花の記憶と変わらぬ姿をした宮女だ。鬼霊特有の黒の面布《かおぎぬ》をつけ、土気色の肌《はだ》をしているのは先ほどの宦官と変わらない。しかし宮女の鬼霊は、紅の牡丹が首に咲いていた。鬼霊が咲かせる花は、生者であった頃に負った傷だ。花の種類は生前好んだ花や最期に関《かか》わった花など人によって異なり、多くは紅色である。

宮女の鬼霊はこちらに襲《おそ》いかかる素振《そぶ》りなく、じいと立ちすくんでいた。面布で遮られているため確証はないが、視線は簪に向けられている気がした。

新たな鬼霊が現れたことで秀礼は一瞬《いっしゅん》身構えたが、手は剣《けん》に伸ばしたところで止まった。鬼霊が敵意を持っていないと秀礼も察したらしい。

「本当に現れるとは……私でも気づかなかったというのに」

「大切なものを守るために現れたのでしょう」

「なぜ、そう言い切れる」

「花詠みで、この連翹が持つ記憶を詠みました」

これを、秀礼は一笑《いっしょう》に付した。

「何を言う。ただの花だろう」

「花はここで起きたものを見ています。あの宮女の鬼霊は木の下に隠した大切なものを守ろうとしていたことを、花は見ていました。そして宦官の鬼霊は、この宮女を守ろうとしていた。これは推測ですが、二人は恋仲《こいなか》で、何か理由があり殺されたのでしょう。宮女の首に褪せた紅色の牡丹が咲いていることから、首を刎《は》ねられたのかと」

紅妍が言い終えるなり、秀礼は驚《おどろ》いたようにあの連翹へ視線をやっていた。紅妍は確かに連翹のそばから簪を見つけている。秀礼の表情から冷笑は消えていた。

(鬼霊は、かなしい)

あの簪は贈られたものだったのだろうか。それを誰《だれ》も触れぬよう守り続けた宮女と、宮女を守ろうとした宦官。胸の奥がじわりと痛んだ。

「それでこの鬼霊をどうするつもりだ？　私のやり方を惨いと言ったのだから、祓えず終わりは許さないぞ」

「大丈夫《だいじょうぶ》です。これより花渡《わた》しを行います」

「花渡し？　それも華仙術か？」

「花渡しとは、花を使って鬼霊を浄土《じょうど》へ渡すこと。これよりあの鬼霊を祓います」

紅妍はもう一度、連翹を摘んだ。左手に簪、右手に花を載《の》せて鬼霊に向き直る。花詠《よ》みと同じように手中に意識を向けた。瞳を閉じ、今度は花ではなく鬼霊に心を開く。簪には生きていた頃の想《おも》いが詰《つ》まっている。これを媒介《ばいかい》にし、悲しみに囚《とら》われた鬼霊に語りかけるのだ。

（わたしはあなたを浄土に送りたい）

悲しみも苦しみも、引きずる必要はない。鬼霊として留《とど》まれば苦しみは続くだけだ。

この宮女が浄土に渡らず留まったのは簪を残すことへの未練だ。宮女が留まったことで宦官もここに留まり、二人は鬼霊となっていた。

（あなたが浄土に渡れば、浄土に渡れず消えた宦官の鬼霊も喜ぶはず。鬼霊になってでもあなたを守ろうとしていた人だから）

語りかけると鬼霊の心が解《ほぐ》れた。鬼霊の体と簪は細かな粒《つぶ》となって崩《くず》れていく。黒の面布がはらりと落ちた。そこにあったのは花詠みで見たのと変わらぬ愛らしい顔だが、瞳は生気を欠いている。その表情は寂《さび》しげで、しかし安堵《あんど》のような感情がくみ取れた。

宮女の鬼霊と簪は光の粒になって、紅妍の手中にある連翹に吸いこまれていった。魂《たましい》が花へと移ったのだ。すべてが連翹に収まるのを感じ取り、紅妍は瞳を開く。花を両手に載せ、柔らかく包みこんだ。

「花と共に、渡れ」

その言葉と共に花を高く掲《かか》げた。連翹は鬼霊の魂を抱《いだ》いたまま清々《すがすが》しい白煙《はくえん》となって形を崩していく。その白色は未練から鬼霊が解放されたことを示す、自由の色だ。空に混ざるかのように煙《けむり》は見えなくなっていく。鬼霊の魂は花と共に浄土に行くことだろう。

すべてが消えるのを見届け、紅妍は短く息を吐《は》いた。終わればここが宮城だと思い出す。振《ふ》り返れば、秀礼と清益がこちらをまじまじと見つめていた。

「これが華仙術か？」

「はい。花詠みは花が持つ記憶《きおく》を聞くこと。花渡しは鬼霊の魂を浄土に渡すものです」

「鬼霊の気は確かに消えた……ふむ」

そこで紅妍は気づいた。鬼霊を祓おうと夢中になり、秀礼らの前で華仙術を使ってしまったのだ。

（今度こそ殺される。奇怪《きかい》な術を使ったとして処断される。あの金の刀で首を刎ねられるのかもしれない）

嫌《いや》な想像ばかり浮《う》かぶ。だが、紅妍の想像通りとはならなかった。

秀礼の唇《くちびる》がにたりと弧《こ》を描《えが》く。

「気に入った。外れを引いたかと思っていたが、これは大当たりじゃないか」

「一時はどうなるかと思いましたが。ようやく見つけましたね」

「これなら期待できる。よし、審礼宮《しんれいきゅう》に行くぞ」

期待、と聞こえた気がした。耳を疑うような単語だ。殺されると構えていただけに、紅妍は呆然《ぼうぜん》としていた。だが聞き間違《まちが》いではないのだと、秀礼の嬉《うれ》しそうな様子が語る。

（どういうことだろう。あの人たちはわたしを殺すために集陽に連れてきたのでは……）

秀礼は先を歩いていくが、紅妍はまだ立ち尽《つ》くしていた。そこへ声をかけたのは清益だ。

「紅妍、あなたは認められました。これより第四皇子の住まわれる審礼宮に参ります」

「第四皇子……？」

「おや。話していませんでしたか。先ほどあなたが食ってかかった方こそ第四皇子ですよ」

狼狽《うろた》える紅妍に、清益は笑った。

「あの方こそ、髙の第四皇子、英秀礼《えいしゅうれい》様です」

皇子。つまり、帝《みかど》の子だ。次代の髙を担《にな》うかもしれない、高貴なる者。

先ほど彼に放った言葉が蘇《よみがえ》る。鬼霊のことで夢中だったとはいえ、皇子相手に使って良いものではない。

（わたしは、やはり殺されるのかもしれない）

胸中を不安が占《し》めていく。それでも引き返すことは許されず、紅妍は清益と共に秀礼の後を追った。

鬼霊蔓延《はびこ》る髙の宮城。華仙紅妍は自らの運命が大きく動いていくのを感じた。


内廷《ないてい》の中央には帝が住まう光乾殿《こうけんでん》があり、周囲には皇后が住んでいた宮や、貴妃、妃らの宮があった。現在内廷には皇子が二名いるが、どちらも光乾殿より少し離《はな》れた位置に宮を構えている。紅妍が連れて行かれた審礼宮もその一つで北西の奥にあった。

通されたのは最低限の調度品しか置かれていない質素な房間《へや》だった。人払《ひとばら》いを済ませると、秀礼は榻《とう》に腰掛《こしか》ける。そばには清益がついた。

「さて。遠回しなのは苦手だからな、単刀直入に話すとしよう」

秀礼が切り出すと、狭《せま》い房間の空気はぴんと張り詰めた。秀礼はもちろん、隣《となり》にいる清益も変わらず微笑《ほほえ》んではいるが瞳《ひとみ》が冷えている。

「華仙紅妍。お前に引き受けて欲しいことがある」

「わたしに、でしょうか」

「ああ。公《おおやけ》にしていないが、帝は臥《ふ》せっておられる。何人もの宮医が診《み》たが、原因はわからない。集陽で流行《はや》っている疫病《えきびょう》とも違う――というのは表向きだ」

その口ぶりから、秀礼なりに見当をつけている。彼は紅妍をじっと見据《みす》えて続けた。

「おそらく呪《のろ》いだ。帝は、何者かに呪詛《じゅそ》をかけられたのか、鬼霊に祟《たた》られたのだろう」

秀礼の言葉が静寂《せいじゃく》に沈《しず》んでいく。もしも秀礼の言葉通りならば、髙の帝を害する者がいることになる。恐《おそ》ろしいことだ。指先から冷えていくような心地《ここち》がする。知らずのうちに、紅妍の顔は強《こわ》ばっていた。

「お前に見せた通り、私が持つ宝剣《ほうけん》は鬼霊を斬《き》り祓《はら》うことができる。だが呪詛であれば太《た》刀打《ちう》ちできぬ。そこで鬼霊や呪詛を祓うことのできる、本物の仙術師を探していたのだ」

紅妍が使う華仙術は花詠みと花渡しの二つ。そのうち花渡しは浄化《じょうか》することであり、鬼霊や呪詛といったものを祓うことは可能だ。

(でも……華仙術を使っていいの?)

髙は、仙術を疎《うと》んじている。過去に仙術師たちは迫害《はくがい》されていたのだ。それを宮城で使ってよいのだろうか。

そんな紅妍の迷いを見抜《みぬ》いたのだろう。秀礼は瞳をすっと細め、射貫《いぬ》くように鋭《するど》く、紅妍を睨《ね》めつけた。

「ここまで来て、この話を聞いているのだ。拒否《きょひ》は許さない」

これは脅《おど》しだ。その、秀礼の態度に紅妍は疑問を抱いた。

（どうして脅してまで、忌避《きひ》されている仙術師に頼《たよ》るのだろう。そこまでして帝を救いたい理由があるのか、それとも——）

だが問うことはできなかった。秀礼の眼光はそういった隙《すき》を許していない。紅妍は床《ゆか》に膝《ひざ》をつく。両手を胸の前で組んだ。

「里を出た時から覚悟《かくご》しております。力の限りを尽くしましょう。もしも失敗などあればわたしを殺していただいて構いません」

元より居場所のない身。里にいた時から死の覚悟はできている。白嬢の代わりになれと命じられているのだ、この場で何を告げられても従うつもりであった。

「…………」

これに秀礼は黙《だま》りこんでいた。自ら脅したくせ、何かを気にしている。しかしすぐに清益が話を進めたため、その心のうちは紅妍にもわからなかった。

「覚悟のある娘《むすめ》で何よりですよ。さっそくこれからの話をしましょう」

「……そうだな」

「呪《のろ》いについて調べるには宮城に滞在《たいざい》した方が良いでしょう。とはいえ内廷に立ち入るにはそれなりの立場を作らなければなりません。客人として迎《むか》え入れるのにも限度がありますからね」

「審礼宮に置くわけにもいかないからな……どうするか」

秀礼が問うも、清益は策が浮かんでいるようだった。彼はにっこりと微笑む。

「帝の妃として後宮に迎え入れては。妃であれば後宮内を自由に調査することが可能です」

表情変化に乏《とぼ》しい紅妍も、帝の妃という単語には目を剝《む》いた。悪い冗談《じょうだん》だと疑って清益の表情を確かめたが、秀礼や紅妍をからかう様子はない。

内廷に立ち入れる娘は限られている。客人として迎え入れることはあるが、それは正式な手続きを踏《ふ》まなければならない。客人の家格も重視され、公主や名家であれば問題ないが、山奥に潜《ひそ》んでいた華仙の名では難しい。そのため妃に仕立て上げようというのだ。

秀礼と清益の話し合いは、紅妍を措《お》いて進む。

「妃か……うまく行くだろうか」

「遠方にある華《か》家の娘ということにして、秀礼様の他《ほか》、甄妃《けんひ》にも口添《くちぞ》えをいただきましょう。これならば異を唱える者はいないでしょう」

「永貴妃《えいきひ》はどうする。あれは厄介《やっかい》だぞ」

「帝には紅妍が仙術師だと明かしましょう。鬼霊祓いができると伝えれば、後宮に置く意味を理解してもらえるかと。永貴妃など他の者には帝を苦しめる災禍《さいか》を解くためだと伝えましょう。もしも帝を蝕《むしば》むものが呪詛だった場合、誰《だれ》が仕掛《しか》けたものかわかりません。それに仙術師を呼んだことが大々的に知られてしまえば宮城の外にも届いてしまいます」

「そうだな。不必要に民《たみ》を動揺《どうよう》させるのはよくない……うむ」

秀礼は再び考えこんだが、結論を出すのに時間はかからなかった。清益に向けていた視線が、今度は紅妍を捉《とら》える。

「よし。お前を妃に仕立てる。よいな？」

恋愛《れんあい》や結婚《けっこん》など、想像したこともなかった。それよりも先に死ぬだろうと思っていたためだ。里を出てから今日までの間も死の覚悟をしていたというのに、思いもよらぬ提案に目眩《めまい》がする。悪い夢を見ているかのようだ。

だが、粛々《しゅくしゅく》と受け入れるしかない。常に強制される生き方をしてきたため、拒否は頭になかった。紅妍はしっかりと頷《うなず》き、これを受諾《じゅだく》する。

「ではこれで決まりですね。あとはこちらで準備を進めましょう」

紅妍が引き受けたところで清益がそう言った。これで話は終わるのかと思った矢先、秀礼が手をあげた。

「待て。華仙紅妍、お前に聞きたいことがある」

秀礼は不満そうに顔をしかめていた。紅妍はその場に膝をついたまま、問いかけを待つ。

「先ほどの鬼霊祓いだ。鬼霊が現れても、お前は華仙術を使うことを躊躇《ためら》った。だが、結局お前は鬼霊を祓っている。なぜ華仙術を使う気になった？」

紅妍は俯《うつむ》いた。

（どう答えれば良いのだろう。この人たちが、華仙術をどのように扱《あつか》うのかわからない）

秀礼や清益も、いつ紅妍に危害を加えるかわからないのだ。体が震《ふる》える。

「……鬼霊を……憐《あわ》れに思いました」

怯《おび》えながらも口に出したのは、鬼霊と対峙《たいじ》するたびに紅妍の胸中を占める感情。華仙の里でのひどい環境《かんきょう》から死した方が楽だと考えているからこそ、死してもなお解放されないことが憐れに思える。

これを聞いて秀礼らがどのような反応をするのかわからない。慎重《しんちょう》に言葉を選びながら、紅妍は続ける。

「際限なく現世を彷徨《さまよ》うのはつらいことです。だから……華仙術を使って祓いました」

「その理由はわからなくもない。お前は私相手に『惨《むご》いやり方』だと言ったのだからな。鬼霊を慮《おもんぱか》っていることは理解する」

しかし秀礼の言葉はそこで止まらなかった。再び眉根《まゆね》をよせ、紅妍を見やる。

「ではなぜ、躊躇った？　それほど鬼霊を憐れむのならば、宦官《かんがん》の鬼霊が現れた時に華仙術を使えばよかっただろう」

「それは……」

ついに紅妍の言葉が詰《つ》まった。人前で使うことに二の足を踏んだのは、里で虐《しいた》げられていたから。そして、仙術を求められているなど思ってもいなかったのだ。迫害されている仙術を使えば殺されると考え、躊躇ってしまった。

「…………」

これを語ることはできなかった。仙術師という引け目と迫害への恐怖《きようふ》が警戒心《けいかいしん》となり、紅妍の声を奪《うば》っている。

一向に喋《しやべ》らぬ紅妍の様子に、秀礼は不思議そうに首を傾《かし》げた。

「……華仙とはわからぬ一族だな」

秀礼は呆《あき》れたように呟《つぶや》いた。

「お前は華仙術を扱い、鬼霊を祓った。それほどの力がありながらも死の覚悟があると話し、偽《いつわ》りの妃《きさき》になれといった理不尽《りふじん》な要求にも表情を変えず受け入れる。里にいた他の者はそれなりの身なりをしていたが、お前だけは襤褸布《ぼろきれ》を着て、枯《か》れ枝《えだ》のような痩身《そうしん》ときた」

「…………」

「里の者たちも、お前に対しては強くあたる。家族だろうにあのような物言いと別れは理解できん。華仙一族とは皆《みな》ああして冷淡《れいたん》なのか。それとも……お前だけがひどい扱いを受けてきたのか？」

秀礼は、一度華仙の里に来ただけで、紅妍を取り巻く環境を言い当てていた。鋭い観察力である。当たっていることもあり紅妍には恐《おそ》ろしく思えてしまった。心の奥を見抜かれているようで、気分はよくない。

紅妍は黙りこんだ。虐げられていたと自ら言うことはできず、場は沈黙《ちんもく》に包まれる。

静寂《せいじゃく》を破ったのは清益だった。

「秀礼様。もしもこの者の素性《すじょう》が気になるのであれば、華仙の里に戻《もど》って別の者を連れてくることもできますよ。今なら間に合います」

黙りこんだ紅妍と、紅妍を疑う秀礼を見かねての提案だろう。しかし秀礼はすぐさま「いらん」とこれを断った。

「他の者が良いわけではない。少し気になったために聞いただけだ」

紅妍としては華仙の里に戻されては困るところだった。次に白嬢が見つかれば、紅妍は長《おさ》と婆《ばば》からどのような罰《ばつ》を受けたかわからない。白嬢の身代わりになれと命じられているため、秀礼が断ってくれたことに安堵《あんど》する。

その秀礼はまだ紅妍を見つめていた。真剣《しんけん》な顔つきはやや緩《ゆる》み、どこか楽しんでいるようなところがある。その唇《くちびる》は弧《こ》を描《えが》き、くつくつと笑った。

「しかし不思議だな。華仙一族で唯一《ゆいいつ》、奴婢《ぬひ》のような姿をしていると思えば、本物の仙術師ときた。華仙術をすぐに使わず躊躇うくせに鬼霊を慮る。なかなか興味深いやつだ」

揶揄《からか》うように秀礼が言ったので、紅妍は反応に困った。その間も秀礼の視線は紅妍に向けられたままで、身を縮めて黙《だま》りこむしかできなかった。

連翹が散る前。華仙紅妍の姿は後宮にあった。華仙の名を伏《ふ》せ、華紅妍《かこうけん》として冬花宮《とうかきゅう》の妃になったのである。

二章　いつわりの妃

華紅妍《かこうけん》にとって冬花宮《とうかきゅう》に遷《うつ》るまでの日々はひどく疲《つか》れるものだった。入宮に向けて手はずを整える間、紅妍は集陽《しゅうよう》にある蘇清益《そしんえき》の屋敷《やしき》で待機していた。寝《ね》る間を惜《お》しんで、清益らから宮廷《きゅうてい》作法を学ぶ。歩き方から始まり、礼儀《れいぎ》作法や後宮のしきたり、良家の娘《むすめ》であれば自然と身につくものを短期間で覚えなければならない。

こうして紅妍は華妃《かひ》となった。

「華妃様、おはようございます」

冬花宮にて三度目の朝を迎《むか》えたものの、この環境は慣れそうにない。朝は陽《ひ》が昇《のぼ》るよりも早くに冬花宮の宮女長がやってきて紅妍を起こす。宮女長の藍玉《らんぎょく》がやってくるまでに目は覚めていたものの、支度《したく》を終えていない姿を他人の目に晒《さら》すのは抵抗《ていこう》があった。

「それでは支度させていただきますね」

妃の支度をするのは宮女の務めと清益からも聞いている。しかしどうにも抵抗があり、今日まで連日「一人で大丈夫《だいじょうぶ》です」と渋《しぶ》ってきた。そのことがあったからか、藍玉は紅妍が断る前にきびきびと動く。

　他者がいると煩《わずら》わしいという紅妍の希望で、冬花宮に配置された宮女は少ない。宮女長である藍玉は、少人数でも恙《つつが》なく仕事ができるように冬花宮の宮女を束ねていた。齢《よわい》はさほど変わらないが、押しの強さは藍玉が上だ。藍玉は下級宮女の頃《ころ》から夏泉宮《かせんきゅう》に勤めていて後宮の事情に明るい。だが、それだけで宮女長に推《お》されたわけではない。彼女の伯父《おじ》は蘇清益だ。紅妍の事情や妃となった理由まで、藍玉には話が通っていた。

　冬花宮の宮女は衫裙《さんくん》の色に紫白《しはく》色を用いる。その中でも宮女長である藍玉は衿《えり》や帯に銀の刺繍《ししゅう》を施《ほどこ》していた。凜と整った顔立ちをし、髪《かみ》はねじりあげて留めている。うなじを見せるのは年季の入った宮女が多いが、藍玉はあえてこの髪型を選んでいた。藍玉曰《いわ》く、この髪型がすっきりするらしい。

「あら。右手の甲《こう》にある傷痕《きずあと》、なかなか消えないのですね。もう三日も経《た》ちますから、薄《うす》れてくるかと思ったのですが……軟膏《なんこう》を用意いたします」

　藍玉が言った。花痣《あざ》を打撲痕《だぼくあと》と勘違《かんちが》いしているのだろう。紅妍は慌《あわ》てて右手を隠《かく》そうとしたが、藍玉には既《すで》に見られていると思いなおして諦めた。今さら隠したところで遅《おそ》い。忌《い》み痣を蔑《さげす》んだ華仙の者たちを思い出し、声が震える。

「これは痣ですから……消えることはありません」

「そうだったのですね。失礼いたしました」

　花痣の意味を知らなくても、痣を持つ娘は疎《うと》んじられるだろうかと不安になったが、藍玉は深く追及することをしなかった。不快感を露《あら》わにすることもなく、今までと態度は変わらない。そのことに安堵していると、藍玉が紅妍の後ろに回る。

「次は髪の支度をいたします。もちろん、わたくしが行いますので」

藍玉は竹を割ったような性格をし、意を通す時は妃である紅妍を相手にしても怖《お》じ気づくことがない。これは紅妍を相手にしている時だけかと思いきや、清益曰《いわ》く誰《だれ》が相手でも藍玉の態度は変わらないようだ。現に、いまも押し切られている。

紅妍は、冬花宮に来るまで、他人に髪を梳《す》いてもらうことがなかった。これで三度目になるが、このように他人からの優《やさ》しさを受けることが落ち着かない。いずれこちらを害するのではないかと怯《おび》えてしまう。

その胸中を、藍玉は知らない。彼女は楽しそうに髪を梳いている。

「華妃様の髪は勿体《もったい》ないですね。紅《べに》色なんて珍《めずら》しいのに、手触《てざわ》りがよろしくありません。きちんとお食事を取り、毎日手入れをすれば艶《つや》めく紅玉のようになりましょう」

そこで紅妍は黙りこんだ。紅の髪は華仙一族の印である。この髪色は珍しく、仙術師狩《が》りが始まったばかりの頃は、髪色で華仙一族だと気づかれたらしい。

姉の白嬢《はくじょう》も紅の髪だった。紅妍と異なり、良いものを食べて育った白嬢の髪は確かに美しい。それが風に巻き上げられた時は、宙を漂《ただよ》う紅の絹糸にも見えたほど。

そのことを思い出していると、物音がした。これは藍玉ではない。紅妍は怯えたように振《ふ》り返る。

「……ひっ」

奥に、冬花宮の宮女がいた。薬湯を運ぼうとしていたらしいが、突然《とつぜん》紅妍が振り返ったことで驚《おどろ》き、竦《すく》み上がっている。

「あ……申し訳ありま――」

「華妃様」

藍玉に窘《たしな》められなければ、驚かせてしまったことを詫《わ》びていただろう。だがいまの紅妍は妃である。堂々とした振る舞《ま》いや言葉遣《ことばづか》いが求められる。紅妍はぐっと唇を噛《か》んだ。

宮女はおそるおそるといった様子で、紅妍の許《もと》へ近寄る。距離《きょり》を詰《つ》めたくない意思が感じ取れた。薬湯を渡《わた》すなり、足早に去っていく。

宮女の振る舞いから、歓迎《かんげい》されていないのだと感じ取っていた。紅妍のこの宮女に限らず、皆が余所余所《よそよそ》しい。例外なのは藍玉だけである。

「……皆は、わたしのことが怖《こわ》いのでしょうか」

「はじめのうちは仕方ありません。特に華妃様は物静かで落ち着いた方ですから、近寄りがたく思ってしまうのでしょう。それに……」

物静かで落ち着いた、と柔《やわ》らかく話してはいるが、紅妍の感情表現が乏《とぼ》しいことを言っているのだろう。藍玉は何かを言いかけるも、口を噤《つぐ》んでしまった。それが気になり、紅妍は問う。

「他《ほか》にも理由があるのなら、正直に教えてほしいです」

「……皆《みな》して噂《うわさ》しているのですよ。この時期に入宮する妃ですから、理由があるのではないかと。たとえば仙術師であるとか」

紅妍の動きはぴたりと止まった。紅妍が仙術師だと知るのは数名だ。秀礼《しゅうれい》と清益、藍玉。帝《みかど》や一部の妃にも話している。だが他には明かされず、一介《いっかい》の宮女は知らないはずだ。

「ああ、誤解なさらず。華妃様のせいではありません。以前に宮城に来た方が仙術師という噂があったのです。そのため、また仙術師を呼んだと騒《さわ》ぎ立てる者がいるのですよ」

「以前にも仙術師が来ていたのですか？」

藍玉は頷《うなず》いた。表情が曇《くも》っているのは、そのことを紅妍に話してよいか迷ったためだろう。「華妃様のお耳に入れてよいのかわかりませんが」と前置きをして続けた。

「これまで、何人もの仙術師を秀礼様が連れてきました。ですが、華妃様もご存じの通り、この国の者は仙術を良く思っていません。それは宮女たちも同じ。その者は身分を伏せていましたが、怪《あや》しげな行動から仙術師だと噂が広まり、皆はその者を恐《おそ》れました」

「それで、その仙術師はどこに？」

「行方《ゆくえ》はわかりません」

紅妍は息を呑《の》んだ。その仙術師は失敗し、殺されてしまったのではないか。こういった話を秀礼から聞いていない。自身も仙術師であるが故《ゆえ》に、嫌《いや》な想像が浮《う》かび、腹の底が冷える心地《ここち》がした。

「華妃様の入宮に秀礼様が嚙んでいることから、また仙術師ではないかと噂する者がいるのです。仙術を用いる、行方知れずとなる——そのような不安から距離を取りたがるのでしょう。このことは、わたくしから宮女たちに注意しておきます」

「大丈夫です。皆が恐れる気持ちもわかるので、そのままにしてください」

理由を知れば、宮女の態度も合点《がてん》がいく。

(皆にとって仙術は不気味なもの……これも仕方の無いこと)

淡々《たんたん》と受け入れる紅妍の様子に、藍玉は驚いたように目を丸くしていた。

「華妃様はお優しいのですね。宮女たちの心に寄り添《そ》っていただきありがとうございます」

「藍玉も、わたしが怖かったら無理しないでください。支度は一人で出来ます」

「わたくしは華妃様のことを怖いなどと思っていません。ですからお手伝いをさせてくださいませ。ああ、それと振る舞いも。自信を持って、堂々となさってください」

「堂々と、ですか……頑張《がんば》ります」

「華妃様。妃らしい言葉遣いを心がけましょうね。敬語は不要です」

「……わ、わかった」

藍玉は再び髪を梳きはじめた。さらさらと、髪の揺《ゆ》れる音がする。

紅妍はそっと目を伏《ふ》せた。藍玉から敵意は感じられず、それどころかゆったりと流れていく時間が心地よい。もしも紅妍が花痣を持たずに生まれていたのなら、白嬢とこうして接していたのだろうか。華仙の里を思い出しそうになったが、すぐに頭の奥に押しこんだ。

（わたしは帝をお救いするためここにいるのだから、宮城を調べよう）

そのためには後宮の妃や帝の容態など現在の状況《じょうきょう》を把握《はあく》しておきたい。紅妍はこれからのことを考えた。


髙《こう》の後宮は一名の正妃を頂点とし、多くの側妃を抱《かか》えていたが、帝の顔から若さが抜《ぬ》けていくにつれ、静かな場所へとなっていった。

正妃である辛《しん》皇后は逝去《せいきょ》したため、いまの後宮を取り仕切るは側妃で最も上位の称号《しょうごう》を持つ永貴妃《えいきひ》だ。他には甄妃《けんひ》と楊妃《ようひ》がいる。新参の華妃《かひ》を加えて、現在の妃は四人である。

紅妍は仙術師の身分を隠すためにも、妃として振る舞わなければならなかった。本来の妃としての習わしを行う。帝への謁見《えっけん》は病状を理由に先送りとなっていたが、妃嬪《ひひん》への挨《あい》拶《さつ》は行われた。古参の妃嬪は、新たな妃を歓迎するため、その者の宮に向かうのだ。

（疲《つか》れた……人と話すのが、こんなにも体力を使うなんて）

華妃に会うべく、妃や宦官《かんがん》など様々な者が途絶《とだ》えずやってくる。甄妃が去った後、紅妍は深く息をついた。緊張《きんちょう》の糸がぷつりと切れ、体が重たく感じる。疲労困憊《ひろうこんぱい》だ。

その様子を藍玉が見ていた。くすくすと笑いながら花茶を置く。

藍玉特製の花茶は、紅妍の痩身《そうしん》を案じて蜜糖《はちみつ》が混ぜてある。甘さが際立《きわだ》つよう花の香《かお》りは控《ひか》えめだ。初めてこれを口にした時は感動したものだ。今までは残りものや冷えたものしか与《あた》えられなかったため、湯気が立ち上る茶は初めてである。そしてこの甘さだ。舌に残るまろやかな甘さは、どうしたって口元が綻《ほころ》んでしまう。

「甄妃様にお会いして如何《いかが》でしたか」

問われ、紅妍は先ほどまで来ていたのが甄妃だと思い出した。

「……とても良い方……だと思う」

紅妍が呟《つぶや》くと、藍玉が「ええ。そうですよ」と強く頷いた。藍玉は冬花宮に抜擢《ばってき》される前は夏泉宮付きだった。甄妃のこともよく知っている。

「甄妃様はお心優しく、慈愛《じあい》に溢《あふ》れた方です。華妃様のことも気にかけていたでしょう」

「確かに、痩《や》せすぎだと言われたけれど」

「それはわたくしも、甄妃様に同感です。華妃様の痩身は問題ですよ」

甄妃は紅妍の入宮に口添《くちぞ》えをした人物の一人である。そのため、秀礼から紅妍が住んでいた環境《かんきょう》を聞いていたのだろう。しかし仙術師だからと怖がる素振《そぶ》りは見られなかった。

「甄妃様は秀礼様の後見人でございます」

「後見人？　てっきり、秀礼様のお母様なのかと……」

「いえ。甄妃様は子を生《な》しませんでしたので。ですが、永貴妃様は異なりますよ」

続いて藍玉が名をあげたのは永貴妃だ。こちらも今日挨拶に来ていた。

「永貴妃様は、現在の後宮を取り仕切っておられます。厳格な方でいらっしゃいますから、慣れぬうちは疲れると皆よく言っています。華妃様も気を張っていたのでは」

少々迷ったが、紅妍は素直《すなお》に頷いた。永貴妃は形通りの挨拶をして去っていったが、わずかな時間といえひどく疲れた。終始、威圧感《いあっかん》を放ち、軽い言葉を交《か》わす隙《すき》もなかった。

「第二皇子の融勒《ゆうろく》様をお産みになったのは永貴妃様です」

規定の年齢《ねんれい》を満たすと公主《ひめ》や皇子は城を出て自らの殿舎を構えるが、数名は宮城に残る。これは帝による後継者《こうけいしゃ》指名が崩御《ほうぎょ》後に明かされるためだ。宮城に残った者から選ばれるので、宮城に住まう皇子は後継者候補とも言える。現在は二人。第二皇子の英《えい》融勒と、第四皇子の英秀礼だ。

「残る妃は楊妃様ですが、こちらは明日以降ですね。秋芳宮《しゅうほうきゅう》からの申し入れもありません」

「では、今日はこれで終わり？」

問うと、藍玉は「まさか！」と笑った。

「何を仰《おっしゃ》います。まもなく秀礼様がいらっしゃいますよ。光乾殿《こうけんでん》に向かうそうです」

この身にのし掛《か》かる疲労はまだまだ続くのだと、紅妍は覚悟《かくご》を決めた。

身支度《みじたく》を終えた紅妍の姿は庭にあった。冬花宮の庭は様々な草花が植えられている。冬花宮の名前から冬にちなんだ花木も植えられ、その一つである蠟梅《ろうばい》は季を終えていた。この蠟梅は良く手入れがされているので、来冬に咲《さ》けば甘い香りを放つだろう。いまは牡丹《ぼたん》や海棠《かいどう》といった春の花が支配し、木蓮《もくれん》の香りがする。特に牡丹は良い。春を支配するように大きく開いた花弁は見事である。

花は心地よい。眺《なが》めても触《ふ》れても、心にたまった澱《おり》が溶《と》けていくようである。これから光乾殿へ向かう緊張を、この牡丹が和《やわ》らげてくれる気がした。

牡丹に触れようと手を伸《の》ばし――そこで紅妍は気づいた。

陽《ひ》は空にあるというのに、雨雲に覆《おお》い隠《かく》されたかのように冷えていく。周りの景色は変わらないが紅妍だけはその変化を感じ取っていた。空気がぴりと張り詰《つ》め、重たい。かすかに流れた風が血のにおいを運んだ。

(鬼霊《きりょう》だ。どこか近くにいる)

紅妍の双眸《そうぼう》は庭から、その先へとあちこちを巡《めぐ》る。近くにはいない。血のにおいはそこまで濃《こ》くないので遠くにいるだろう。空気の重たさは北方から西方へと移動していた。

妃宮は高塀《たかべい》に囲んで区切られ、冬花宮もそれに倣《なら》っている。鬼霊は冬花宮の敷地《しきち》内にはいないようだった。となれば、高塀を越えた近くを歩いているのか。

（門扉《もんぴ》は開いている。鬼霊が冬花宮に入るとすればここしかない）

紅妍は息を吞《の》み、門の方をじいと睨《にら》みつけた。身が強《こわ》ばっていて、額を冷や汗《あせ》が伝う。

重圧を放つそれはゆっくりと移動し、ついに――開け放たれた門から、血のにおいが濃く香った。

（いた。鬼霊だ）

鬼霊は誰《だれ》でも視《し》認《にん》できるが、その気配を感じ取るのは鬼霊の才を持つ者だけ。ほとんどの者は鬼霊の認知を視覚に頼《たよ》るため、視界に収めるほど鬼霊に接近しなければ気づかない。ぐっと手に力を込める。だが今は祓《はら》えない。鬼霊の想《おも》いを解《ほど》かずに花渡《わた》しをしても浄土《じようど》には渡れないのだ。一時消えたとしてもまたすぐに現世を彷徨《さまよ》うこととなる。

（いま花渡しをできなくとも、鬼霊の特徴《とくちよう》や行動を知っておきたい）

紅妍はじっと門の方を睨みつける。鬼霊が姿を見せた。黒の面布《かおぎぬ》で顔を覆い、結《ゆ》い上げた髻《もとどり》に銀の飾《かざ》りが見える。銀の歩揺《ほよう》だ。襦裙《じゆくん》を着ていることから女人《によにん》だろう。宮女が歩揺を挿《さ》すことはあまりないので、あれは妃だと紅妍は結論付けた。

鬼霊の左胸に紅芍薬《べにしやくやく》が咲き、花びらはそこから広がっている。紅花の咲く位置からして、左胸に傷を受けて生を終えたのだろう。

鬼霊は紅妍に気づかず、こちらに向かってくる気配はない。披《ひ》帛《はく》は破れて肩《かた》から外れ、それを引きずりながら一心に歩を進めている。

そうしているうちに鬼霊の姿は塀に阻《はば》まれて見えなくなった。西に向かっていたように見える。門扉に近寄り、鬼霊の行き先を確かめようとしたが、目を凝《こ》らせども姿はなく、あの重い空気も和らいでいった。

見えなくなったからと鬼霊が浄土に渡ることはない。浄化《じょうか》しない限りまた現れる。門扉から身を乗り出して消えた先をじいと眺める。すると、背後から声がかけられた。

「そこで何をしている」

振《ふ》り返ると秀礼がいた。清益や武官を連れているが、誰も慌《あわ》てる様子はなかった。ここを通り過ぎた鬼霊と入れ違《ちが》いになったのだろう。紅妍は身を正し、揖《ゆう》した。

「先ほど鬼霊を見ました」

「鬼霊が？　気配はしないが」

「消えてしまいました」

「ならば追跡《ついせき》は厳しいか。その鬼霊はどうだった。お前から見て気になるものはあったか」

「いえ……」

そう答えながらも引っかかることがあった。

(胸の紅芍薬は水に濡《ぬ》れたようだった。まだ乾《かわ》いていない。きっと最近鬼霊になったはず)

鬼霊が咲かす紅花の艶《つや》は鬼霊が死んだ時期を示している。紅妍が見た鬼霊の紅花は、花弁に雨粒《あまつぶ》を留《とど》まらせているように艶々と輝《かがや》いていた。昔に殺された妃とは考えにくい。

（鬼霊のことは後にしよう。まずは帝《みかど》の呪《のろ》いについて調べないと）

深追いする時間はない。紅妍は秀礼と共に光乾殿へと向かった。


光乾殿は帝が住まう殿である。他《ほか》の宮に比べて豪勢《ごうせい》な造りをし、外敵を妨《さまた》げるため妃宮よりも厳重に高塀で囲っていた。宮城で最も警備の厚い場所でもある。門には衛士《えじ》が立ち、その顔つきは強《こわ》ばっていた。

だが、空気を重たく感じるのは衛士の緊張感《きんちょうかん》からだけではない。いくつもの門を抜《ぬ》けて光乾殿に近づくと、紅妍は眉根《まゆね》を寄せた。足を踏《ふ》み入れた時から、腹の底に重たく響《ひび》くような、どんよりとしたいやな気を感じるのだ。じっとりと汗ばみ、粘《ねば》ついた水に捕《と》らわれたかのように体が重たい。

（秀礼様が言っていた『鬼霊か呪《のろ》いの類《たぐ》い』は、当たっているかもしれない）

他者に強い恨《うら》みを抱《いだ》き、他人を貶《おとし》めるために行うものが呪詛《じゅそ》である。これは恨みの力を主としているが、よほど強く恨まなければ呪詛は仕掛《しか》けられない。呪詛は、儀式《ぎしき》を要するものが多く、他者に与える影響《えいきょう》は仙術より大きく、その代償《だいしょう》として術者に影響を及《およ》ぼす。特に生者を呪《のろ》い殺すなど命に関《かか》わるものならば、大きな代償を払《はら》わなければならない。

秀礼は鬼霊と呪《まじな》いの二択《たく》を提示したが、光乾殿を包む独特の重たい気から呪詛の可能性が高い。だが――。

(かすかに血のにおいがする。呪詛だけじゃない……どこかに鬼霊がいる)

鬼霊独特のにおいがした。鬼霊がいる場所から強く放たれるので、辿《たど》れば鬼霊に行き着くのだが、光乾殿の淀《よど》んだ気が邪魔《じゃま》をする。

あたりを見回すが鬼霊は見当たらない。視界にあるのは光乾殿の庭に植えられている木《もっ》香茨《こうばら》だ。他にも植物はあるが、なぜか木香茨が気になった。陰鬱《いんうつ》な気の中で悲しげに咲く木香茨から目が離《はな》せない。

その時、前を歩いていた秀礼が足を止めた。紅妍も木香茨から慌てて視線を剝《は》がし、秀礼の視線を追う。秀礼が止まったのは、光乾殿から宦官《かんがん》がやってきたためだった。幞頭《ぼくとう》に藍色《あいいろ》の盤領袍《ばんりょうほう》は清益と似た格好だが、清益に比べて体格は凜々しく、顔つきも爽《さわ》やかだ。

「韓辰《かんたつ》、久しいな。元気そうじゃないか」

「どうも。秀礼様も変わらず元気なようで。それでこの娘《むすめ》が――」

韓辰と呼ばれた宦官は、秀礼を相手にしても不躾《ぶしつけ》な言動をしていた。しかし秀礼はこれを嫌《いや》がる素振りなく、顔を綻《ほころ》ばせている。清益と接する時のように緊張《きんちょう》が和らいでいることから、旧知の仲のようだ。

秀礼と数言交わした後、韓辰の視線は紅妍に向けられた。

「噂《うわさ》の華妃《かひ》ってやつですかね」

「ああ。仔細《しさい》は帝にも伝えたはずだ。謁見《えっけん》の申し入れもしているが」

これに韓辰は、呆《あき》れたように笑う。相手が第四皇子の英秀礼とあっても物怖《ものお》じしない豪《ごう》胆《たん》さが見て取れた。

「残念ながら、本日はまだお目覚めになっていませんよ。昨晩はひどく咳《せ》き込んでいたんで、寝付《ねつ》きも悪かったんでしょうね」

「では謁見は厳しいか」

韓辰は頷《うなず》いて認めながら、再び紅妍を見やる。足先から頭まで矯《た》めつ眇《すが》めつ眺めるので気分はあまりよくない。その品定めを終えると、韓辰は小馬鹿《こばか》にするように鼻で笑った。

「しかし……秀礼様が仙術師の娘と言っていたから、期待したんですがね……随分《ずいぶん》と痩《や》せ細った娘じゃあないですか。それに無愛想《ぶあいそう》で、可愛《かわい》げがない。本当に仙術師ですか？」

痩せ細っているなどは確かにその通りだが、初対面の者に容赦《ようしゃ》なく言われるのは不快だ。紅妍はぐっと唇《くちびる》を噛《か》んだものの、怒《いか》りを表に出すことはしなかった。冷えた表情でじっと韓辰を見つめる。すると、隣《となり》の秀礼が呆れたように息を吐《は》き、韓辰を窘《たしな》めた。

「声が大きいぞ。あと、その発言は彼女に失礼だ」

「おっと。これはすみません」

秀礼に指摘されて韓辰は謝ったが、それは紅妍に向けてではなく、秀礼に対してのように感じられた。秀礼は声量を絞り、韓辰に言う。

「彼女の力は本物だ。私が確認している」

「今度こそうまくいくといいんですがね。実は偽者《にせもの》だったとならないことを願うばかりですよ。行方《ゆくえ》知れずになったと皆《みな》に噂されても知りませんよ」

その物言いから、秀礼が今までに仙術師を連れてきたことは本当だと判断した。おそらくは韓辰も仙術師を快く思っていないのだろう。

「とにかく、お会いできないのなら仕方ない。我々は戻《もど》る。では韓辰、あとは頼《たの》むぞ」

「わかっていますよ。こっちのことは任せてください」

韓辰は紅妍を良く思っていないが、秀礼には信頼《しんらい》を寄せているのだろう。にいと笑《え》みを浮《う》かべた後恭《うやうや》しく揖礼する。しかしこれは秀礼に向けてであり、華妃である紅妍には目もくれなかった。

帝への謁見は成らなかった。病の原因を探《さぐ》りたかった紅妍としては残念なところだ。紅妍と異なり、秀礼はこれを想定していたらしい。そのことに気づいたのは冬花宮に戻ってからだ。彼は人払《ひとばら》いをし、紅妍と清益、藍玉が残ったところで口を開いた。

「紅妍。光乾殿《こうけんでん》に行って、わかったことはあるか？」

帝には会えずとも得られるものがあるかもしれないと、秀礼は考えているのだろう。その意図を汲《く》み、紅妍はしっかりと頷いた。

「光乾殿の気はよくありません。身震《みぶる》いするような気の重たさからして呪詛が関係していると考えられます」

「私もそう思う。あの場所に長くいれば目眩《めまい》がする。しかし、韓辰や清益はまったくわからないと話しているが」

「鬼霊の才、つまり鬼霊や呪詛といったものに敏感《びんかん》な感覚を持っていなければ、その気配に気づきません。清益様や韓辰様が気づかないのは鬼霊の才を持たぬためでしょう。鬼霊の才を持たぬ者は、鬼霊が現れても視界に入るまで感知できません」

「私だけが目眩を起こしたというのは鬼霊の才を持っていたためか」

「その通りです。秀礼様の身のうちにある鬼霊の才が、呪詛の気配を感じ取ってしまったのでしょう。わたしも、長くあの場所にいれば同じようになっていたかもしれません」

「鬼霊の才は、私よりもお前のほうが優《すぐ》れているのだから、ひどく影響が出るだろうな」

鬼霊や呪詛を感じ取ることができるのだから、秀礼も鬼霊の才を持っている。だが、同じ鬼霊の才でも優れているのは紅妍だ。紅妍は、宮女の鬼霊が連翹《れんぎょう》の近くに潜《ひそ》んでいたと気づいたが、秀礼はこれを感じ取っていない。そして今回も、優れた鬼霊の才を持つ紅妍だからこそ気づいたものがあった。

「光乾殿の話に戻りましょう。呪詛が関係していると思いますが、それだけと断定はできません。鬼霊のにおいが混じっていました」

「なんだと。呪詛か鬼霊のどちらか、ではないのか」

「呪詛ならば鬼霊が放つにおいはしません。それに鬼霊だけであれば空気があれほど淀むこともないでしょう」

息苦しいほどの邪気《じゃき》は光乾殿に限られて、道中で感じることはなかった。また鬼霊のにおいは、鬼霊がいる場所を中心として漂《ただよ》うものである。これも光乾殿に近づいてようやく感じ取ったのだ。となれば光乾殿のより近くにいる、もしくは潜んでいるのかもしれない。これらのことから、紅妍は推測する。

「帝の身を苦しめるのは、鬼霊と呪詛の二つと考えます」

あの場所が鬼霊と呪詛の二つに苦しめられているのならば禍々《まがまが》しい気が満ちているのも納得《なっとく》できる。陰《いん》の気が幾重《いくえ》にも絡《から》まっているのだから、帝の御身《おんみ》は悪くなる一方だろう。

「花渡《わた》しを使えば鬼霊を祓《はら》うことも、呪詛を祓うこともできます――ただ、鬼霊を祓うにはその鬼霊を理解しなければなりません。呪詛も、媒介《ばいかい》となった道具や人、もしくは恨みの根本に触《ふ》れなければ祓えないでしょう」

魂《たましい》や恨みを花に渡すためには、華仙術を使う者がそれを理解しなければならない。深く知らずに祓えば、魂は浄土《じょうど》に渡れず彷徨《さまよ》う。恨みは解《ほど》けずに宙を漂い、呪詛を行った者に返してしまう可能性があった。

(理解は……難しいかもしれないけれど)

華仙術は寄り添《そ》う仙術だ。華仙術師である紅妍は良くわかっているが、秀礼は異なるだろう。ましてや彼は、鬼霊の心を知らず叩《たた》き斬る宝剣《ほうけん》を持っている。華仙術の特徴《とくちょう》をどこまで理解してもらえるのかと不安が渦巻《うずま》いた。

おそるおそる秀礼の表情を確かめる。彼は眉間《みけん》に皺《しわ》を寄せて何やら考えていたが、すぐにからりとした声音《こわね》で頷いた。

「一刻も早く帝《みかど》を救いたいところだったがそういう事情があるなら仕方ない。この件はもう少し探りを入れよう。韓辰にも上手《うま》いこと話しておく」

使えぬ仙術だと罵《ののし》られることを想像していた紅妍にとって、秀礼の言葉は意外だった。彼は紅妍の言葉に耳を傾《かたむ》け、理解しようと努めている。そのことに驚《おどろ》き、安堵《あんど》する。

「ところで、だ」

秀礼の興味は別のものに向いているようだった。彼は再び紅妍を見据《みす》えて言う。

「しかしお前は、本当に表情を変えないな。これまで一度も笑っていない」

「そう……でしょうか」

「ああ。緊張しているのかと様子を見ていたが、どうもそうではない。お前は嬉《うれ》しいなどの感情を表に出すのが下手なのだろう」

感情表現が下手かの判断は紅妍には難しいが、華仙の里では笑うことを許されなかった。そのたびに婆《ばあ》に杖《つえ》で叩かれたのを覚えている。

首を傾《かし》げる紅妍に秀礼は苦笑《くしよう》していた。

「華妃となってからはどうだ。何か問題は起きていないか。偽《にせ》とはいえ妃に仕立て上げたのは私だからな。厄介《やつかい》事が起きているのなら聞くぞ」

脳裏《のうり》によぎるは宮女のことだ。言ってもいいのか判断できず、助けを求めるように藍玉に視線を送る。藍玉はいつも通りの微笑《ほほえ》みを浮かべているだけだったが、この動きに秀礼が気づいた。

「何かあったのか」

「いえ……そこまで大きな問題では」

紅妍に聞いても答えないと判断し、秀礼は藍玉へ視線を送る。躊躇《ためら》った紅妍と異なり、藍玉はあっさりと口を割った。

「わたくしから申し上げますと、冬花宮の宮女たちが距離《きより》を置いていることを華妃様は気にしていらっしゃるのではないかと」

「……ああ、そういうことか。先ほどの韓辰もそうだったな。仙術師を必要以上に恐《おそ》れ、快く思わない者は多いからな」

「今までに秀礼様が連れてきた仙術師らしき方々は行方知れずとなった、という噂も回っていますから。華妃様が不安に思うのも当然でしょう」

合点《がてん》がいったと秀礼が頷く。頬杖《ほおづえ》をつき、気を緩《ゆる》めた状態で紅妍に向けて語りかける。

「皆が仙術師を恐れるのは仕方のないことだ。紅妍もこの国がどのように仙術師を扱《あつか》ってきたかは知っているだろう？」

紅妍はしっかりと頷いた。このことはよく知っている。里の者が、集陽と宮城がいかに恐ろしい場所であるかを語る時、必ずといってよいほど口にしてきたものだからだ。

二百年前、高の初代皇帝《こうてい》は華仙術師を重用していた。だが帝は老いると変心し、仙術は奇怪《きかい》なものだと敵意を抱《いだ》き、仙術師狩《が》りを行った。これはすべての仙術師に向けられ、呪《じゅ》詛《そ》を施《ほどこ》すなど人に害をなす仙術師だけでなく、鬼霊を祓う華仙術師も対象に含《ふく》まれた。仙術師を疎《うと》んじる傾向《けいこう》は民《たみ》にも広まり、現在も根付いていた。

「とはいえ、仙術師はすべてがいなくなったわけではない」

秀礼がそう語る。

「華仙一族と同じく身を潜めた仙術師は多い。しかし、宮城や多くの民から隠《かく》れて取引を行い、多額の金子《きんす》と引き換《か》えに鬼霊祓いや呪詛を施す者もいたようだ。だから今も、呪詛は消えない」

仙術師のすべてが、華仙一族と同じように仙術を捨てたわけではない。身を隠しながら、仙術を生業《なりわい》とする者もいた。それを証明するように呪詛がある。先ほど光乾殿にて、その気配に触れてきたばかりだ。

「私は、帝を苦しめる原因は鬼霊か呪詛にあると考えていたからな。古い書を読みあさり、集陽より離《はな》れた聚落《しゅうらく》で噂《うわさ》を聞くなどして、仙術師たちを探した。その中でも華仙術師は苦労したな。記述されている書はわずかで、聞き込みをしてもなかなか見つからなかった」

「今までに何人もの仙術師を連れてきた、というのはその方々でしょうか」

「そうだ。だが、仙術師と偽《いつわ》って金子を得ようとする者や鬼霊祓いのできぬ者ばかりで、うまく事が運ぶことはなかった」

「では、仙術師たちが行方《ゆくえ》知れずという話はどこから……」

失敗した仙術師は殺されたのか、と嫌《いや》な想像が頭をよぎる。

「帝の状況《じょうきょう》を喋《しゃべ》らぬよう監視《かんし》をつけて元の地に戻《もど》している。しかしこれを明かすと仙術師を招いたと認めることになりかねん。この話が、仙術師を恐れる民の耳に入れば混乱が生じる。そのため語らぬようにしていたが、行方知れずとして噂されてしまった」

冬花宮の宮女は、この事実を知らない。そのため紅妍が忌《い》み嫌《きら》われる仙術師であり、奇怪な仙術を使うのではないかと恐れている。

（宮女らと仲良くなりたいとは思っていないけれど、わたしがいることで怯《おび》え続けているのは可哀想《かわいそう》だ。せめて、宮女らの不安を取り除くことが出来ればいいのに）

冷遇《れいぐう》は慣れている。しかし、冬花宮の宮女を怖《こわ》がらせ続けるのは嫌だった。改善できるのならしたいところだが、よい案が浮《う》かばない。

「気にする必要はない」

俯《うつむ》いた紅妍に届くは、からりとした秀礼の声だった。

「みなの態度などいくらでも変わる。周囲を気にせず、自分を信じればよい。お前は華仙術が使えるのだからな」

にい、と口角が弧《こ》を描《えが》く。これまで何人もの仙術師を探し、結果をだせずにいた秀礼にとって、鬼霊《きりょう》を祓ってみせた紅妍は貴重なのだろう。紅妍に向けての期待が、秀礼の表情に表れている。

秀礼のこの言葉は、紅妍にとって意外なものだった。『怖がる者は放《ほう》っておけば良い』などの突《つ》き放した反応かと思っていたが、彼の語るものは紅妍の心に寄り添うものだった。宮女らの不安を取り除きたいという紅妍の考えを見抜《みぬ》いたかのような励《はげ》ましである。その言葉が嬉しくもあり、力強くもある。紅妍は「はい」と力強く頷いて答えた。

「さて、周囲の態度といえば。妃嬪《ひひん》らの挨拶《あいさつ》は終わったのか？」

「永貴妃と甄妃はいらっしゃいました」

「となれば、楊妃がまだか」

知るなり、秀礼は眉根《まゆね》を寄せた。

「……おかしいな。新しい妃が来たのだから、なかなか外に出たがらない楊妃も挨拶に来ると思っていたが」

ここで、房間《へや》の隅《すみ》で待機していた清益が動いた。

「秋芳宮《しゅうほうきゅう》の宮女長曰《いわ》く、楊妃は相変わらずで、外に出たがらないそうですよ」

「楊妃が外に出なくなったのは初冬の頃《ころ》だったな。さすがに長すぎる」

秀礼は楊妃を訝《いぶか》しみ、何か考えている様子だった。

「……紅妍。光乾殿《こうけんでん》に向かう前に鬼霊を見たと言っていたな。どんな鬼霊だった？」

話は光乾殿に向かう前へと戻る。紅妍は妃の鬼霊を思い出しながら、特徴を告げた。

「高価そうな銀の歩揺《ほよう》をつけた鬼霊でした。ただの宮女ではないでしょう。良い家柄《いえがら》の方かと」

「華美《かび》な姿をしていたのなら妃の可能性がある。妃の鬼霊は珍《めずら》しい話ではない。過去には毒殺や処刑《しょけい》された妃などたくさんいるからな」

そう言いながらも、秀礼の表情は晴れず、曇《くも》っていくばかりだ。額に手を添《そ》えて何やら考えこみ、ため息をついた。

「一度、秋芳宮の様子を確かめてほしい」

「わたしが向かってもよいのでしょうか？」

「名目としては、楊妃が挨拶に来ないので自ら出向いたということで良いだろう。お前を妃にしておいて正解だった。こういう時に動かしやすい」

そう告げた後、秀礼は俯いて「これが杞憂《きゆう》なら良いが」と呟《つぶや》いた。そのひとりごとは誰《だれ》に向けたものでもなく、嘆《なげ》きが満ちている。

(妃の鬼霊はどこに向かっていたのだろう)

できることならば、妃の鬼霊を祓《はら》いたい。もう一度会えれば良いと願いながら、紅妍は庭に目をやる。妃の鬼霊は門の前を通って消えた。目指していた方角は西だ。

ここから西に位置するのは秋芳宮。楊妃が賜《たまわ》った宮だ。その繋《つな》がりに、この時の紅妍は気づいていなかった。

藍玉を供にして秋芳宮に向かったのは数日後のことだ。使いを送ったのだが待てども返事はなく、こうなれば直接伺《うかが》うしかないと動いたのである。

本来は新たな妃《きさき》を祝って、楊妃から挨拶に来るのが高の後宮での礼儀《れいぎ》である。伺えぬ事情があるのならば文《ふみ》や使いを出すが筋だ。頑《かたく》なに紅妍との接触《せっしょく》を拒《こば》む理由が知りたかった。

(冬花宮から一番近い宮が秋芳宮。そこまで億劫《おっくう》な距離ではないと思うけど)

冬花門を出て歩きながら考える。内廷《ないてい》の中心には光乾殿があり、華妃《かひ》である紅妍が住む冬花宮は北に位置している。秋芳宮は北西だ。

高塀《たかべい》に挟《はさ》まれた通路を歩く。ここは日当たりが少なく陰鬱《いんうつ》な印象である。通路の中央は白玉石が敷《し》かれているが、端《はし》は土が見えていた。季を終えた連翹《れんぎょう》といった低木が植えられ、隙間《すきま》を縫《ぬ》うように蒲公英《たんぽぽ》などの草花が自生している。塀の影《かげ》になるからか、蒲公英は山で見るものより小さく、大人しい咲《さ》き方をしていた。

紅妍は妃の鬼霊を思い出していた。鬼霊はこの方向に向かっていた。だがあれから気配を感じることはなく、西に向かう今も鬼霊の気配はない。

(山でも何度か鬼霊を見たけれど、宮城の鬼霊とは違《ちが》うな)

鬼霊は生きていた頃の姿をして彷徨《さまよ》う。品位と美しさを保持した妃の鬼霊は、ここが後宮であることを強く感じさせた。紅妍がこれまで出会ってきた鬼霊はここまで華《はな》やかな姿をしていなかった。

鬼霊との出会いを振《ふ》り返ろうとすれば、必ず思い浮かぶ者がいる。華仙の隠れ里にいた頃、山を散策している途中《とちゅう》で出会った民兵の鬼霊だ。あの山では鬼霊を見かけることがよくあった。高が安定する前、国同士の争いに巻き込まれて麓《ふもと》の村が相当な被害《ひがい》を受けたらしく、山中で無念の死を遂《と》げた兵や逃げ惑《まど》った民が鬼霊として山中を彷徨っていた。彼らは生の妄執《もうしゅう》に駆《か》られていたが、民兵の鬼霊だけは少し異なっていた。

(紅花は痛みを与《あた》え、自我を奪《うば》う。あの鬼霊に教えてもらわなければ、わたしは知ることができなかった)

民兵の鬼霊は、自我を保っていた。故郷に残した家族への心残りがあり、死する前にしたためた文を守るという強い想《おも》いで自我を保っていた。洞穴《ほらあな》に潜《ひそ》みながら文を託《たく》せる者を待っていたのである。彼は紅妍から鬼霊祓いの才を見いだし、興味を持った。自我を失うまでの間、彼は様々なことを教えてくれたのだった。

鬼霊となってすぐの頃は、みな自我が残っているのだと彼は語った。だが、死の契機《けいき》となった傷に咲く紅花が、鬼霊に痛みを与える。紅花による想像を絶する苦痛と生死の狭間《はざま》に存在する葛藤《かっとう》。これらで自我を失い、鬼霊は人を襲《おそ》う。

民兵の鬼霊は、鬼霊に関する様々なことを話した後、紅妍に文を託した。その後すぐに彼は自我を失った。紅妍を襲おうとし、大事に守り続けた文を自ら斬《き》り捨てるほど。

（鬼霊が自我を欠けば悲劇が生じる。これ以上、民兵の鬼霊のように悲しい出来事を増やしたくない。鬼霊を苦しみから解放したい）

ぐ、と自らの手を握《にぎ》りしめる。心が折れそうな時や初心に返りたい時は、民兵の鬼霊を思い出すようにしている。鬼霊を救いたいと強く願った、その時の気持ちを忘れたくない。

（あの妃の鬼霊も、できることなら解放してあげたい。きっと苦しんでいるはずだ）

鬼霊を苦しめる紅花の痛みがどれほどであるのか、生者である紅妍には知る術《すべ》がない。だが理解はできずとも、歩み寄りたいと思う。

まもなくして、紅妍は秋芳宮へと着いた。閑散《かんさん》としている。冬花宮も他宮に比べれば宮女が少ないが、しかしその冬花宮よりも秋芳宮は活気がない。冷えた場所のように感じた。

紅妍らの来訪に気づいた秋芳宮の宮女が慌《あわ》てて駆けてきた。幼い顔をし、質素な衫裙《さんくん》を着ていることから下級宮女だ。藍玉が前に出て、挨拶をする。

「冬花宮から参りました。楊妃様にお会いしたいと使いを出したのですが返答がなかったので伺いましたの」

宮女は確認《かくにん》するため秋芳宮へ戻り、壮年《そうねん》の女人《にょにん》を従えて戻ってきた。衫裙に使われた橙色《だいだいいろ》は秋芳宮の宮女であることを示し、下級宮女に比べて衿《えり》や裙の意匠《いしょう》が凝《こ》っている。藍玉が「宮女長ですね」と耳打ちをしてくれた。

その秋芳宮の宮女長は紅妍を見据《みす》えて揖礼《ゆうれい》する。しかし表情は冷えていて、感情が摑《つか》めない。淡泊《たんぱく》な声音《こわね》で告げた。

「楊妃様は体調を崩《くず》しておられます。本日はお会いになりません」

「まあ。随分《ずいぶん》と長く臥《ふ》せっておられるのですね。最近楊妃様のお姿を見かけないものだから気にしていましたの」

すかさず藍玉が知らぬふりをして問いかけた。その顔は清益に似た微笑《ほほえ》みを浮《う》かべている。柔和《にゅうわ》な笑《え》みだが、紅妍に接するときとは異なる冷たさのようなものがあった。

「楊妃様は誰ともお会いになりません」

宮女長は頑なに繰《く》り返した。どうあっても紅妍を通す気はないらしい。光乾殿といい秋芳宮といい、うまく行かないことばかりだ。別のやり方を探すしかない。

紅妍はあたりを見回し、あるものを探した。それから宮女長に語りかける。

「では日を改めましょう。快癒《かいゆ》を願っておりますと楊妃に伝えてください」

宮女長はこれで話が終わると考えていたのだろう。再び揖礼している。しかし紅妍は、すいと中庭を指さして告げた。

「美しい花。帰る前に庭に寄らせていただいても？　あの綺麗《きれい》な花を見たいのです」

ここから庭に咲く芍薬《しゃくやく》が見えていた。時季はちょうど良く、見事な大輪を咲かせている。宮女長は険しい顔で思案していたが、やがて頷《うなず》いた。

「構いませんよ。どうぞご覧になってください」

従えてきた下級宮女に何やら耳打ちをし、おそらく庭の案内を命じたのだろう。下級宮女は目を見開いた後、顔つきを強《こわ》ばらせている。

（案内だけにしては緊張《きんちょう》している。冬花宮の宮女のように、わたしが仙術師という噂《うわさ》を聞いて恐《おそ》れるのとは違う。華仙の里で長《おさ》や婆《ばあ》に叱《しか》られると警戒《けいかい》していた頃《ころ》のわたしみたいだ）

紅妍らは秋芳宮《しゅうほうきゅう》に歓迎《かんげい》されていない。楊妃はそこまで他者を厭《いと》うのか、それとも人と会いたくない理由があるのか。

紅妍らは下級宮女の後について秋芳宮の庭へと向かった。

庭には丹桂《きんもくせい》や銀桂《ぎんもくせい》の木が植えられていた。さすが秋の名を冠《かん》する宮といったところか。良い季になれば芳《かぐわ》しい香《かお》りを放つことだろう。見頃《みごろ》を迎《むか》えて咲き誇《ほこ》るは芍薬《しゃくやく》だ。桃白《とうはく》色の芍薬はめいっぱいに花を広げている。

その近くを紅妍が通った時だった。

「あら……芍薬が」

一輪の芍薬がぼたりと地に落ち、これに気づいた藍玉が声をあげた。落ちた芍薬は弱った様子なく、咲き頃《ごろ》を終えてもいない。花弁は瑞々《みずみず》しさを保っている。

「綺麗なのに勿体《もったい》ないですね。花の形だって崩れてはいないのに」

地に視線を落として藍玉が嘆《なげ》く。その隣《となり》で、紅妍はじっと芍薬を見つめていた。

(これは——花の報《しら》せかもしれない)

花が不自然に崩れる時、音を立てる時。それは花の報せと呼ばれている。そこに華仙術師がいることに気づいた花が、何かを伝えようとしているのだ。

ここには秋芳宮の宮女もいるため長く花詠《よ》みをしていれば不審《ふしん》がられてしまう。

「藍玉、お願い。少しだけ時間を稼《かせ》いでほしいの」

「ええ。わかりました」

藍玉に秋芳宮の宮女を引きつけてもらい、その間に花詠みを行う。

愛《め》でるふりをして芍薬を拾い、目を伏《ふ》せた。意識は両の手のひらに載《の》せた芍薬に向けた。

花に満ちる水に合わせて、溶《と》けるように。自らを絹糸のように細めて花の中に流れ込んでいくのを想像しながら語りかける。

(あなたが視《み》てきたものを、教えてほしい)

おそらくこの芍薬は紅妍に伝えたいことがあったのだろう。花の記憶《きおく》は探さずとも容易に流れ込んでくる。紅妍の意識が、それを捉《とら》えた。

花の記憶が鮮《あざ》やかに映る。どこかの庭だ。木々はすっかりと葉を落とし、草は色褪《いろあ》せていた。空気が冷えている。晩秋か初冬の記憶だろうか。うら寂しい庭を女人が眺めていた。宮女に比べれば華《はな》やかな身なりである。おそらく妃《きさき》だろう。

妃の視線の先には庭の手入れをする小柄《こがら》な宮女がいて、咲《さ》き終えた菊《きく》を摘《つ》み取っている。その宮女に、妃が声をかけた。

『わたくし、春が好きなのよ』

庭の手入れをしていた宮女が振り返る。大きく愛らしい瞳《ひとみ》に丸い顔つき、背が低めなことも合わさって幼いような印象を抱《いだ》いてしまう。作業中に顔をこすってしまったらしく、頬《ほお》に土がついていたのも、そう感じてしまう要因の一つだろう。

『春は色々な花が咲く良い季ですね。どのお花が好きです？』

『芍薬よ。あれは美しい花を咲かすでしょう。みなは牡丹《ぼたん》と芍薬の見分けがつかないと言うけれど、わたくしは見分けるのが得意なの。好きだから違《ちが》いがわかるのよ』

『なるほど。去年も芍薬を大事に飾《かざ》っていましたね。その銀歩揺《ほよう》にも芍薬の文様が刻まれています』

『わたくしが住んでいた屋敷《やしき》に咲く美しい紅芍薬が好きだったの。けれど後宮に入ってしまえばもう見ることはできないから、父がこの銀歩揺を贈《おく》ってくれたわ。この芍薬の文様も、わたくしが好きな紅芍薬。これがあれば、離《はな》れていても家族のことを思い出せる』

紅妍は息を呑《の》んだ。妃が懐《なつ》かしむように語る銀歩揺は見覚えがある。先日見た鬼霊《きりょう》がつけていたのと同じものだ。

（つまり、この妃は——）

紅妍が妃の名前を思い浮かべると同時に、頬に土を付けた宮女が微笑んだ。

『秋芳宮の庭を託《たく》されているだけのわたしにできることはわずかですが、楊妃様の寂しさが少しでも埋《う》まるよう、紅芍薬を植えましょう。楊妃様の房間《へや》から見える場所に植えれば、いつでも故郷を思い出せるはず。次の春が待ち遠しいですね』

晩秋の庭に、しゃりんと銀歩揺の揺《ゆ》れた音が響《ひび》く。その銀歩揺を髪《かみ》に挿《さ》す妃。

彼女は楊妃と呼ばれていた。

意識が戻《もど》る。体に寒の杭《くい》を打つような空気は一変し、晩春の香りに満ちる。紅妍が瞳を開くと、手中にあった芍薬は枯《か》れていた。

花はつぼみでも咲く前でも人の世を見ている。芍薬は、この記憶を紅妍に見せたかったのだ。楊妃が春の訪《おとず》れを待つ記憶を。花詠みにいた宮女は、楊妃の房間から見える場所に紅芍薬を植えると話していた。となれば紅芍薬は知っているかもしれない。

顔をあげると、藍玉と目が合った。時間稼ぎのため秋芳宮の宮女と話していた藍玉は、話を切り上げてこちらに戻ってくる。

「華妃《かひ》様。もうよろしいのですか」

「花詠みは終わったけれど……確証が得られるかもしれないから、紅芍薬に近づきたいの。一輪持ち帰るだけで構わないから」

藍玉に伝えると、紅妍は宮女の許《もと》に向かった。妃を前にしているためか宮女の表情が強《こわ》ばっている。紅妍は、花詠みで見たあたりを指で示し、宮女に告げた。

「次は、あの紅芍薬を案内してほしいの」

これを聞いた宮女の視線が紅妍の指先を追う。その場所を確かめるなり、宮女は慌《あわ》てて首を横に振《ふ》った。

「な、なりません！　紅芍薬はまだ……」

「でも咲き頃でしょう。近くで見たいのだけれど」

「そ、それは……あ、あの……芍薬ならば別のところにもございますので……」

「でもあの紅芍薬がいいの。とても綺麗《きれい》に咲いているから」

宮女は口ごもり、助けを求めるようにあたりを見回した。その肩《かた》は小刻みに震《ふる》えている。まるで何かに怯《おび》えているかのように。

（どうしたら紅芍薬の花詠みができるだろう……これでは厳しいかもしれない）

頑《かたく》なな宮女の態度に困り、唇《くちびる》を嚙《か》む。そんな紅妍の隣に寄ったのが藍玉だった。宮女に聞こえないように耳打ちをした。

「お任せください。そういった時のためにわたくしがいるのですから」

藍玉は力強く頷いた後、宮女のそばに寄った。

少し離れたところで藍玉のやりとりを眺める。宮女は渋《しぶ》っているようだったが、藍玉が言いくるめたようだ。戻ってきた藍玉の手中には、宮女に手折《たお》ってもらった紅芍薬がある。

「お待たせしました。紅芍薬に近づく許可は出ませんでしたが、一輪手に入れることができました」

「ありがとう。あとは冬花宮に戻り、この紅芍薬を花詠みします」

紅妍は下級宮女に礼を伝え、秋芳宮を後にした。

紅芍薬《べにしゃくやく》の花詠みを終えた紅妍は、翌朝に使いを出した。そうしてやってきたのが英秀礼と蘇清益である。冬花宮に来るとわかっていたので、人払《ひとばら》いは済ませていた。今回も清益と藍玉は同席する予定だ。その清益は顔を合わせるなり、藍玉に籠《かご》を手渡《てわた》す。

「これは南方の村から贈られた蜜瓜《みつうり》です。秀礼様が紅妍《こうけん》に食べさせたいと」

籠には網《あみ》模様がついた薄緑《うすみどり》のこぶりな蜜瓜が二つほど入っている。

「良い香《かお》りがします。華妃様は蜜瓜がお好きかしら」

紅妍は返答に困った。蜜瓜は聞いたことがある。実物だって見たことがある。しかし食べたことは一度もなかったのだ。華仙の里で蜜瓜は貴重で、麓《ふもと》の村に下りた者が年に一度手に入れてくる程度。手に入ったとしても長《おさ》や婆《ばあ》、白嬢らで食べてしまうので、紅妍が食したことはなかった。

芳《かんば》しい甘い香りは何度も嗅《か》いだ。どんな味がするのだろうと想像していたものだ。

「運よく手に入ったので、食べさせてみたいと思って持ってきた」

紅妍は何も言わなかったが、その瞳がきらめいている。それに気づいた藍玉が「用意してまいります」と籠を手に、出て行った。

藍玉が去った後、秀礼は緩《ゆる》んだ顔つきをぴしりと引き締《し》める。そして本題に触《ふ》れた。

「こうして呼んだということは、秋芳宮《しゅうほうきゅう》で何かわかったのか？」

「秋芳宮に行くも楊妃には会えず、庭を見て帰りました」

「ほう。だが、ただ庭を見ただけではないのだろう」

「花詠《よ》みを行いました」

花詠みの単語が出てきたことで秀礼が息を呑む。清益も冷静に紅妍を見つめていた。

「楊妃の姿を見ましたが、わたしが見た鬼霊と同じ銀歩揺を挿していました。先日、わたしが見た妃の鬼霊は楊妃の可能性が高いです」

「……鬼霊ということは、楊妃は死んでいるのか」

これに紅妍は頷《うなず》く。それについては紅の芍薬が見せてくれた。

「秋芳宮の庭奥に紅芍薬が咲いていました。芍薬は楊妃が好んだ花で、彼女の房間から見える位置に紅芍薬を植えたようです。秋芳宮の宮女はわたしたちがそこに近づくことを許しませんでしたが、近づかないかわりにと一輪摘んでもらいました」

冬花宮に戻ってきてから、紅芍薬を花詠みした。そこで見えたのは冬の記憶《きおく》だ。

「この紅芍薬を花詠みすると、秋芳宮の宮女が『あんなに楽しみにしていた紅芍薬の下に埋《むご》めるなんて惨すぎる』と泣いていました。この記憶に楊妃の姿は出てこなかったので、死んだ後の記憶でしょう」

「つまり、花詠みをした紅芍薬が咲《さ》いていたところに楊妃が埋められていると？」

「はい。秋芳宮の宮女が、わたしたちを紅芍薬に近づけなかったのはそのためでしょう」

紅芍薬の記憶を語ると、秀礼の表情が曇《くも》った。だが、そこまでの驚《おどろ》きがないことからこの結末は予想していたのかもしれない。

「楊妃は自ら死んだのか、それとも殺されたのか。それがわかればいいんだが」

「死因はわかりません。ですが――」

花が語らずとも、これまでの秋芳宮の動きを思えば見えてくることがある。

「楊妃は春の訪れを待ち望んでいました。自ら命を絶つような憂《うれ》いも感じられなかったので自死の可能性は低いのではないでしょうか。秋芳宮が楊妃の死を隠《かく》していることから、おそらく……」

「他殺の可能性が高い、ということだな」

「宮女長とは会いましたが……取り合ってくれるかはわかりません」

「となれば、この件を知っていそうな秋芳宮の宮女に聞くしかない。紅芍薬を花詠みした時に出てきた宮女を捜《さが》すのはどうだ？」

「その宮女が秋芳宮に仕えていること、庭の管理を任されていたことはわかりますが、名前まではわかりませんでした」

花詠みで見た秋芳宮の宮女は紅芍薬の許で悔恨《かいこん》の涙《なみだ》をこぼしていた。楊妃について知っている可能性はあるが、その者の名前がわからない。

「宮女の姿は覚えているのか？」

「小柄《こがら》で顔は幼く見えました。楊妃との会話はしっかりとした受け答えでしたから、幼く見えるのは顔つきだけで、年齢《ねんれい》は藍玉とさほど変わらない、もしくは藍玉よりも少し若いくらいの方かなと思います」

「華妃がその宮女の顔を覚えているのなら、秋芳宮の宮女を集めましょうか。一人ずつ確かめればその宮女が見つかるかもしれません。捜し出すにはそれしか術《すべ》がないかと」

清益が提案する。これに秀礼はなかなか答えなかった。迷っているのだろう。

その時、扉《とびら》が開いた。藍玉だ。その手には割った蜜瓜がある。

「あら。みなさま、考えこんでどうされました。せっかく蜜瓜を持ってきましたのに」

そこで紅妍は顔をあげた。藍玉は下級宮女の頃《ころ》から夏泉宮《かせんきゅう》に勤めていた。他宮の宮女だとしても藍玉なら知っているかもしれないと思ったのだ。

「藍玉。秋芳宮で庭の手入れを任されていた宮女に心当たりはない？」

「庭の手入れ……霹児《へきじ》ではないでしょうか。齢《よわい》が近いので仲良くしていました。草花に詳《くわ》しく、手入れも上手なので秋芳宮の庭を任されていたそうです。何でも楊妃様のお気に入りだったとか」

「名前がわかれば捜しやすいですね。早速《さっそく》秋芳宮に――」

秋芳宮にて霹児を捜す。その紅妍の言葉は藍玉に遮《さえぎ》られた。表情を曇らせ、首を横に振っている。

「いえ、それは難しいかと。霹児は急に気を病《や》んでしまったそうで、故郷に戻《もど》ってしまいました。『宮勤めは幸せだ、故郷の者たちを食べさせていける』とよく語るほど家族思いの子だったのに……それで、霹児がどうかなさいました？」

訳がわからないといった様子は藍玉だけで、紅妍や秀礼らの表情は明るい。ここまで黙《だま》っていた清益が大きく頷いた。

「お手柄《てがら》ですよ、藍玉」

「どういうことかしら。これが伯父上《おじうえ》の役にたちまして？」

「もちろんです。さっそく霹児を捜します」

「ああ。この件は清益に任せたぞ」

清益が拱手《きょうしゅ》したのを確かめてから、秀礼の視線は紅妍に向かう。

「あとはこちらで探《さぐ》るから、お前はあまり秋芳宮に近づくな。何が起こるかわからん」

下手に探りを入れれば紅妍が恨《うら》みを買う恐《おそ》れもある。秀礼が案じていることに気づき、紅妍はこの提案を呑《の》んだ。

紅妍が秀礼らを呼んだ用件はこれで終わりだ。しかし秀礼は話を切り上げてもその場から動こうとしない。紅妍をちらと見て、問う。

「それで。蜜瓜を食べぬのか？」

実のところ、藍玉が蜜瓜を持ってきてから、紅妍はこれが気になっていた。甘い香りが充満《じゅうまん》し、みずみずしい緑の実に興味がひかれる。

「瞳《ひとみ》は嘘《うそ》をつかない。お前、蜜瓜が運ばれてからというもの、ずっとこれを気にかけているじゃないか。我慢《がまん》せず食べてみればよい」

「で、では——」

紅妍は蜜瓜に手を伸《の》ばす。割った蜜瓜には食べやすくするための切れ目が入っていた。熟して蜜《みつ》が滴《したた》る実をひとつ摘《つ》まんで、口に含《ふく》んだ。

（……なに、この甘さ）

口に含んですぐ、芳醇《ほうじゅん》な香りが口中に広がる。柔《やわ》らかな実は舌先の上で蕩《とろ》けるようで、歯を立てればさくりと柔らかに吸いこまれていく。何よりもたまらなく甘いのだ。あれほど焦《こ》がれた蜜瓜が想像を超《こ》える美味《おい》しさをしている。誤魔化《ごまか》しきれず、紅妍の頰《ほお》が緩んだ。

言葉には出さずとも表情や仕草で伝わったらしく、秀礼は満足そうに眺《なが》めていた。

「美味《うま》いか？」

「……美味しいです」

「ふむ。どうもお前は笑うのが苦手だな。表情が硬《かた》い。ここに鬼霊《きりょう》はいないのだから、もう少し頬を緩めればいいだろうに」

そうは言われても難しい。戸惑《とまど》いながらも紅妍の手は次の実に移っていた。止めた方がよいと頭ではわかっているのに、つい手を伸ばしてしまう。止められない。

紅妍が次々と食べる様子で気になったのか、秀礼もひとつ蜜瓜を摘まむ。

「どれ。私も食べてみよう」

次いで藍玉、清益も食べる。それぞれが口に含んで――瞬間《しゅんかん》、皆《みな》の表情が強《こわ》ばった。

「これは……追熟が足りていませんね」

苦笑いと共に告げたのは清益である。これに藍玉も頷く。

「少し早かったのでしょうね。香《かお》りはじゅうぶんですけれど」

「もっと甘い蜜瓜《みつうり》もありますからね」

美味しい蜜瓜を知る藍玉と清益はそれぞれ感想を述べて苦笑いをし、次の実に手を伸ばそうとはしなかった。秀礼も手を止めている。彼も美味しい蜜瓜をよく知っているのだ。

そんな中で、食べ進めているのが紅妍だった。表情は普段《ふだん》通りだが、口と手は蜜瓜を堪《たん》能《のう》するのに忙《いそが》しい。

「お前……本当に蜜瓜を食べたことがなかったのか」

秀礼が呟《つぶや》く。追熟の足りていない蜜瓜だというのに夢中になっている紅妍が憐《あわ》れに見えてしまったのだ。

だがそれが、秀礼の好奇心《こうきしん》を疼《うず》かせたのだろう。「面白《おもしろ》い」とひとりごとを呟いた後、にたりと笑《え》みを浮《う》かべて紅妍に告げる。

「今度はもっと美味しいものを持ってきてやろう。その時までにお前も笑えるようになれ」

「……はい」

「藍玉も頼《たの》むぞ。毎日、紅妍の頰を揉《も》んでやれ」

「ええ。お任せください」

頰を揉まれたところで綺麗《きれい》に笑えるのだろうか。疑問を抱《いだ》きながら、次の蜜瓜に手を伸ばす。紅妍にとって、それは幸福の甘味だった。

数日経《た》って、事態は予想外の方向に動いた。

「まさか、秋芳宮《しゅうほうきゅう》から声がかかるとはな」

秀礼がため息をつく。紅妍も、このようになるとは思っていなかった。

秋芳宮の使いが来たのは今朝のことだ。楊妃は華妃《かひ》に挨拶《あいさつ》をしたいが、体調が思わしくないため秋芳宮まで出向いて欲しい――つまり、呼び出されたのだ。この報《しら》せを受けた紅妍は秀礼に伝え、こうして共に秋芳宮に向かっている。

「清益が間に合えばよかったのだが。まだ霹児を捜しに出ている」

「となると、楊妃の死を証明することが難しくなりますね」

「仕方ないことだ。私が上手《うま》くやりきるしかない。お前は無理をせず、黙っていて良いぞ──それで、お前が持っている包みは何だ」

「……花を持ってきました。華仙術は花がなければ何もできないので」

冬花宮を出る際に花を摘んできたのだが、秀礼はそれが気になったらしい。しかし華仙術が関《かか》わると知って納得《なっとく》したのか、そこからは黙りこんだ。

秀礼の表情から緊張《きんちょう》が感じ取れる。それは紅妍にも伝播《でんぱ》し、花を持つ手は震《ふる》えていた。

秋芳宮に着くと、宮女長たちが二人を出迎《でむか》えた。宮女長は秀礼がいることに驚《おどろ》いていたが、道中で会い、長く臥《ふ》せっていた楊妃を案じていたので同行したと理由をつけている。他《ほか》は秀礼が連れてきた審礼宮付きの武官と、冬花宮からは藍玉が来ている。

「それでは、こちらへ」

宮女長に案内され、秋芳宮の回廊《かいろう》を進む。内部は閑散《かんさん》とし、侘《わび》しい印象だ。

「庭を案内してくれた方はどちらへ？　案内して頂いたお礼を言いたかったのですが」

回廊を通る間、あたりを見回し、行き交《か》う宮女の顔も確かめた。しかし先日芍薬《しゃくやく》の庭を案内してくれた下級宮女の姿が見当たらない。別のところにいるのだろうか。

紅妍の問いかけに、宮女長が振《ふ》り返った。

「あの娘《こ》はお休みを頂いていますよ。お礼はわたしから伝えておきましょう」

恭《うやうや》しい口調をし、表情も穏《おだ》やかな笑みを浮かべているが、その瞳は鋭《するど》く冷えている。上から抑《おさ》えつけるようないやなまなざしだ。

そうして紅妍と秀礼は房間《へや》に通された。供をしていた藍玉らは房間に入らず廊下《ろうか》で待っている。房間に入るなり、紅妍は眉《まゆ》をひそめた。

「暗い……ですね」

「楊妃様の体調が芳《かんば》しくないため閉《と》ざしております。光が当たると目眩《めまい》がするそうで」

楊妃の房間は窓に板を張り、光も風も防いでいた。陽《ひ》は高いというのに、宮女長は手燭《てしょく》を用意している。このように閉めきった房間では具合もより悪くなってしまいそうだ。

手燭のうすぼんやりとした明かりが、奥にいる人物を照らした。小柄《こがら》な体格をしている。房間の暗さや手燭の明かりの頼《たよ》りなさによって、襦裙《じゅくん》の細部や顔まではわからなかった。

「楊妃様、こちらが冬花宮の華妃様でございます」

宮女長が告げる。奥にいる人物が楊妃らしい。彼女は掠《かす》れたような小さな声で呟いた。

「ご挨拶が遅《おく》れて申し訳ありません。病に臥《ふ》せっていたものですから」

「病とは大変でしたね。体調は如何《いかが》です？」

「無理をしないようにと宮医に言われております。光も風もあたらぬ房間がよいと……」

ここで動いたのは秀礼である。彼は素知らぬふりをして、首を傾《かし》げた。

「それは初めて聞くな。冬の頃《ころ》から房間に籠《こ》もるような病とは。ぜひ仔細《しさい》をお聞かせ願いたい。万が一、この病を帝《みかど》が患《わずら》えばおおごとになる」

楊妃は黙りこんでしまった。俯《うつむ》き「あ……その……えっと」とぶつぶつ呟いていることから、言葉を探しているようだ。その隙《すき》に宮女長が割りこむ。

「申し訳ありません。楊妃様はこの病についてあまり知らないものですから」

「それは困る。その病が他者にうつるものならば隔離《かくり》が必要だ。その診断《しんだん》が正しいのか複数の宮医に診《み》てもらった方がよい。これは秋芳宮で止《と》めておく案件ではないぞ」

「……わかりました。では後ほど然るべき方に報告いたします」

宮女長の物言いは、たかが皇子の秀礼に報告する必要はない、と言っているようでもあった。それは秀礼も感じ取ったのか、唇《くちびる》を噛《か》んでいる。

(花詠《よ》みで楊妃は死んでいると知った。なのに目の前にいる――秀礼様はこの人物の正体を摑《つか》もうとしているのだろう)

紅妍は改めて楊妃らしき人物を見る。姿はぼんやりとしているが、この秋芳宮が何かを隠《かく》していることは明白だ。

銀の歩揺をつけた鬼霊が西へ向かったのを紅妍は見ている。あの時、西にあったのは秋芳宮だ。鬼霊は紅花を咲《さ》かせていた。ひどく痛むのだろう。あの鬼霊も苦しみと闘《たたか》っている。

何があってあの鬼霊は彷徨《さまよ》っているのか。それを知るために、今度は紅妍が楊妃に問う。

「秋芳宮の庭は見事ですね。美しい花が咲いていました」

「……ええ。紅芍薬ですね」

「楊妃は花が好きだと聞いたので、今日は冬花宮の庭に咲く花を持ってきました」

紅妍は冬花宮から持ってきた包みを楊妃に渡《わた》した。咲き頃となり、めいっぱいに花が開いて美しい。

（わたしが見た妃の鬼霊《きりよう》が楊妃なら、この花が何かわかるはず）

じっと楊妃の反応を待つ。楊妃は、宮女長に手燭で照らしてもらいながら花をとくと眺《なが》めていた。

「ありがとうございます。とても美しい芍薬ですね」

その返答に紅妍の顔が凍《こお》りついた。

（ああ、やはり……この人は）

この者の正体という、隠された真実に触《ふ》れたようだった。けれど、触れただけでまだ表に出ていない。このまま真実が隠されていれば、誰かの苦しみとなるかもしれない、いや既に誰かが苦しんでいるかもしれない。紅妍が摑んだ真実を皆に伝えたかった。秀礼には、『無理をせず、黙《だま》っていて良い』と秋芳宮に来る前に告げられていたが、それよりも役目を全《まっと》うしたい気持ちが勝《まさ》っている。秀礼に守られるだけではなく、真実に近づきたい。

紅妍は楊妃を睨《ね》めつける。

「……楊妃は芍薬を好んでいるとお聞きしました」

「その通りです。わたし、芍薬が好きなので」

楊妃は花を愛《め》でている。けれど、紅妍は確信を持っていた。立ち上がり、楊妃に告げる。

「ですが——あなたは楊妃じゃない。偽者《にせもの》の妃です」

この発言に場の空気がぴりと張り詰《つ》める。楊妃は驚いたような反応をしていたが、それよりも早く動いたのは宮女長だった。

「無礼ですよ！　楊妃様に何てことを言うのです」

「偽者をたてる方が無礼でしょう」

「何を根拠《こんきょ》にそのような——」

紅妍は花を指で示した。

「芍薬はとても美しい花ですが、よく似た花があります。どちらも咲き頃は近く、花の形も似ている。その似ている花とはわたしが渡した牡丹《ぼたん》のことですよ」

牡丹と芍薬はよく似た花である。開いた花の状態で見分けるのは、花が好きな人でなければ難しい。散り方や葉で見分ける者が多く、紅妍も葉の形で見分けるようにしている。

「楊妃は芍薬を好んだと聞いています。似た形をした牡丹のことも存じ、この花々を見分けることが出来たとも聞きました。ですが、そこにいる楊妃はこれを見抜《みぬ》けなかった」

これらは花詠みで得た情報も混ざっている。だが花詠みのことを明かせば、ややこしくなるため、人づてに聞いたことにした。

紅妍の語りはまだ止まらない。楊妃の格好をしたこの人物も見当がついていた。

「あなたが偽者の楊妃なら、思い当たる人物がいます。わたしが『花が咲いていた』と話しただけで、あなたは『紅芍薬』と答えた。庭は他にも花が咲いているというのに、どうしてすぐに紅芍薬だと決めつけたのでしょう。わたしが先日伺《うかが》った時に持ち帰りたいと話したのが紅芍薬と知っているからでは？」

庭の案内をしてくれた下級宮女は幼い顔をしていたが、背や髪《かみ》は花詠みで見た楊妃に似ている。顔つきや声は似ていないが、華妃《かひ》と楊妃は初対面であるため房間を暗くすれば誤《ご》魔《ま》化《か》せると考えたのだろう。

「楊妃は芍薬文様の銀歩揺《ほよう》を好んで挿《さ》していたと聞いていますが、あなたから歩揺の鳴る音は聞こえない。銀歩揺はどうしたのでしょう」

怒《ど》気《き》をはらんだ声で、宮女長が異を唱えた。

「何てことを仰《おつしや》います！　楊妃様は眼病を患っていますから花の見分けがつかないのは当然。華妃様は楊妃様をご存じないはずだというのに、歩揺や芍薬だと決めつけが過ぎます」

楊妃らしき人物は意《い》気《き》消《しよう》沈《ちん》して口を閉ざしてしまったが、宮女長は躍起《やつき》になっていた。眼病だと言われてしまえば言い返すのも難しい。

(どうしたら曝《あば》けるだろう……ここにいるのは偽者なのに)

悔《くや》しさから唇を噛む。その時だった。

空気が震えた。ずしりとのし掛《か》かるように身が重たくなる。全身に纏《まと》わり付くような嫌《いや》な気だ。

(まずい。こんな時に鬼霊が出るなんて)

血のにおいが鼻を衝《つ》く。鬼霊が現れたのだ。

紅妍はすぐに周囲を確かめた。この鬼霊の姿は見当たらず、どのような鬼霊かもわからない。生者に襲《おそ》いかかる可能性があるのだ。皆《みな》を安全な場所まで逃《に》がさなければならない。

「秀礼様」

紅妍が声をかける。秀礼もこの気配に気づいていたのだろう。強《こわ》ばった表情のまま頷《うなず》く。

「わかっている。鬼霊が現れたな」

「はい。まずはここにいる者、そして外にいる者たちも避難《ひなん》させましょう」

血のにおいはそこまで濃《こ》くないため房間《へや》にはいないが、近くにはいるだろう。となれば外で控《ひか》えている藍玉らが危険だ。

「鬼霊？　一体あなたたちは何を……ああ！　勝手に外にでては――」

宮女長の制止を無視し、紅妍は扉《とびら》を開いた。外の光が一気に差し込んできたことで目が眩《くら》む。房間の様子を振《ふ》り返ることもせず、紅妍は血のにおいを辿《たど》り、鬼霊を探した。

（そこまで遠くない。となれば庭。紅芍薬《べにしやくやく》の近く）

房間から突然《とつぜん》出てきてはあたりを見回す。血相を変えた紅妍の姿に、藍玉が驚《おどろ》いていた。

「華妃様、それに秀礼様も。そんなに慌《あわ》ててどうなさいました？」

「藍玉。庭から離《はな》れて。鬼霊がいるの。他《ほか》のみんなを連れて、安全なところに隠れて」

藍玉は狼狽《うろた》えながらも頷いた。秋芳宮《しゆうほうきゆう》の宮女らに呼びかけるため廊下《ろうか》を駆《か》けていく。

秀礼と共に、血のにおいを辿るように庭を目指す。その後ろには宮女長もいた。房間を出ても逃げるのではなく、鬼霊の姿を確かめにきたようだ。

そうして渡り廊下から庭を眺める。紅芍薬の植えられた場所。血のにおいが強く香《かお》るその場所に、鬼霊がいた。

結《ゆ》い上げた髻《もとどり》に銀歩揺。襦裙《じゆくん》は紅《べに》に染まり、左胸に芍薬の紅花が咲く。その特徴《とくちよう》はいつぞや見た妃の鬼霊《ききき》と合致《がつち》していた。黒の面布《かおぎぬ》で遮《さえぎ》られて表情はわからないが、満開に咲き誇《ほこ》る紅芍薬のそばに立っている。

紅妍は裙の裾《すそ》をまくり上げると、渡り廊下の手摺《てすり》を跳《と》び越《こ》え、庭に降り立った。

妃の鬼霊はこちらを見ようともしない。生者への関心を持っていないようだった。

（妃の鬼霊は人を襲いにきたのではなく、別の目的があるのかも）

鬼霊が立つこの場所に、妃の鬼霊が想《おも》う何かがあるのだ。紅妍はおそるおそる忍《しの》び寄る。

それでも鬼霊は紅妍に見向きもせず、意識は紅芍薬へ向けられていた。

鬼霊との距離《きより》を詰める紅妍に目を剝《む》いたのは秀礼だ。彼も慌てて手摺を跳び越え、紅妍を追いかける。

「何をしている。近づきすぎだ！」

「大丈夫《だいじょうぶ》です。この鬼霊は襲いません」

紅妍は秀礼に背を向け、鬼霊を見やる。

「あなたは……楊妃」

紅妍が問う。妃の鬼霊は答えない。ただじいと、立ちすくんでいる。

その動きから、宮城に来たばかりに出会った宮女の鬼霊を思い出した。あれは連翹《れんぎょう》の根元に大切なものを隠《かく》し、その未練のために現世に残っていた。楊妃もそれと同じように、何かを残しているのではないかと考えたのだ。

「この近くに、あなたの大切なものがある？」

これにも鬼霊は答えなかった。その代わり、ぽたりと何かが落ちる。紅の花びらだ。妃の左胸に咲《さ》いた紅芍薬は血のにおいを放ちながら、花びらをこぼしている。

紅妍は鬼霊のそばで膝《ひざ》をつき、紅芍薬の根元を掘《ほ》る。宮城に来た時も今日も、土をいじってばかりだ。人は不都合なものがあると人目につかない場所に隠したがる。特に宮城のように密集した場所では、その場所が限られる。掘ってばかりだと心の中で自嘲《じちょう》した。

まもなくして、それは現れた。

鬼霊が髪に挿しているものとよく似た、芍薬の文様が刻まれた銀歩揺。その下には土で汚《よご》れた襦裙と、肉を失い細くなった人の——。

「……っ。あなたは、死んでもこれを手放そうとしなかったのね」

これは楊妃の体だ。ここに埋《う》められていたのだ。

紅妍が折れた歩揺を手に取ると、鬼霊の視線がこちらを向いた。ようやく紅妍のことを認識《にんしき》したらしい。しかし敵意は感じられなかった。

「これは、あなたのものね？」

答えはない。けれど紅の花びらがゆるやかに風に舞《ま》った。張《は》り詰《つ》めていた気が少しだけ和《やわ》らぐ。誰《だれ》かが、いや鬼霊が、泣いているような風の音がしたのだ。

そこへ土を踏《ふ》みしめる音がひとつ。新たな来訪者が庭に足を踏み入れていた。

「楊妃様……そんな……鬼霊になっていただなんて……」

薄汚《うすよご》れた衫裙《さんくん》を着た娘《むすめ》は、庭に立つ鬼霊を見るなり駆け出した。

その顔は花詠《よ》みで見た秋芳宮の庭を手入れしていた宮女——霹児《へきじ》である。楊妃に仕えていた霹児は、この鬼霊が妃だとすぐに見抜いていた。鬼霊に縋《すが》るようにして泣いている。

「わたしが悪かったのです。黙《だま》っていることは罪でございました。あれほどお慕《した》いしていた楊妃様の恩を裏切り、楊妃様は鬼霊になってしまった。やはりあの時わたしが——」

これは一体どういうことだろう。訝《いぶか》しんだ紅妍が霹児に問おうとした時、渡《わた》り廊下にいた宮女長が声を張り上げた。

「霹児！　どうしてここにいるの。気を病《や》んだ娘がどうして——誰か、霹児を捕《つか》まえて！」

宮女長は威圧《いあつ》的に霹児を睨《にら》みつけ、これ以上語らせまいとしているようだった。この叫《さけ》びで武官が動いたが、捕《と》らえられたのは霹児ではなく宮女長だった。

宮女長が「放せ！　どうして！」と騒《さわ》ぎ立てる中、新たな者がこちらに歩み寄る。その姿を確かめるなり、秀礼がにやりと笑った。

「遅《おそ》かったな。間に合ってよかったじゃないか」

「まったくです。ようやく捜《さが》し出して戻《もど》れば、この状況《じょうきょう》は何ですか」

「これも華妃が動いた結果だ。面白《おもしろ》かったぞ、芍薬と牡丹《ぼたん》を使って曝こうとしたのはなかなか良かった」

くつくつと笑った後、秀礼の視線は霹児に向く。

「あれが捜していた宮女だな？」

「ええ。霹児は秋芳宮の出来事を目撃《もくげき》しているようです」

「では犯人も知っているのか」

「家族の命が惜《お》しければ口を閉《と》ざすようにと脅《おど》されていたようで、里で怯《おび》えていましたよ」

「それは話が早くて助かる——なに、犯人の見当はついているがな」

そう言って秀礼は宮女長をちらりと見る。宮女長は武官に拘束《こうそく》されながら、顔を白くさせていた。その答え合わせをするように泣き崩《くず》れていた霹児が語る。

「お話しをさせていただきます。帝《みかど》の寵愛《ちょうあい》を受けられず、子を生《な》すこともできなかった楊妃様は、秋芳宮の宮女たちから厳しい扱《あつか》いを受けていました。宮女長や一部の宮女は春燕《しゅんえん》宮《きゅう》の者と親しく、春燕宮の永貴妃《えいきひ》様は楊妃様を疎《うと》んじていましたから、色々な話をふきこまれていたようです。ついに楊妃様と宮女長が口論になったのは冬が訪《おとず》れる前でした」

はらはらと涙《なみだ》が落ちる。楊妃の鬼霊はまだ芍薬のそばから動こうとしなかった。面布で顔を覆《おお》っているため、どんな表情をしているのか、この言葉を聞いているのかわからない。

「その日わたしは庭に出ていました。そして悲鳴を聞いたのです。慌てて駆けつけるも遅く、既《すで》に楊妃様は倒《たお》れていました。ですがわたしは何もできませんでした。楊妃様を殺したその宮女長に言われたのです――故郷に残した家族の命が惜しければ、忘れるようにと」

「……それであなたは故郷に戻ったのね」

「楊妃様に申し訳ない気持ちはありながらも、家族が大事だったのです。気が病んだと吹《ふい》聴《ちょう》されても逆らえずに口を閉ざし続けたのは、わたしの意志が弱かったがため。ああ、でも鬼霊になってしまうなんて。楊妃様が鬼霊となったのはわたしの罪でございます」

鬼霊の足に縋るようにして泣く霹児に胸が痛む。紅妍は彼女の肩《かた》を数度撫《な》でた。

「大丈夫。楊妃のことはわたしに任せて」

次いで紅妍は宮女長を見る。その眼光は鋭《するど》く、怒《いか》りに燃えていた。

「あなたが犯《おか》した過《あやま》ちは曝かれている。楊妃を殺した罪は重い」

「っ……わ、わたしは……」

宮女長は何かを言いかけたが、そこで止めた。彼女なりに保っていた矜持《きょうじ》は崩れてしまったのだろう。武官に腕《うで》を押さえられたまま、身を揺《ゆ》らして笑いだした。

「ふ、はは……あははは。ああ、可笑《おか》しい。鬼霊想いの華妃《かひ》、可笑しくてたまらない」

高笑いと共に、宮女長が告げる。

「華妃に忠告しましょう。霹児は永貴妃様の名を出していましたが、それは間違《まちが》いですよ。わたしに協力したのは永貴妃様ではありません」

「では、誰が」

「鬼霊ですよ」

紅妍は息を呑《の》んだ。

「楊妃様を殺すことも、あなたたちが霹児を捜していることも、鬼霊が教えてくれたのですよ。秋芳宮に華妃を呼び出したのも始末するため。これも鬼霊が計画したものです」

「その鬼霊は……誰？」

「愚《おろ》かな華妃に教えましょう。その鬼霊は……ぐ、う、う」

すべてを諦《あきら》めたように語っていた唇《くちびる》から呻《うめ》き声がこぼれる。宮女長の瞳《ひとみ》が大きく見開かれ、肌《はだ》は血色を欠いて土色に褪《あ》せていく。そして、水がこぼれるような嫌《いや》な音がした。

ぼたぼたと溢《あふ》れて落ちていく、瓊花《たまばな》。宮女長は口から瓊花のかたまりを吐《は》き出している。腹の中に瓊花の木があるかのように、枝や葉、花が吐き出されていく。瓊花は薄黄《うすき》がかった白色をしているはずが、どれも黒色だ。上から墨《すみ》をかけて染めたように不自然である。

宮女長の口から溢れ続けた瓊花やその枝は渡り廊下《ろうか》のあちこちまで至り、ついにぴたりと止まった。瓊花が止まると同時に、宮女長はその場に倒れた。体はぴくりとも動かない。まるで宮女長が事切れたから瓊花が止まったかのようだ。

その異様な光景にあたりはしんと静まり返る。

「……なんだ、これは」

秀礼の呟《つぶや》きに、誰も答えられなかった。花を吐き出して死ぬなどおかしなことである。

紅妍も顔は平静を保っているが、心のうちは怯えていた。この状況は、紅妍にとっても理解し難《がた》く恐《おそ》ろしい。それでも勇気を出し、瓊花の一つを手に取る。

(この花は生きてない。空っぽで、虚《うつ》ろな花)

生きていない花は人の世を眺《なが》めることをせず、記憶《きおく》を持っていない。本来の草花は生きているが、これはその理《ことわり》から外れた花のように感じた。花詠みをしても視《み》えないだろう。

紅妍は瓊花のことを諦め、楊妃の鬼霊へと戻る。霹児と約束しているのだ。楊妃を救わなければならない。霹児、そして秀礼に聞こえるよう、紅妍は宣言した。

「これから、鬼霊となった楊妃の魂《たましい》を祓《はら》って、浄土《じょうど》へ送ります」

ここには楊妃が好んだ芍薬《しゃくやく》がある。紅芍薬の開花を待ち望んだ楊妃は、その花によって浄土に渡るのだ。一輪摘《つ》み取り、右手に持つ。対《つい》の手には折れた銀歩揺《ほよう》がある。

瞳を閉じ、鬼霊に心を向けた。微動《びどう》だにしない楊妃の鬼霊だったが、心は開いている。遺体を掘《ほ》り出した紅妍に感謝していたのかもしれない。

（楊妃。あなたを浄土に送りたい）

その胸に咲《さ》く、痛みを示す紅花。どれほど痛み、楊妃を苦しめたのか。故郷や家族を大切に思っていた優《やさ》しい楊妃は、霹児との約束も大切にしていたのだろう。だから、鬼霊となってでも春に咲く芍薬を見に来ていたのかもしれない。花詠みによって明かされなければ知ることのなかった楊妃の背景に紅妍の胸が痛む。

紅妍が瞳を開くと、涙が溢れ落ちた。

楊妃を思う涙は止まらず、紅妍の頬を濡らす。涙は光を反射し、きらきらと輝《かがや》いている。まるで楊妃が光の粒《つぶ》になっていくのを見守るかのように。

霹児は祈《いの》るように手を組み、消えゆく楊妃の姿を見つめていた。

その時、黒の面布《かおぎぬ》が落ちた。

「ああ……楊妃様……」

現れた楊妃の表情に、霹児が声をあげた。楊妃の表情は失われていたが、そのまなざしは柔《やわ》らかく、紅芍薬を咲かせた感謝を伝えるかのように霹児を見つめていた。

最後の光の粒が芍薬の中に吸いこまれていった。楊妃の姿はない。最期《さいご》まで大事に持っていた銀歩揺と共に、芍薬に溶《と》けている。

芍薬に落ちた涙は、まるで餞《はなむけ》だ。苦しみから解き放たれる楊妃を見送るように、紅妍は告げる。

苦しみから解き放たれる楊妃を見送るように、紅妍は告げた。

「花と共に、渡《わた》れ」

その言葉を受け取った芍薬は白い煙《けむり》をあげて消えていく。霹児や紅妍に見守られ、浄土に渡るのだろう。

煙は高くのぼり、空に溶けるように見えなくなっていく。それでも紅妍は目を離《はな》すことができなかった。最後の瞬間《しゅんかん》まで、楊妃を見届けたかった。

(どうか、安らかに)

花渡しは終わった。紅妍は、緊張を解くように安堵の息を吐く。

紅妍が振《ふ》り返ると、秀礼と目が合った。彼はこちらに手を伸《の》ばそうとしていたようだが、紅妍と目が合ったことで動きを止めていた。

「……お前は、無事、なのか」

「はい。そうですが……」

「お前もあのように消えてしまうのではないか。こんなに細い体ではいつかお前も――」

普段《ふだん》の秀礼とは違《ちが》う精彩《せいさい》を欠いた声。何かに急《せ》かされているかのように。

「あの、秀礼様？」

そんな秀礼が気になり、紅妍が問う。紅妍が名を呼んだ瞬間、秀礼の背がびくりと震《ふる》えた。我に返ったかのように手を引っ込める。

「……今のは……いや、気にするな」

秀礼は深くため息をつき、額を押さえた。彼は「お前を摑《つか》まなければ壊《こわ》れそうだと思った」と掠《かす》れ声で呟いていたが、紅妍は聞き取ることができなかった。そのため紅妍は先ほどの行動の意味を考え、理解できず首を傾《かし》げるばかりである。

「宮女長の不審《ふしん》死などは残っているが、楊妃の一件は解決とみなそう」

気を取り直し、秀礼がそう言った。楊妃の死の謎《なぞ》は解かれ、鬼霊《きりょう》は消えたのだ。秀礼は改めて紅妍に向き直る。

「これはお前のおかげだ、紅妍」

「わたし、でしょうか」

「そうだ。華仙術でなければ、楊妃の死を探《さぐ》ることはできなかった。霹児のように悲しむ者の存在に気づくこともできなかっただろう。だからこれはお前の功績だ」

その言葉は紅妍の心にじっくりと染《し》みこんでいく。華仙術が認められているのだ。喜びがこみあげてくる。

「……ありがとうございます」

「礼を言うのはこちらだろう。お前は不思議なやつだ」

そう呆《あき》れられても、感謝を伝えたかった。華仙術を使っても忌避《きひ》されず、こうして認められていることが嬉《うれ》しくてたまらない。

その後、秀礼は事態の収拾《しゅうしゅう》に向けて指示を出した。宦官《かんがん》や衛士《えじ》を呼び、死体の掘り起こしや宮女らの聴取《ちょうしゅ》を命じる。的確に指示を出し終えたところで、秀礼は庭の端《はし》で見守っていた紅妍の許《もと》に寄った。

「冬花宮に戻《もど》れば良かっただろうに、ずっとここにいたのか」

「宮女長のことが気になったので……死亡は確認《かくにん》されましたか？」

「ああ。遺体は別の場所で見分することになった。瓊花の中から遺体を運び出さなければいけないからな、時間がかかるだろう」

宮女長の口から溢れた瓊花はおびただしい量だった。その上、枝や葉が絡《から》み合っている。それらを除《の》けるのは手間を要するだろう。

「ところで、だ」

いつの間にか、秀礼の表情は険しいものに変わっていた。目が合うなり、秀礼は言う。

「お前が花詠《よ》みをした時、もしも百合《ゆり》を好む妃を見たら教えてほしい」

「百合を好む妃？　どのようなお姿なのでしょうか」

「髻《もとどり》に百合を挿《さ》す、装飾《そうしょく》品に百合の文様……まあ、そのぐらいか。捜《さが》し出せというわけではない。もしも見た時は、どんな内容であれ教えてほしい」

秀礼が捜す百合の妃。情報の少なさから想像し難く、記憶を求める理由もわからない。仔細《しさい》を聞きたい気もしたが、秀礼の横顔が引っかかり、問うことはできなかった。

（……どうして、そのように切なげなのだろう。秀礼様にとって大切な人なのだろうか）

しんと静かな秋芳宮《しゅうほうきゅう》にぽたりと芍薬が落ちた。花の頭ごと落ちるのは芍薬の枯《か》れ方だ。凜と咲いて、潔《いさぎよ》く落ちる。地に落ちた芍薬が残すは切なさのみ。

間章 ❖ 月夜の計画、紅髪《こうはつ》に触《ふ》れて

英秀礼《えいしゅうれい》にとって華紅妍《かこうけん》は興味深い人物である。

華仙の里で出会った時から紅妍は他《ほか》の者と違っていた。室《むろ》に隠《かく》れ潜《ひそ》んでいたかと思えば臆《おく》さず堂々と出てきて、そのくせ死期を悟《さと》ったような目をする。骨に皮を貼《は》り付けたような痩身《そうしん》で襤褸《ぼろ》を纏《まと》い、その姿は集陽《しゅうよう》にいる貧しい者よりもひどい。木箱の裏に隠れている女はわかりやすいほど震えていたが、その女の方がよほど良いものを着ていた。

当初は、紅妍を華仙の里の奴婢《ぬひ》と判断していた。それでも連れて行ったのは、華仙術が使えないのであれば再び里に乗りこみ、本物の華仙術師を引っ張り出そうと考えたためだ。

これまでに何人もの自称《じしょう》仙術師を連れてきたが、一人として鬼霊《きりょう》を祓《はら》うことはできず、鬼霊を前に逃《に》げ出す者や太刀《たち》打ちできず怪我《けが》を負った者など、思い返すとひどいものだった。そのため、紅妍に期待していたわけではなかった。

しかし秀礼の予想を大きく裏切り、紅妍は見事に鬼霊を祓ったのである。

（あれは……美しく、切ない鬼霊祓いだった）

花を用いた仙術は常識を超《こ》えていたが、清麗《せいれい》なるものだった。宝剣《ほうけん》で鬼霊を祓うやり方

を惨《むご》いと、紅妍が非難してきたことに納得《なっとく》してしまうほど美しい仙術だった。

（だが、本物の華仙術師であるのなら、なぜあのような環境《かんきょう》にいたのだろう）

その力を目《ま》の当たりにし、改めて疑問を抱《いだ》く。虐《しいた》げられてきたかのような身なりから、彼女が里の者からどのような仕打ちを受けていたのかは想像がつく。しかしその理由がわからない。紅妍を華妃にすると決めた時にも、虐げられていたのかと問いかけている。彼女の痩せ細った姿を見ていられなかったのだ。もしも推測通りに虐げられていたのならば、環境を改善するために出来ることを探したいとまで考えていた。だが、紅妍は答えなかった。だから、今も秀礼はわからないままでいる。彼女が語ろうとしないのならば、手を差し伸べることはできない。

そのことを考えながら月を見上げる。蘇清益《そしんえき》に勧《すす》められ、今宵《こよい》は審礼宮《しんれいきゅう》の庭で酒を飲んでいた。杯《さかずき》に月が映り込み、揺《ゆ》らいでいる。これほど良い月ならばずっと浮《う》かんでいればいいのにとさえ思う。

「物憂《ものう》げですね」

月を見上げていた秀礼に声をかけたのは清益だった。腹が黒いくせ微笑《ほほえ》みを絶やさぬ男は、今日も柔らかな表情をしている。秀礼は隣《となり》に腰掛《こしか》けるよう清益に合図を送った。

「……不思議な娘《むすめ》だな、と考えていた」

「ああ。華妃《かひ》のことですね」

「そうだ。これまでひどい扱《あつか》いを受けていたのだろう。その理由を考えていた」

鬼霊を祓う、美しく切ない華仙術。その使い手がどうしてあのような痩身なのか。自らの命を軽《かろ》んじ、偽《にせ》の妃《きさき》になるという提案にも従順だ。しかし鬼霊に対しては別だ。宝剣で祓えば、鬼霊が憐《あわ》れだと食ってかかる度胸を見せる。

（楊妃《ようひ》の鬼霊に対してもそうだった）

紅妍は泣いていた。あの場で最も鬼霊の苦しみに寄り添っていたと言えよう。彼女がこぼす涙《なみだ》と、消えゆく鬼霊の儚《はかな》さは脳裏《のうり》に焼き付いている。

楊妃の魂《たましい》を連れ、煙となって崩《くず》れゆく花。それを見上げる横顔が切なくてたまらず、紅妍も浄土《じょうど》に消えてしまうのではないかと不安《ふあん》に駆《か》られた。

「紅妍は鬼霊を慮《おもんぱか》り、救おうとする。もしも私の想像が正しく、あの者がひどい環境にいたのなら……なぜそこまで鬼霊に優《やさ》しくなれるのか」

紅妍も華仙術も、優しすぎる。鬼霊にまで手を伸ばそうとする優しさは、紅妍の弱点でもある。その弱みにつけこんで紅妍を襲《おそ》おうとする者が出るかもしれない。あの痩身がそれに耐《た》えられるのかと想像し、いてもたってもいられなくなった。

杯に映る月は揺れている。美しい光であるがどこか淡泊《たんぱく》で、どれほど見つめても答えは返ってこない。

杯を見つめて黙《だま》りこむ秀礼に対し、清益はくつくつと笑った。気を抜《ぬ》いているらしく、意地悪な性格がにじみ出る笑い方をしている。秀礼の前でしか見せない清益の一面だ。

「急に笑いだして、どうした」

「どうも最近の秀礼様がおかしくて」

「おかしい？　いつもと変わらないだろう」

清益は首を横に振《ふ》った。

「普段なら気になることがあれば直接聞いていたでしょう。ここでどれほど悩《なや》んだって、本人に聞かなければわかりませんよ」

まったく清益の言う通りだ。いつもの英秀礼ならば悩むことなく本人に問いかけているだろう。それがどうしてか、今回は躊躇《ためら》っている。

「しかし、華妃には驚《おどろ》きました。夢中になって美味《おい》しくない蜜瓜《みつうり》を食べるのですから、これまでどのような生活を送ってきたのでしょうね」

「本当にな。あれで美味しいと喜ぶ者を初めて見た」

南郡《なんぐん》の蜜瓜は美味しいと聞くから、この蜜瓜もそうだろうと秀礼は信じ切っていた。それが蓋《ふた》を開ければ追熟が足りていないのである。あと数日ほど置いていたら違《ちが》ったのかもしれない。だが、紅妍は目を輝《かがや》かせて食べていた。

（紅妍は甘いものが好きなのだろうか。それとも食べたことがないのか。団子や饅頭《まんじゅう》を与《あた》えたらどのような反応をするだろう。いや、評判の高い花霏飴《かだあめ》が集陽にあったはずだ）

冬花宮《とうかきゅう》で過ごすにつれ、紅妍の肌艶《はだつや》は良くなっていく。その変化を眺《なが》めるのは楽しく、彼女の反応を試《ため》してみたくなる。蜜瓜もその一つだった。結果として、表情変化に乏《とぼ》しい紅妍が目の色を変えて食べていたのだから満足である。しかしもっと美味しいものを与えてみたいと欲《よく》も生じた。幸いにもここは集陽。髙《こう》のあらゆる名品が集《つど》う。

（しかし……どうして、構いたくなってしまうのだろう。楊妃の鬼霊祓いもそうだった。なぜ、紅妍に手を伸《の》ばそうとしたのか……）

あの時、紅妍が消えてしまわぬよう、無意識のうちに手を摑《つか》もうとしていた。名を呼ばれて我に返らなければ、彼女の手を摑んでいただろう。その時のことを思い返してみるが、秀礼を突《つ》き動かした感情が何なのかよくわからない。

「ですが……お気を付けください」

清益が言った。その表情から笑《え》みが消え、真剣《しんけん》なものへと変わっている。

「華妃は帝《みかど》の妃。皇子であるあなたが不用意に近づいては悪評も立ちましょう。いまは秀礼様にとって大事な時期です。少しでも隙《すき》が生じれば、秀礼様を貶《おとし》めたい者がつけいることでしょう。人を貶める矛先《ほこさき》は、秀礼様だけでなく、華妃に向くことだってあります」

これに秀礼は「わかっている」と素っ気なく答えた。そのようなこと、秀礼だってわかっている。この後宮がどういった場所なのか、嫌《いや》というほど学んでいる。

秀礼は杯の酒を飲み干した。そして清益に問う。

「清益。頼《たの》んだことはどこまで調べ終わっている？」

「疫病《えきびょう》の件でしたらある程度は。ほとんどは集陽の南と西に出ているようです。範囲《はんい》が絞《しぼ》り込めたので原因の特定も進むでしょう。明日もこの聞き取りを行うので審礼宮から離《はな》れます。秀礼様もあまり無茶《むちゃ》をされませんよう」

秀礼はにたりと笑みを浮かべた。清益という面倒《めんどう》なお目付役が明日はいないのだ。良き案を思いついてしまった。

（となれば文《ふみ》をしたため、すぐに届けてもらうとしよう。あとは支度《したく》だが藍玉《らんぎょく》に頼むか）

憂《うれ》いは去り、高揚感《こうようかん》が秀礼の身を包む。気持ちが急《せ》き、ふわふわと弾《はず》むような心地《ここち》だ。

秀礼は月を見上げた。朝が早く来ないかと待ち望みながら。

翌日。審礼宮にやってきた紅妍は動揺《どうよう》していた。仔細は知らされぬまま、集陽の民《たみ》が着るような布接《つ》ぎの襦裙《じゅくん》を着せられ、華《はな》やかな装飾品も付けていない。華妃とは思えぬような庶民《しょみん》の格好である。

「……どうしてこの格好をするのでしょうか？」

支度を終えた紅妍は怯《おび》えていた。だがこの姿で良い。これを命じたのは秀礼だ。これには藍玉の力も借りたが、藍玉は気乗りしないようで「伯父上《おじうえ》に気づかれませんよう。わたくしまで怒《おこ》られたくはありません」と苦い顔をしていた。

「支度は済んだな。では、これから私と共に城を出るぞ」

秀礼の言葉を聞くなり、紅妍は俯《うつむ》いて黙りこんでしまった。

紅妍はあまり笑わないが、杞憂《きゆう》や悲嘆《ひたん》は表に出る。

(宮城を追われる……とでも考えているのだろうな)

動揺する姿は可愛《かわい》らしく、悪戯《いたずら》心がくすぐられる。からかいたくなってしまう感情を抑《おさ》えて、秀礼は紅妍に布をかぶせた。

「安心しろ。気分転換《てんかん》に外へ出るだけだ。お前に集陽を教えてやる」

「あ……てっきり、用済みになったのかと……」

「何を言う。お前に頼んだことは終わっていないだろう」

宮城を追われるのではないとわかって安堵《あんど》したようだが、まだ憂いは残っているのだろう。本当にいいのだろうかと戸惑《とまど》っている。

「宮城から出るなんて、清益様に見つかったら怒られるのでは？」

「今日は清益がいない。それに抜け出すのは慣れている」

「な、慣れ……？」

「小さい頃《ころ》から抜け出して市を回るのが好きでな——私がいるのだから安心しろ。行くぞ」

紅妍を急かし、宮城と集陽を行き来する荷車に紛《まぎ》れ込む。荷車の主には協力を願っている。彼にはいつも世話になっているので「またですか」と呆《あき》れていたが、金子《きんす》を多めに渡《わた》すと渋々《しぶしぶ》ながらも乗せてくれた。

そうして向かったのは集陽の大通りだ。端《はし》には露店《ろてん》がいくつも並び、簪《かんざし》や釵《さい》、櫛《くし》に手鐲《しゅたく》などきらきらした装飾品《そうしょく》を扱う店もあれば、西方の交易で手に入れたという極彩色《ごくさいしき》の布を積み上げた店もある。行き交《か》う人々は多く、活気に溢《あふ》れていた。

秀礼が通りを行くと、馴染《なじ》みのある者たちがこちらを向いた。男は小花文様の布を手にしたまま、こちらに向けて手をあげる。

「清辰《しんたつ》じゃねえか！　久しぶりだなあ。元気にしてるか？」

清辰とは秀礼の偽名《ぎめい》だ。旧知の仲である清益と韓辰《かんたつ》の名を拝借している。偽名について紅妍に伝えていなかったため、紅妍は驚いたように秀礼を凝視《ぎょうし》していた。紅妍には後で説明することにし、秀礼は返事をする。

「親父《おやじ》も元気そうで何より。どうだ、儲《もう》かっているか？」

「今日は売り上げも好調だ。清辰も、たまにはうちの布を買っていけよ」

これに「そのうちな」と返事をして通り過ぎる。すると、今度は農具磨《みが》きをしていた夫《ふう》婦《ふ》も秀礼に気づいた。

「あら清辰。最近見かけないからどうしたのかと思っていたよ。買い物かい？」

「そんなところだ。最近は夫婦喧嘩《げんか》していないのか」

「もう毎日さ！　かみさんに怒られてばかりだよ」

「やだやだ。あんたが酒ばかり飲んでいるからよ」

　こうして歩けば誰《だれ》かしらが声をかけてくれるほど、秀礼にとっては慣れた場所だ。

(紅妍とゆっくり話したいが……なかなか機会が得られない)

　店の者と言葉を交《か》わしながら紅妍の様子を確かめる。紅妍は初めての景色に戸惑っているようだった。通り過ぎる人々や店を目で追い、時にはよろめくほど注意散漫《さんまん》としている。商人に声をかけられてもどう返事をすればいいかわからず、固まることもあった。

　少し進んでは声をかけられ、また進んでは声をかけられる。それを数度繰《く》り返し、再び歩き始めた時に、紅妍がおずおずと口を開いた。

「……秀礼様は集陽の人々に慕《した》われているのですね」

　紅妍の問いかけには『第四皇子なのに』という意味が含《ふく》まれていると、すぐに悟《さと》った。

「慕われているかはわからない。だが私は皆《みな》を慕っている。ここでは皇子としての私ではなく、清辰という人間を認めてくれるからな」

「清辰とは偽名ですよね。どうして皇子であることを隠《かく》しているのですか？」

「私が皇子だと知られれば、皆は余所余所《よそよそ》しくなる。そうなると得られないものがある」

「得られないもの？」

普段《ふだん》ならばそこまで仔細《しさい》を語ることはしなかった。清益は昔からの知り合いとして理解してくれているが、あえて胸中を語るのは気恥《きは》ずかしいところがある。しかし紅妍が純粋《じゅんすい》な目を向けてくるので秀礼の口も軽くなっていた。

「お前の目から見て、集陽の人々はどうだ」

「皆が良い暮らしをしているのだと……思いましたが」

「ならばよかった。昔に比べて民《たみ》の暮らしも良くなったと私も思う。これも帝が善政をしいてくださったおかげだ。だがこれは表面上だと思っている」

表面だけで判断してはならないと秀礼は考えている。先日の蜜瓜《みつうり》のように、外側は美味《おい》しそうに見えても、割らなければ中身はわからない。集陽も同じだ。宮城から見る集陽は美しいが、実際に集陽を歩けば問題点が見つかる。民の暮らしを知るには、民に扮《ふん》してその中に飛びこむことが一番だ。

「この集陽は、疫病に悩《なや》まされている。特に西と南はひどい。こういった報告は宮城に届くが、上澄《うわず》みをすくって耳あたりのよい言葉に変えたにすぎない。独自に調べれば、報告以上にひどいものだった」

「報告を鵜呑《うの》みにせず、秀礼様が独自に調べたのですか？」

「皇子だからと座り続けているのは性《しょう》に合わん。媚《こ》びへつらう報告によって隠されてしまった真実を知りたい。もしかするとそこに、人々の苦しみが隠されているかもしれないだろう。だからこそ身分を隠して、自ら情報を得るように心がけている」

秀礼が言い終える前に、紅妍は俯いてしまった。『苦しみが隠されている』という言葉に思い当たるものがあるのかもしれない。ちらりと見えた表情は切なく歪《ゆが》められていた。

その時、視界の端に馴染みの商人が見えた。彼もこちらに気づき、寄ってくる。

「おお、清辰！　久しぶりだなあ」

男は秀礼に声をかけた後、隣《となり》にいる紅妍を見て、揶揄《からか》うように笑った。

「今日は彼女連れかい？」

「集陽を案内しているんだ。今日はもう店じまいか？　見に行こうと思っていたのだが」

問うと、男は頷《うなず》いた。いつもならば少し先で装飾品の露店を開いているのだが、今日は水桶《みずおけ》を担《かつ》いでいる。男は嘆息《たんそく》し、答える。

「集陽の西にいる娘《むすめ》から、子供の具合が悪いから水を届けてほしいって頼まれてんだ」

「水を？　西にも井戸《いど》はあるだろう」

男は首を横に振《ふ》った。

「あるけど、あれはだめだな。最近聞いた話じゃ、西と南の水が原因じゃねえかって言われてる。沸《わ》かしても濁《にご》りと臭《くさ》みが取れず、水に触《さわ》っただけで発症《はっしょう》したやつもいるからな」

「官人に申し立てたのか？」

「もちろん。何人もが申し立てたけど、ただの噂《うわさ》だからって取り合っちゃくれねえ」

集陽にはいくつもの井戸が掘《ほ》られているが、数多《あまた》の人が集まるため水は足りず、川から水を運ぶことがあった。特に西と南は井戸の数が少なく、丁鶴山《ていかくさん》の川から水を運んでくることが多い。疫病《えきびょう》の件を探《さぐ》らせていたが、水という話を聞くのは初めてである。

男は「ただの噂だからわからないけどな」と付け足した後、水桶を抱《かか》え直して去っていった。その背を見送った後、秀礼はひとりごちる。

「集陽の西と南で用いる水……となると、丁鶴山からくる川か」

その様子を紅妍がしっかりと見ていた。

「良い情報が得られましたか？」

「ああ。これは大きいぞ。宮城に閉じこもっていては見えなかっただろう情報だ」

これまで疫病の報告はあっても、なかなか進展せず、歯がゆいばかりであった。この情報を調べれば、大きく動くかもしれない。

「よし。この件は、清益にも伝えよう」

「では宮城に戻《もど》りますか？」

その問いかけから察するに、集陽に来た目的は達成したと紅妍は考えているのだろう。

だが秀礼としては物足りない。にやりと笑えば、紅妍が目を丸くした。

「何を言っている。目的を一つ達成したのだからここからは息抜《いきぬ》きだ。集陽を堪能《たんのう》するぞ」

の前に着いた時である。

咄嗟《とっさ》といえ、彼女の手を掴んでしまった。そのことに気づくのは、目的地である団子屋
手がかりを得られた嬉《うれ》しさで、秀礼は紅妍の手を掴《つか》んで歩き出した。

「いいからついてこい。いや、はぐれては困るな。連れて行くか」

「あ、あの、どこへ……」


団子屋の前にはちょうどよい長椅《こしかけ》が置いてある。店は通りから少し外れた場所にあるため人気《ひとけ》も少なく、静かに食べるにはちょうど良い。

買ったばかりの団子の包みを差し出したが、紅妍はなかなか受け取ろうとしなかった。視線は泳ぎ、気まずそうである。秀礼が「食べないのか」と急《せ》かすと、渋々紅妍が語った。

「……秀礼様、わたしは手持ちがないので払《はら》えません」

「私が買いたいだけだ。気にしなくていい。それよりも秀礼様と呼ぶのはやめろ」

「では何と呼べば……」

「外にいる間は清辰でいい。ほら、団子を受け取れ」

秀礼はこの店の主人と親しく、宮城を抜《ぬ》け出した時は必ず顔を出すようにしていた。糯《もち》米《ごめ》を碾《ひ》いた粉を練って焼き上げた団子は質素な味をしているが、店によって工夫《くふう》を凝《こ》らし、餡《あん》が入っていたり醤《ひしお》が塗《ぬ》られていたりと様々だ。この店の団子は上に餡がかかっていた。

紅妍は包みを受け取り、紐《ひも》を解《ほど》いた。中にはまだ温かい団子が三つ。一口で食べられるほどよい大きさだ。上部に餡《よご》をかけてあるが、先端《せんたん》を細く削《けず》った枝が添えてあるので、これを用いて食す。指が汚れることはなかった。ほのかに甘い香《かお》りがあたりに漂《ただよ》っている。団子に見入る紅妍の瞳《ひとみ》はきらきらと輝《かがや》いていた。

（やはり甘い物が好きなのだろうな。美味しいと喜んでもらえるだろうか）

紅妍の様子を眺《なが》めるのは楽しいが、同時に不安も生じる。彼女が喜ばなかった時は、という想像が頭に浮《う》かび、その唇《くちびる》が団子を食《は》むまで気は抜けなかった。

そしてついに、紅妍が団子を口に運んだ。数度顎《あご》を動かすと、瞳が大きく見開かれた。感嘆《かんたん》していうらしく、興奮気味に言う。

「お、美味しいです……！」

「ならばこれも食べるとよい」

自分の分として買っていた団子も紅妍に渡《わた》す。紅妍は躊躇《ためら》わずにそれを受け取っていた。

「ありがとうございます。こんなに美味しいもの……初めて食べます」

「華仙の里にはなかったのか」

「ありましたが……わたしは、食べることを許されなかったので」

その言葉に、秀礼は息を呑《の》んでいた。華仙の里での暮らしについて、紅妍が語るのは初めてだ。気になってはいたが、秀礼は聞こうとしなかった。できることなら紅妍の口から、紅妍の意思で聞きたかったのだ。

紅妍の横顔から、出会った時のような警戒心《けいかいしん》は感じ取れなかった。

「わたしは華仙の里で虐《しいた》げられていたので、このように美味しい食べ物はもちろん、毎日のご飯さえ満足に食べることを許されませんでした。与《あた》えられる食事は具のない羹《あつもの》の残りや白湯《さゆ》で、満たされない時は山を散策して実や草を食べていました」

「それは、室《むろ》に隠れていたもう一人の娘もそのように扱《あつか》われたのか？」

「気づいていたのですね……彼女はわたしの姉ですが、わたしのように扱われることはありません。一族の者は姉を大切にし、何かあれば命を擲《なげう》ってでも姉を守るようにとわたしも命じられています」

「姉妹だろう。なぜお前だけが虐げられてきた？」

「この痣《あざ》に、理由があります」

紅妍が右手の甲《こう》を見せた。大きな痣がある。紅妍と出会った時から痣の存在に気づいていたが、それについて聞いたことはなかった。まさかその痣に虐げられてきた理由があるとは想像していなかった。

「一族は華仙術の継承《けいしょう》を忌避《きひ》し、仙術を知らない普通《ふつう》の民《たみ》に戻りたかったのです。だから優秀《ゆうしゅう》な華仙術師の証《あかし》と呼ばれる、この花痣を持って生まれたわたしは疎《うと》まれていました」

秀礼は、これまでの疑問が解消されていくのを感じていた。華仙術が使えるのに虐げられてきた理由に、合点《がてん》がいく。そして華仙一族が華仙術を捨てようとした理由も理解した。

「この国で、仙術師は疎まれる。だから華仙一族は華仙術を捨てようとしていた……お前を虐げたのは華仙一族だが、その原因となるものはこの国にあるのだな」

その呟《つぶや》きに、紅妍は肯定《こうてい》も否定もしなかった。

「初めてお前が華仙術を使った時、なぜ躊躇ったのかわからなかったが……そうか。お前は人前で華仙術を使うことを恐《おそ》れたのか」

「……はい。一族の前で使えば、罰《ばつ》を与えられてきました」

結果として、紅妍は華仙術を使っている。人前で使うことへの恐怖《きょうふ》より、鬼霊《きりょう》を 慮《おもんぱか》る気持ちが勝《まさ》ったのだ。

「よくその状況《じょうきょう》で華仙術を会得《えとく》したものだ。一族の者は教えてくれなかったのだろう？」

「一人で学びました」

事もなげに紅妍が言う。

「花詠《よ》みは、落ちた花を拾った時にその記憶《きおく》が流れ込んできたのが始まりでした。その記憶は、仙術師迫害《はくがい》から逃《に》げてきた華仙一族の過去。虐げられていたわたしを、花が気遣《きづか》ってくれたのでしょう。誰《だれ》かを虐げる様子はなく、皆《みな》が笑っている記憶です。その羨《うらや》ましくなるほど優《やさ》しい場面を見ている間は、つらい暮らしを忘れることができました。それからわたしは花詠みを覚え、人目を忍《しの》んで花詠みを行いました」

華仙の里で、紅妍は相当にひどい仕打ちを受けていたのだろう。花詠みにて優しい記憶に触《ふ》れ、それに縋《すが》る姿は容易に想像がつく。紅妍が耐《た》えてこられたのは、花詠みの記憶を支えとしてきたためだろうと秀礼は考えた。

「では花渡しは。鬼霊と対峙《たいじ》するなど恐ろしいことだったろう」

「花渡しは……華仙の里がある山で、民兵の鬼霊と出会い、学びました」

これには秀礼も目を見張った。しかし紅妍は淡々《たんたん》と続ける。

「民兵の鬼霊は自我を保っていたので、鬼霊についての様々なことを教えてくれました。鬼霊がどれだけ憐《あわ》れで、痛ましい存在であるかも、その鬼霊から教えてもらったことです。ですが最期《さいご》は、民兵の鬼霊も自我を失い、人を襲《おそ》う鬼霊と成り果てました」

「……それで、お前はどうした」

「彼を戻そうとしましたが出来ず、その時に花詠みで聞いた、過去にいた優秀な華仙術師が行ったという花渡しの詳細《しょうさい》を思い出したのです。聞きかじっただけの花渡しでしたが、鬼霊を祓《はら》うことができました。それ以来、山で鬼霊と遭遇《そうぐう》するたび、一族の者に隠《かく》れて花詠みや花渡しを用いて祓ってきました」

紅妍が持つ鬼霊の才は卓越《たくえつ》している。秀礼でさえ気づかぬ、わずかな鬼霊の気も感じ取っていたのだ。だが、知識しかなかった花渡しを成功させたのは天賦《てんぷ》の才だけではない。紅妍は心の痛みを知っている。だからこそ鬼霊の痛みに寄り添《そ》うことができたのだろう。

（ひどい環境《かんきょう》を一人で耐え続け、鬼霊の痛みも背負ってきたのだな……）

今にも脆《もろ》く崩《くず》れてしまいそうな細い体は、想像を絶するものと闘《たたか》い、抱《かか》えていたのだ。

これまでは紅妍のことを興味深いと思っていたが、過去を知れば苦しくなる。出来ることなら過去に戻《もど》り、孤独《こどく》に耐える紅妍に声をかけたい。笑うのが苦手なのは彼女のせいではなく、環境のせいだ。

そして、秀礼は新たな疑問を抱《いだ》いていた。秀礼は紅妍をまっすぐに見つめて問いかけた。

「誰かのためではなく、お前自身のために動くことはないのか？」

姉のため身代わりになる。鬼霊のために華仙術を使う。これまでの紅妍の行動は他者に向けられたものだ。ならば紅妍の気持ちはどこにあるのか。これまでの話に紅妍の意思が感じられない。紅妍の口から聞きたかった。

この問いかけに紅妍は口ごもってしまった。俯《うつむ》き、視線さえ合わせてはくれない。動揺《どうよう》と困惑《こんわく》が感じ取れる。

もしかするとこの質問さえ、紅妍にとっては初めてのことかもしれない。自分自身のために動くことをしてこなかったのだ。秀礼はそう結論付け、これ以上の問いかけをやめた。

「変なことを聞いてすまなかった。お前が鬼霊に優しくある理由を知れてよかったと思っている。お前に少しは信頼《しんらい》してもらえたのだな」

秀礼は小さく笑って、こちらを見上げる紅妍の頭をそっと撫《な》でた。打ち明けてくれたことへの感謝と、これまでのつらい日々を労《いたわ》るため。深い意味はない、はずであった。

「あ、あのっ、頭……その……」

その動きに、紅妍が身を強《こわ》ばらせた。頬《ほお》が赤く染まっているように見える。

「なんだ？　急に顔が赤くなったが」

「そのように頭を撫でられると……その、恥《は》ずかしい……です……」

紅妍はついに耳まで赤く染め、恥じらう顔が見えないようにと俯いてしまった。そこでようやく秀礼も気づき、慌《あわ》てて手を離《はな》す。

「こ、これは……すまない……」

口では詫《わ》びながらも、俯く寸前に見えてしまった紅妍の表情が脳裏《のうり》に焼き付いている。頭を撫でられて頬を赤くする紅妍の姿は、体の奥をくすぐられているような心地《ここち》になる。

(突然《とつぜん》頭を撫でるなど、私は何をしているのか)

心の中で自嘲《じちょう》する。こんなはずではなかったと自省しながらも、なぜか寂《さび》しくなる。紅妍に触れていると心が凪《な》ぐ気がしたのだ。手のひらに伝わるぬくもりは安心感がある。

秀礼は女人《にょにん》が得意ではなかった。特に後宮では、女同士で仲良くしているふりをして簡単に人を貶《おとし》める。それを目の当《ま》たりにしてきたため、女人を相手にする時はいつも気を張っていた。わずかな素振《そぶ》りも見逃《みのが》さないようにし、相手の腹のうちにあるものを探《さぐ》る。

それが、いまはどうも違《ちが》う。胸の奥が温かい。この感情は何だろうか。

（……同情だ。私は紅妍の出自に同情しているだけ）

そう結論を出し、余計な考えを頭から追い払《はら》った。

日が沈《しず》もうとしている。宮城へ戻る刻限が迫《せま》っていた。

（うまく行かないな）

集陽を散策している間に紅妍が気にかけたものがあれば、それを買おうと秀礼は考えていた。それを狙《ねら》って、集陽北部でも装飾品《そうしょく》の露店《ろてん》が多いあたりを歩いたりもした。しかし紅妍が興味を持つ素振りはまったく見られず、女人に人気という手鐲《しゅたく》の店も今日は閉まっているなどうまく行かずにここまできてしまった。

もどかしさを抱きながらも、荷車との待ち合わせ場所へと向かう。来た時と同じく、荷車に隠れて宮城に戻る予定だった。

「今日はどうだった？」

秀礼が聞くと、隣《となり》を歩く紅妍が顔をあげた。

「初めて見るものばかりでした。団子も花月餅《かげつもち》もとても美味《おい》しかったです」

「ああ。次は別の甘味にしよう。お前が好きそうなものを探しておく」

団子を食べた後に花月餅も食べに行っている。それも紅妍は目を輝《かがや》かせて食していた。

「それから、清辰さんとお話ができたことも。国や帝《みかど》のほか、民《たみ》のことも慮る方なのだと知ることができてよかったです」

そう告げると、紅妍が足を止めた。気になって振《ふ》り返ると、紅妍が深く礼をした。

「今日はありがとうございました」

紅妍は頭を下げ、その紅髪《こうはつ》は夕日が差しても変わらず紅《あか》い。

艶《つや》めく髪に触れればまた心は凪ぐのだろうか。触れた時の、手のひらに伝わるぬくもりが恋《こい》しい。無意識のうちであればできたのかもしれないが、ひとたび考えてしまうとうまく行かない。むずむずと頬が熱くなる。平常を保ったまま手を伸《の》ばすのは難しそうだった。

（髪に飾《かざ》るものを買えばよかった）

もしも髪に飾る贈《おく》り物を買っていたのなら、ここで紅妍の髪に触れる口実となったのに。紅妍が興味を持たなかったからと、買わずに日が暮れてしまったことが悔《く》やまれる。

（この髪は、花を挿《さ》しても似合うのだろうか――その時でも似合うのだろうな）

引き返して間に合うだろうか――その時である。荷車の方角からやってきた人物は、いま最も会いたくない者だった。

「おや。こんなところでお会いするなんて、奇遇《きぐう》ですねえ」

その顔を確認《かくにん》せずともわかる。清益だ。そして怒《おこ》っている。

「……まったく。昨晩の秀礼様が随分《ずいぶん》と上の空だったのでそんな予感がしていました」

清益は紅妍と秀礼の姿を確かめ、にっこりと微笑《ほほえ》んだ。

（しばらく嫌味《いやみ》を聞かされるのだろうな）

こうなった清益は朝から晩までねちっこく嫌味を語る。勝手に抜《ぬ》け出す秀礼を制する目的の他《ほか》、日頃《ひごろ》振り回されている鬱憤《うっぷん》も込められているのだろう。

今日が終わるとなれば、急に寂しさがこみあげる。身を裂《さ》かれるようで、落ち着かない。

（どうして寂しいと思ってしまうのか）

宮城に戻ってもその憂《うれ》いは消えてくれなかった。

濃紺《のうこん》の刻限、昨日よりも少し欠けた月が輝いている。宮城を抜け出した罰《ばつ》だと叱《しか》られ、月見酒は却下《きゃっか》された。清益は顔を合わせるたびにねちねちとうるさい。

「昨日も申し上げましたが、華妃《かひ》と二人で過ごしたなど、秀礼様をよく思わない方々に見られてしまえば今頃大騒《いまごろおおさわ》ぎでしょう。華妃の立場も、秀礼様の立場も悪くなります」

「わかっている。不用意に親しくするなと言いたいのだろう」

「それからもう一つ」

この話はどこまで続くのだろうとうんざりしながら聞く。だが出てきた言葉は秀礼の予想を超《こ》えるものだった。

「あのような場面では、形として残る贈り物をするのがよいと思いますよ。簪《かんざし》や手鐲とい ったものならば翌日も残り、贈り物を眺《なが》めるたびに今日の出来事を思い出してもらえます。

秀礼様のことですから、どうせ食べ物ばかりでしょう、団子だの餅だの、色気を欠いた贈り物は嫌《きら》われますよ」

事もなげに清益が言う。彼はいつも微笑みを浮《う》かべているからか愛想《あいそ》が良いと見られるらしく、一部の宮女たちに慕《した》われている。帝に見初められる望みの薄い宮女たちにとって、宦官《かんがん》の身といえ誰にでも優しい清益は憧《あこが》れの存在なのだろう。当の清益はというとまったく興味がないようだが。

そんな清益がこのように説いたのだから、荷車へ向かう時の秀礼と紅妍のやりとりをしっかりと見ていたのだ。これに秀礼は口をとがらせ、そっぽを向いた。返答をする気はない。彼が言ったことは秀礼自身わかっている。

別に清益の言葉を鵜呑《うの》みにするわけではない。秀礼だって装飾品の露店を探していた。腹立たしい。やはり買えばよかった。あの紅髪に合う飾りを、贈りたい。

三章 ✤ 宝剣《ほうけん》の重み

後宮を騒然《そうぜん》とさせた秋芳宮《しゅうほうきゅう》の事件が落ち着くも、紅妍《こうけん》が住まう冬花宮《とうかきゅう》に凪いだ日がくることはなかった。

「辛琳琳《しんりんりん》と申します。華妃《かひ》様の噂《うわさ》はよく聞いておりますの」

その日冬花宮にやってきたのは、愛らしい顔立ちをした娘《むすめ》だった。彼女のことを知ったのはつい先ほど。琳琳を房間《へや》に通す前に藍玉《らんぎょく》が教えてくれた。琳琳は亡《な》き辛皇后の姪《めい》である辛家の令嬢《れいじょう》だ。辛皇后は彼女を溺愛《できあい》し、特別に後宮への出入りを許すよう帝に直訴《じきそ》している。辛皇后亡き後もその特例は残り、今でも衛士《えじ》は琳琳の立ち入りを止めない。紅妍よりも幼いが体付きは良く、胸部が目立つように帯を締《し》め、妃《きさき》に負けじと美しい身なりをしている。顔つきも年相応の若さと愛らしさを兼《か》ね備《そな》え、永貴妃《えいきひ》や甄妃《けんひ》とは異なるみずみずしさを持っていた。

その琳琳が瞳《ひとみ》をきらきらと輝かせて紅妍に聞いた。

「華妃様って不思議な術を使うのでしょう？　何でも楊妃《ようひ》の鬼霊《きりょう》を祓《はら》ったとか。なんだか不気味。ねえ本当に華妃様が祓ったの？　本当は秀礼《しゅうれい》様が祓ったのではなくて？」

琳琳の声は大きく、表情はころころと変わる。無邪気《むじゃき》といえばそれまでだが、図々《ずうずう》しいとも言える。房間の隅《すみ》に控《ひか》える藍玉は微笑んでいるものの、口元は強《こわ》ばっていて、目が笑っていない。琳琳を快く思っていないことが表情から伝わってきていた。

紅妍もこういった娘の扱《あつか》いは苦手だった。里にいる姉の白嬢《はくじょう》を彷彿《ほうふつ》してしまう。

「わたし、真相を確かめたくて参りましたの。だってその場に秀礼様がいたのでしょう。秀礼様ならば宝剣を扱えるから鬼霊を祓うことだってできる。華妃様が本当に祓えるのか確かめようと思ったけど、そのお姿では無理でしょうね！　本当は華妃様ではなく、秀礼様が祓ったのではなくて？」

仙術師かもしれないと噂されていたのは、冬花宮の宮女の態度からわかっていたことだが、琳琳が語るのは秋芳宮での一件だ。噂が広まる速さに、紅妍は閉口していた。その間に、琳琳は早口で捲《まく》し立てる。

「秋芳宮に、秀礼様とあなたが揃《そろ》っていたと聞いたのよ。皇子と帝の妃なんて奇妙《きみょう》な組み合わせだわ。だから考えたの、秀礼様のご活躍《かつやく》をあなたが奪《うば》ったのでしょう？」

仙術師だと明かすことが出来ればよいのだが、秀礼の判断を待たず動くことはできない。それに琳琳が語るものには勝手な憶測《おくそく》が混ざっている。この琳琳をどのように扱えば良いのか難しい。

「光乾殿《こうけんでん》に毎夜出る、帝の寝所《しんじょ》に入っていく鬼霊。この噂も実は華妃様ではなくて？　あなたの痩身《そうしん》では鬼霊祓いというよりも鬼霊そのものみたいだもの」

琳琳は嫌味として語っているのかもしれないが、この話は引っかかるものがあった。

(寝所に入っていく鬼霊……やはり光乾殿に鬼霊がいる)

女人《にょにん》の鬼霊が出るから痩身の華妃だと考えた琳琳の短慮《たんりょ》には唖然《あぜん》としてしまうが、良い情報を得た。次に光乾殿に向かった時は鬼霊の気配を探《さぐ》りたい。

「ねえ、華妃様」

物思いに耽《ふけ》っていた紅妍は、琳琳の声で我に返った。顔をあげると、愛らしい顔つきは急に冷えて、紅妍を鋭《するど》く睨《ね》めつけている。

「聞いていらっしゃると思いますが、わたし、秀礼様の妃になる予定なの。秀礼様はいずれ帝位につくお方。わたしは彼を支えて生きていく覚悟《かくご》があるの」

なぜここで秀礼の名前が出る。理解できず、ぽかんと口を開けてしまった。

「その秀礼様が冬花宮に通っていることも聞いているわ。そしてあなたを華妃に推《お》したのが秀礼様——正直に申し上げて、わたしは華妃様がきらいよ」

わざわざ冬花宮にやってきた理由は華妃を品定めするためであって、嫌味を混ぜた会話は遠回しに華妃を傷つけようとしているのだ。その意図にようやく気づく。

散々嫌味をぶつけ、辛琳琳は去っていった。

琳琳がきて数日後、紅妍の姿は光乾殿にあった。

光乾殿付きの韓辰《かんたつ》を先頭に、朱《しゅ》に塗《ぬ》られた回廊《かいろう》を通る。相変わらず邪気《じゃき》に満ちた場所であるが、光乾殿は美しい。朱塗りの壁《かべ》や柱には惜《お》しみなく宝飾《ほうしょく》が埋《う》め込まれ、後宮で最も煌《きら》びやかな場所と言っても過言はない。

ちらりと見れば、緊張《きんちょう》しているのは紅妍だけではないようだった。隣《となり》を歩く秀礼も、光乾殿の奥へと進むにつれ顔つきが強ばっていく。

通された応接間でしばし待つ。すると、韓辰に支えられるようにして、帝《みかど》がやってきた。

秀礼と紅妍はその場に膝《ひざ》をついて揖礼《ゆうれい》する。

(帝──髙《こう》の象徴《しょうちょう》と呼ばれるお方)

謁見《えっけん》が叶《かな》ったといえ体調はよくない。肌艶《はだつや》は悪く、年齢《ねんれい》にしては老いているような印象を受ける。冕冠《べんかん》や龍袍《りゅうほう》は身につけず、袍を着て帯は緩《ゆる》められていた。帝はゆっくりと榻《とう》に腰《こし》を下ろすも、体を起こしているのはつらいようで、身を斜《なな》めに預けていた。

「鬼霊を祓う仙術師、華仙《かせん》紅妍か……この娘を連れてきたのは秀礼だな」

「私が探してまいりました。この華仙紅妍は宮城に現れた鬼霊を祓い、秋芳宮での一件も紅妍の功績によるもの。帝の御身《おんみ》を蝕《むしば》む禍《わざわい》もこの者ならば祓えましょう」

これを聞くも、帝の表情はあまりよくなかった。厳しい顔つきは崩《くず》さず、品定めをするような鋭い視線を紅妍に向けている。

「紅妍。お前はこの光乾殿をどう思う」

「……っ、その……」

帝に声をかけられ、紅妍は萎縮《いしゅく》していた。だが帝はそれを見抜《みぬ》いていたらしい。

「よい。正直に申せ」

「……ここの気は重たく、呪《のろ》いの瘴気《しょうき》に満ちています。ですが、鬼霊が放つ血のにおいが混ざっていますので、呪詛《じゅそ》と鬼霊の二重の苦に掛《か》けられていると見受けます」

光乾殿の中に入れば、外にいるよりも血のにおいが濃《こ》くなっている。

（それに……不思議な香《かお》りがする。これはきっと、花の香りだ）

血のにおいに、独特の甘ったるい香りが混ざっている。光乾殿のどこかに花が飾《かざ》られているのか、それとも別のものか。

これらの正体を確かめたいが、呪詛の瘴気が濃いため細かな場所までは特定できない。まずは呪詛を解き、それから血のにおいを辿《たど》って鬼霊を探すのが良いと考えていた。

「それで、お前は光乾殿の鬼霊を祓いたいと」

「はい。御身を苦しめる鬼霊と呪詛の二つを祓えば快復すると考えております」

「……だろうな」

ぼそりと、帝が呟《つぶや》いた。紅妍や秀礼から視線を外し、どこか別の場所を眺《なが》めながらの言葉である。この反応は紅妍に違和感を与《あた》えた。

（すんなりと聞き入れている。帝自身も鬼霊や呪詛が原因であることを知っている？）

二重の苦にかけられていると聞いても帝は動揺《どうよう》の色を見せず、易々《やすやす》と紅妍の話を受け入れている。そのことがどうもおかしく思えた。

「秀礼。お前に宝剣《ほうけん》を託《たく》しただろう」

「はい。こちらに」

「宝剣は鬼霊を斬《き》り捨てるもの――鬼霊への手段を持つそなたたちに命じよう」

帝はそこで言葉を打ち切り、数度ほど咳《せ》き込んだ。痰《たん》が絡《から》んだような咳《せき》で、血が混ざっていてもおかしくない音をしている。ひとつ息を吸うだけで全身の力を使わなければならないようだ。それが落ち着き、呼吸を整えた後、改めて帝が告げる。その声は嗄《しわが》れていた。

「光乾殿の鬼霊は祓ってはならぬ」

そう告げると帝は手をあげた。苦しそうに胸元《むなもと》を押さえている。韓辰が帝の体を支えて、連れて行く。残されたのは紅妍と秀礼の二人であったが、特に秀礼は先ほどの言葉を反芻《はんすう》しているのか、呆然《ぼうぜん》とそこに立ち尽《つ》くしていた。

冬花宮まで戻《もど》り、房間《へや》に入る。紅妍と秀礼、清益《しんえき》の三人のみで、藍玉はまだ戻っていない。腰掛《こしか》けるなり秀礼は深く息を吐《つ》いた。

「鬼霊《きりよう》を祓《はら》うなと命じられるとは思わなかった。あれでは天命尽きる時を待てと言っているようなものじゃないか」

秀礼は帝を救いたいのだ。仙術について調べ、山奥に隠《かく》れ住む華仙一族を見つけ出すほど。紅妍は何も言わずじっと腰掛けて待っていた。すると藍玉が房間へやってきた。

「お待たせしました。こちらがご所望《しよもう》の花ですよ」

藍玉が持ってきた籠《かご》の中には少し弱った木香茨《もっこうばら》がある。これを見るなり秀礼が眉根《まゆね》を寄せた。紅妍が花を手にする時の意味を彼もよくわかってきたのだ。

「それは光乾殿のものか、何をする気だ」

「花詠《よ》みです」

「鬼霊を祓うなと、帝が言っていただろう。余計なことをするな」

秀礼は慌《あわ》てているようだったが、紅妍は素知らぬふりをして花を手に取る。

「帝は花詠みを禁ずるとは命じていません。それに、鬼霊祓いがよくないだけで呪詛を祓うことについては触《ふ》れていません」

もしも呪詛祓いも禁止にするのならばそう命じるだろう。けれど帝は二つの禍を否定せず、言及《げんきゆう》したのも鬼霊祓いだけだ。

紅妍の言葉に秀礼は目を見張っていた。おそらく、その考えは頭になかったのだろう。

「……お前は華仙術のことになると心が図太くなるのだな」

そのような自覚はないが、どうしても気になることがあったのだ。

(鬼霊は見えるから良いとしても、呪詛は気づきにくい。だというのに、呪詛と鬼霊の二重の苦が掛かっていると知っても、帝は動じていなかった)

呪術《じゅじゅつ》に対する感覚が敏感《びんかん》な者であれば呪術には気づく。だがそれ以外は、どれだけ負の気に包まれていてもわからない。光乾殿《こうけんでん》を包む禍々《まがまが》しい気に、清益や韓辰が気づかないというのはそれである。

そして、帝は鬼霊や呪詛の存在を否定していなかった。となれば、帝は何かを知っていて口を閉《と》ざしているのかもしれない。

紅妍は木香茨を手に載《の》せる。瞳《ひとみ》を閉じ、花詠みに専念した。

木香茨の記憶《きおく》を辿るのは骨が折れそうだ。二重の苦に苛《さいな》まれる土地で咲《さ》いていたため花が弱っている。花が持つ記憶は、花によっては膨大な量になる。その記憶の渦から絹糸のように細い記憶を見つけ、優《やさ》しくたぐり寄せるのが花詠みだ。だがこの木香茨は記憶を探ろうとしても脆《もろ》く、鮮明《せんめい》に見るほどの力がない。

紅妍の額に玉のような汗《あせ》が浮《う》かぶ。意識は花に向けているため、房間にいた秀礼や藍玉、清益らのことはわからなくなっていた。花の中に溶《と》け込んで記憶の海を泳ぐ。花の衰弱《すいじゃく》を示すように意識は途切《とぎ》れそうになり、身がひりひりと痛んだ。

（あなたが視《み》てきたものを、教えてほしい）

そしてついに、摑《つか》む。木香茨が見せたかったのだろう記憶が映し出された。


『では、……を行います』

誰《だれ》かの話し声がする。だがそれは雑音が混じり、掠《かす》れていた。視界に映るものから光乾殿の庭と考えられるが、時折膜《まく》を張ったかのようにぼやけてしまう。木香茨が衰弱しているため、不明瞭《ふめいりょう》な記憶になっているのだ。

光乾殿の庭は咲き頃《ごろ》を迎《むか》えた木香茨によって、淡黄色《たんこうしょく》の波が広がっている。だがそこには、木香茨の柔《やわ》らかな色にそぐわぬ者がいた。体格からして男だ。墨色《すみいろ》の袍に身を包み、黒の頭巾《ずきん》を被《かぶ》っている。特に目立つのは、目元のみを残した黒の面布《かおぎぬ》だ。顔をすべて覆《おお》っていないのでこれは鬼霊ではないが、帝の住居である光乾殿には相応《ふさわ》しくない。その不審《ふしん》な人物の動きに、紅妍は固唾《かたず》を呑《の》んだ。

不審な男は木香茨を摘《つ》み取った。そして光乾殿へと向き直り、静かに問う。

『よいですね。これが成れば――ず、禍が……返りますよ』

『構わん。成し遂《と》げろ』

不審な男の問いに答える声は、光乾殿の廊下《ろうか》から聞こえた。誰がいるのか確かめようとその方を見やり、紅妍は吃驚《びっくり》した。

そこにいたのは、吉祥文様《きつしょう》が美しい龍袍《りゅうほう》を纏《まと》う者——帝《みかど》だ。

我が目を疑いたくなるが、声音《こわね》も先ほど光乾殿で聞いたものと同じ。視覚と聴覚《ちょうかく》の二つが、この者が帝であることを認めていた。

周囲に他《ほか》の人物は見当たらない。帝は人払《ひとばら》いをし、この不審な男と会っているのだ。

不審な男は木香茨を摘んだ後、手にしていた木製の箱にそれを収めた。底には割れた黒鏡があり、それを隠すように木香茨を置いている。

(あの箱から粘《ねば》り着くような陰気《いんき》を感じる。もしかするとあれが——)

恐《おそ》ろしい想像が浮かび、紅妍の肌《はだ》がぞくりと粟立《あわだ》った。

その間にも不審な男は作業を続けていた。懐《ふところ》から人形《ひとがた》に切り抜《ぬ》いた木板を取り出すなり、ぼやいている。

『……まさか……が……を呪《のろ》うなんて』

帝がいるというのに不審な男は臆《おく》さず、嘲《あざけ》りの言葉を吐《は》いていた。そして人形の木板を小箱に収める。木板には何かが書かれていたが、細部まで読むことは敵《かな》わなかった。

そして、小箱の蓋《ふた》は閉められる。それと同時に木香茨の花詠みが終わった。

紅妍は瞳を開く。呼吸は荒《あら》くなり、体中がびっしりと汗をかいていた。

「どうした。何が見えた」

秀礼は、紅妍の様子がいつもと異なることに気づいたのだろう。慌てた様子でこちらに寄ってくる。心配しているのだと伝わってくるが、紅妍はうまく返事ができなかった。

（帝は……呪詛《じゅそ》のことも把握《はあく》している。けれどこれを秀礼様に言ってよいのか……）

この花詠みは不完全だ。木香茨の力が足りなかった。けれどわかったことがある。

割れた黒鏡、媒介《ばいかい》の花。そして呪《のろ》いを込めた木板。人形に切り抜いていたことから、あれは呪詛だ。そして、その場面に帝がいたのだ。

生じた疑念。だがそれを口にする勇気は、まだなかった。


冬花宮に春桃色《しゅんとうしょく》を基調とした輿《こし》があった。春桃色は春燕宮《しゅんえんきゅう》に住まう永貴妃が賜《たまわ》った色である。彼女はいま、冬花宮にて茶に口をつけていた。

「華妃《かひ》が後宮にきた理由は聞いていますよ。帝を苦しめる災禍《さいか》を解くためだとか」

紅妍にとって永貴妃は親子ほどに年の離《はな》れた女性だ。しかし帝の妃として選ばれたことに納得《なっとく》するほど美しくもあった。甄妃や楊妃と異なり、その顔立ちは凜とした印象がある。春燕宮の宮色である春桃色を使った裙《くん》に薄《うす》黄色の衫《さん》と、若い宮女が喜びそうな装いである。しかし永貴妃の振《ふ》るまいが落ち着いていることから、浮きすぎた印象はなく、とても似合っている。

その永貴妃は、華《か》紅妍を前にしても表情を動かさなかった。まるで氷のようだ。紅妍をじいと見やる瞳の奥は身震《みぶる》いしそうな冷気を孕《はら》んでいる。永貴妃には紅妍が仙術師であることを隠しているが、この口ぶりでは紅妍の正体に勘付《かんづ》いているのかもしれない。

「これに関して、知っていることがあります。華妃の役に立つかもしれませんね」

「ありがとうございます。では――」

「誰がすぐに教えるといいました。ひとつ、条件を出しましょう」

手がかりを得られると喜んだのも束《つか》の間、永貴妃は手放しで情報を与《あた》える気がないようだ。さすがは後宮を取り仕切る貴妃の立場にいる女人《にょにん》である。一筋縄《ひとすじなわ》ではいかない。

「華妃は鬼霊を祓う妃という噂《うわさ》が流れています。真相はわかりませんが、そのような噂の流れるあなたならば、わたくしの頼《たの》みを聞けるかもしれません。その働きによって、帝に関する情報をあなたに話しましょう」

空気が張り詰《つ》める。それだけ永貴妃にとって重要な案件のようだ。

「わたくしの息子《むすこ》——第二皇子、融勒《ゆうろく》はご存じですね。この融勒が賜った最禮宮《さいらいきゅう》に鬼霊《きりょう》が現れたという噂があるのです」

第二皇子融勒のことは冬花宮に入った頃《ころ》、藍玉から聞いている。その融勒の宮に鬼霊が出ているというのは穏《おだ》やかではない話だ。

「宝剣《ほうけん》の力を借りて祓《はら》うこともできますが、融勒はそれを好みませんからね。けれど、このまま放《ほう》って、鬼霊の皇子などと呼ばれては困ります。あなたが噂通りに鬼霊を祓えるのなら、最禮宮の鬼霊を祓ってほしいのです」

秀礼に断りなしで第二皇子の件を引き受けていいものか悩《なや》ましい。

答えあぐねる紅妍に、永貴妃は続ける。じろりとこちらに向けられた視線は高圧的で、逆らうことはできないのだと告げるようでもあった。

「鬼霊を祓えば、帝に関する情報をお話しすると言っているのですから、悩む必要はないでしょうに。帝をお救いするため華妃になったのだから断れないはずですよ」

鬼霊が絡《から》むとなれば、今の宮城でそれを解決できる人は二人。第二皇子だからと見捨ててしまえば、その鬼霊は延々と宮城を彷徨《さまよ》う。鬼霊は永く、苦しみを味わうことになる。

(断れば、最禮宮の鬼霊の苦しみが続いてしまう)

逡巡《しゅんじゅん》の末、紅妍は顔をあげた。

「あの話、引き受けてよろしいのでしょうか」

冬花宮を出て少し歩いたところで、藍玉が言った。行き先は第二皇子の融勒が賜った宮、最禮宮である。訪問については永貴妃が取りなしてくれた。紅妍が断れないことを見込んで、事前に準備していたのだろう。

最禮宮への訪問という形を取るため、紅妍は藍玉の他、冬花宮の宮女を数名連れて移動していた。鬼霊について調べるという目的を知るのは藍玉のみだ。そのため、藍玉の問いかけは声量を絞《しぼ》り、紅妍にしか聞こえないものだった。

「でも、鬼霊が絡んでいるから。秀礼様に頼めないのなら、わたしが祓うしかない」

「確かに、鬼霊を祓えるのは秀礼様と華妃様のお二人だけ。ですが、永貴妃様と秀礼様はよい仲と言い難《がた》いのです。特に永貴妃様は秀礼様を快く思っていないと聞きます」

永貴妃は融勒の生母である。融勒が次期皇帝《こうてい》になれば永貴妃は太后《たいこう》になるのだ。永貴妃が太后を目指すのならば、秀礼は目の敵《かたき》だろう。

「秀礼様に相談をした方が良いでしょう。最禮宮から戻《もど》る頃ならば霹児《へきじ》の手が空いていると思うので、彼女に文《ふみ》を書いていただきましょう」

「霹児は、冬花宮に慣れてきたの？」

「それはもちろん。華妃様のためにと毎日楽しそうに働いていますよ」

今や霹児は冬花宮に勤めている。元は秋芳宮《しゅうほうきゅう》の宮女だったが、楊妃の一件があり秋芳宮には誰《だれ》もいない。本来は里に帰されるところを、紅妍が冬花宮に呼んだのだ。放《ほう》っておけないと考えた末の提案だったが、宮勤めをして家族を食べさせていきたかった霹児や、彼女の境遇《きょうぐう》を憐《あわ》れに思っていた藍玉は随分《ずいぶん》と喜んでいた。

「霹児は、楊妃様を救ってくださった華妃様に感謝していますよ。毎日、華妃様のご活躍《かつやく》について語るのでこちらが参るほどです」

霹児はすっかり紅妍に心酔《しんすい》し、華妃が如何《いか》に素晴《すば》らしいかを饒舌《じょうぜつ》に語っていた。『華妃様は守ってくれる。お優《やさ》しい方』と、冬花宮の宮女に語り聞かせている場面を紅妍も見たことがある。気恥《きは》ずかしいので霹児に気づかれぬよう立ち去ったが、その話を聞く冬花宮の宮女が真剣《しんけん》だったのを覚えている。

（今だって嫌《いや》な表情せず同行してくれた。少しずつ変わってきた気がする）

宮女から信を得たとは言い難いが、恐れている様子がなくなったことは喜ばしい。疎《うと》んじられるのは仕方の無いことだと諦《あきら》めていたくせに、安堵《あんど》してしまう。

紅妍が目指す最禮宮は南東の奥まった位置にある。そこに向かうには、永貴妃が住む春燕宮を越《こ》えなければならない。

そうして春燕宮を過ぎ、高塀《たかべい》に挟《はさ》まれた通路を進んでいた時だった。まもなく最禮宮というところで、あたりに嫌な気が満ちていく。

（これは……鬼霊だ）

あたりに満ちる重たい気と独特の血のにおいを感じ取り、おのずと身が強《こわ》ばった。

血のにおいは近づいてくる。まるで最禮宮からこちらへと向かってくるかのように。

（でも迂闊《うかつ》に近寄れない。ここにいる藍玉や宮女たちを守れるように立ち回らないと）

宮女らを後ろに下がらせ、鬼霊の気を感じ取った方角を睨《ね》めつける。

そして——黒の面布《かおぎぬ》をつけた女人の鬼霊が現れた。若い女だが、妃や宮女ではない。襦《じゅ》裙《くん》に布接《つ》ぎの跡《あと》がある。後宮にはそぐわない、貧しい身なりをしていた。

（紅花は咲《さ》いていない。この者が死に至った原因は体の内にある）

紅花の有無《うむ》を確かめ、紅妍はそう判断した。生前に体を病《や》んで死んだ場合は、体の中に紅花が咲くので外からはわからないのだ。

鬼霊は紅妍らを見つけるなり、面布から覗《のぞ》いた口を大きく開いた。手指の爪《つめ》が一瞬《いっしゅん》にして鋭《するど》く伸《の》びる。

敵意だ。この鬼霊は人を襲《おそ》う。

「だめ！」

紅妍が叫《さけ》ぶと同時に鬼霊が駆《か》けた。顎《あご》が外れたかのように開いた口からは鋭く尖《とが》った歯が覗いている。

「きゃあああ！　鬼霊！」

宮女らも鬼霊に気づき、悲鳴をあげていた。紅妍は躊躇《ためら》うことなく、藍玉と宮女らの前に立った。

「わたしが守るから大丈夫《だいじょうぶ》。藍玉、皆《みな》を連れて逃《に》げて」

そう告げて、紅妍は懐《ふところ》に忍《しの》ばせていた花を手に取った。鬼霊と対峙《たいじ》した時に使えるよう、冬花宮を出る時に摘《つ》んできたものだ。だが、ここで花渡《わた》しをしても一刻消えるだけ。鬼霊の想《おも》いは解《ほど》けていないので浄土《じょうど》へは渡れない。一時しのぎにしかならないが、藍玉らを守るためにはこれしかない。

華仙術を使えば、華妃は仙術師であると宮女らに知られてしまうが、紅妍はそれを恐《おそ》れていなかった。皆を守り、鬼霊を救いたい。それだけだ。

(この鬼霊は苦しんでいる。これ以上、人を襲わせてはだめ)

鬼霊の呻《うめ》き声が聞こえた。苦しんでいる。

場を凌《しの》ぐため花渡しをしようとし、花に意識を傾《かたむ》ける。

「待ってくれ！」

紅妍の花渡しを遮《さえぎ》ったのは、男の声だった。その者は鬼霊を追いかけるようにして通路の角から現れる。そして、不思議なことに鬼霊の動きもぴたりと止まっていた。

駆けてきた男は鬼霊を庇《かば》うようにして紅妍の前に割りこむと、紅妍ではなく鬼霊の方を向き、柔《やわ》らかな声で諭《さと》した。

「宮に戻ってくれ。ここはよくない」

鬼霊は何も語らない。しかし男の言葉を聞き入れたらしく、長く伸びた爪はみるみる縮んでいく。紅妍らに背を向け、鬼霊は男がやってきた方へと去っていく。

その姿が遠ざかった後、男は紅妍の許《もと》へと駆け寄った。

「あなたが華妃《かひ》ですね。お噂《うわさ》は聞いております」

男の身なりはよく、宦官《かんがん》らが着るような盤領袍《ばんりょうほう》ではない。帯に細やかな装飾《そうしょく》が施《ほどこ》され、秀礼を彷彿《ほうふつ》とする格好だ。後ろには数名の宦官や宮女を引き連れている。

男は手を前に組んで頭を深く下げた。

「私は融勒《ゆうろく》と申します」

彼は第二皇子こと英《えい》融勒だ。異母兄弟といえ秀礼と似た面差《おもざ》しをしている。どちらも端《たん》整《せい》な顔つきをしているが、こちらの方がやや線が細い。秀礼が動であるなら融勒は静という言葉が似合う。聡明《そうめい》な印象がある青年だった。

「華妃が訪問すると母から聞いていましたが……その目的は鬼霊祓いでしょうか」

「はい。最禮宮に鬼霊が出ると聞きました」

「では申し上げましょう。必要ありません。あの鬼霊は祓わなくて良いのです」

融勒はやんわりと微笑《ほほえ》んで告げた。永貴妃は鬼霊祓いを依頼《いらい》したというのに、融勒はなぜ止めるのか。紅妍は怪訝《けげん》な顔をするしかなかった。

「鬼霊《きりょう》を祓《はら》わずに放《ほう》っておけば、鬼霊の苦しみが増します。今回は止まったので被《ひ》害《がい》が出なくてよかったものの、次はどうなるかわかりません」

「ご心配には及《およ》びません。あれは私に吉慶《きっけい》を報《しら》せにきたのですよ。だから、私の言葉を聞き、あなたたちを襲うことはなかった」

確かに、鬼霊は融勒の言葉を聞き入れていた。しかし鬼霊が苦しみから解放されるわけではない。見えぬ場所に咲いたとしても紅花は確実に鬼霊を苦しめる。

そして鬼霊は吉慶を報せるものではない。紅妍は毅《き》然《ぜん》と、それを否定した。

「鬼霊は哀《かな》しい存在です。秋芳宮での一件もお耳に入っていることでしょう」

「ええ、聞いていますよ。でもそれが何です。秋芳宮など、私とは何の関係もない」

ひどい言い草に紅妍は二の句が継《つ》げなくなった。楊妃が殺されたという、後宮を揺《ゆ》るがす事件だったにも拘《かか》わらず、融勒は気に留めていない。

「鬼霊を祓いにきたというのなら、どうぞお引き取りください。それ以外の目的があるのでしたら、最禮宮へご案内しますが」

ここで食い下がったとしても、良い結果は生じないだろう。相手が第二皇子ということもある。紅妍は冬花宮へ戻ることにした。

（秀礼様は鬼霊を祓いたいと考えているのに、融勒様は違《ちが》う）

皇子でありながら、二人の考えは極端《きょくたん》にずれている。さらに融勒は、秋芳宮の件にも関心を持たず、さも他人事《ひとごと》のように扱《あつか》っている。鬼霊を庇い、陶酔《とうすい》している印象もあった。

冬花宮に向けて歩みを進めようとしていた紅妍は振《ふ》り返る。そこにはまだ融勒が立ち尽《つ》くし、こちらを見ていた。

見えない糸が張り詰《つ》めているかのようだと紅妍は感じていた。それはここ最近の後宮である。その理由は融勒と会ってから数日後の朝、支度《したく》している時に藍玉が語った。

「光乾殿《こうけんでん》の宦官たちが揉《も》めたようです。第二皇子派と第四皇子派で言い争ったとか」

第二皇子は英融勒。第四皇子は英秀礼のことである。二人になぜ派閥《はばつ》があるのかと、紅妍は首を傾《かし》げた。

「皆、二人のどちらかが次の帝位につくと考え、派閥を作っているのですよ。早々にどちらかの味方について良き立ち位置を得たいのでしょう。たとえばわたくしの蘇《そ》家でしたら、伯父上《おじうえ》が秀礼様付きですので、第四皇子派になります」

藍玉の伯父にあたる蘇清益は秀礼付きの宦官だ。秀礼が帝《みかど》になれば安泰《あんたい》を約束されるが、融勒《ゆうろく》が帝になった場合は厳しい立ち位置になる。これは藍玉にも影響《えいきょう》することだが、随分あっさりとした顔をしていた。

「永貴妃様は当然のごとく融勒様に。甄妃様は秀礼様の後見人になっているので秀礼様側となるでしょう」

「となれば、秀礼様の口添《くちぞ》えで妃になったわたしは、第四皇子派として扱われる……」

「そうなります。お心は中立を貫《つらぬ》いていても、周囲はそのように見てくれませんからね」

藍玉はそう言って、紅妍の髪《かみ》を結《ゆ》い上げる。冬花宮にきた頃《ころ》に比べ、髪艶《かみつや》がよくなった。藍玉は足りないと言って手入れに燃えているが、じゅうぶん美しい紅髪《こうはつ》になっていた。

「でも、派閥があったとしても、既《すで》に宝剣《ほうけん》は選んでいますからね」

宝剣とは秀礼が所持している黄金の剣だ。どうも帝や皇子の話になると宝剣が出てくる。

「秀礼様も融勒様も、みなして宝剣のことを口にするけれど……あれは何？」

「髙の宮城に代々伝わる剣ですよ。普通《ふつう》の剣では祓えぬ鬼霊も、その剣では祓えることから鬼霊祓いの宝剣と呼ばれています。宝剣は鬼霊祓いの才がないと扱えず、才のない者が持とうとしても振るうどころか持ち上げることさえ出来ないのです」

秀礼が宝剣を扱うところを一度見ているが、軽々とした扱い方だった。そこまで重たい剣のようには見えない。

鬼霊の気を感じ取るのは、紅妍のような仙術師か感覚の鋭敏《えいびん》な者である。秀礼も鬼霊の気を感じ取ることができるので、彼は鬼霊に関する感覚が敏感《びんかん》なのだろう。才がある、というのも納得《なっとく》できる。

「代々の帝は宝剣に選ばれ、宝剣を振るうことができました——ですから宝剣に選ばれ、所持できることは次なる帝を決めるひとつの判断材料となります」

「では宝剣に選ばれた秀礼様……になるのでは……」

「まだわかりません。永家は名門貴顕《きけん》なる家で、永貴妃様は永家の支援《しえん》を受けています。その永貴妃様の子である融勒様は、諸侯《しょこう》らに幅広《はばひろ》く信を得ています。対する秀礼様は宝剣に選ばれるまでその存在を隠《かく》されていましたから、そういった点では劣《おと》ります。帝位継承者を決めるのは帝ですから、どちらの皇子が選ばれるのか、そのお心はわかりません」

紅妍が思っていたよりも秀礼は難しい立場にいるようだ。そして気になったのは、秀礼が隠されていたという話である。

(皇子なのに隠されていた？　どうしてだろう)

秀礼から、そのような話を聞いたことはなかった。秋芳宮《しゅうほうきゅう》の件や集陽《しゅうよう》散策など秀礼と接する機会は多く、秀礼という人間を知ったような気持ちでいた。だが急に知らない一面が現れ、距離《きょり》が遠くなったような心地《ここち》だ。

(秀礼様は今頃《いまごろ》何をしているのだろう)

秀礼と共に集陽を歩いた時を思い出してしまう。身分を伏《ふ》せて民《たみ》に歩み寄り、彼らが抱《かか》える苦労を知ろうとしていた。その姿は宮城にいる時も眩《まぶ》しく、英秀礼という人間として民との交流を楽しんでいるようでもあった。

(人の痛みを知ろうとする。この人になら、つらかった話をしても良いと思えてしまった)

思わず過去を打ち明けていたのは、集陽で見た彼の一面に心服したためだ。秀礼ならば、紅妍のようにつらい環境《かんきょう》にいる者に寄り添《そ》ってくれるのではないか。そう考えた時、これまでに溜《た》めた苦しみが口からこぼれていた。

光乾殿から鬼霊祓いを禁じられて以来、秀礼の動きはない。永貴妃の依頼について文《ふみ》は出しているが、冬花宮に来る様子はなかった。

「あら。華妃様、秀礼様のことを考えています？」

「え――いや、そんなことは……」

「とても可愛《かわい》らしく笑ったり、深刻な顔をなさったりと忙《いそが》しそうにしていましたよ。頬《ほお》も赤らんでいて美しゅうございました」

心のうちが顔にでていたのか、と紅妍は慌《あわ》てた。しかしそれも藍玉にはお見通しだったようで、彼女はくすくすと笑っている。

「ご安心ください。今日の夕刻、秀礼様がいらっしゃるそうです。先ほどのように微笑めば、秀礼様にも喜んでいただけることでしょう」

そこまではしなくてもいいと慌てる紅妍に、藍玉は楽しんでいるようだった。

(でも、わたしは帝の妃だから、皇子である秀礼様と親しくするのはよくないのでは……)

本来ならばあまり接しない方がいいのだろう。けれど今日の夕刻を心待ちにしてしまう。

紅妍は自分の頬に触《ふ》れた。秀礼が蜜瓜《みつうり》を持ってきた時、紅妍の頬を揉むようにと藍玉に命じていたことを思い出していた。これでうまく笑えるようになるのかと半信半疑だったが、数度指で押し、柔《やわ》らかさを確かめていると、藍玉が満足そうに微笑《ほほえ》んでいた。

冬花宮に訪問があったのは、夕刻よりもだいぶ早い頃だった。予定よりも早く秀礼が来たと思いきや、紅妍を呼びに来た藍玉と霹児は慌てていた。

「融勒様の使いがいらっしゃいました」

「融勒様が？　鬼霊を祓うなと話していたのに、わたしに何の用が……」

「華妃《かひ》様にご相談したいことがあるそうで、急ぎ北庭園の七星亭《しちせいてい》まで来て欲しいとのことです。どうなさいますか？」

相談なら冬花宮か最禮宮で良いだろうに、わざわざ北庭園を指定したのには何らかの理由があるのだろう。内密な話かもしれない。だが紅妍は永貴妃の依頼《いらい》を受けている。

「……北庭園に行きます」

紅妍はそう伝え、支度を整えて冬花宮を出た。

内廷《ないてい》は最北に庭園がある。季節に合わせて草花が咲《さ》き誇《ほこ》る美しい場所であり、ここは高木も植えられていて菩提樹《ぼだいじゅ》や槐《えんじゅ》の木がのびのびと育っている。黄櫨《はぜ》の木は季がくれば葉を色づかせて庭園を華《はな》やかにさせるのだろう。

北庭園には二つほどの亭がある。そのうちの一つが大池のほとりにある七星亭だ。大池や北庭園を見渡《みわた》す風光明媚《ふうこうめいび》な景観は、庭散策の休憩《きゅうけい》場所として好まれていた。天まで至りそうなほどに反り返った屋根を見上げていると、融勒の声がかかった。

「お待ちしていましたよ――少し外してくれ。華妃と話したい」

融勒は、自ら連れてきた宦官《かんがん》や宮女を下がらせ、さらに藍玉など冬花宮の宮女たちに人《ひと》払《ばら》いを命じた。紅妍以外に聞かせたくないほど内密な話らしい。

「華妃に相談したいことがあります」

近くに人がいないことを確かめた後、融勒は紅妍をまっすぐに見据《みす》えて言った。

「秀礼から宝剣を借りたい。華妃にも協力してもらいたいのです」

宝剣を借りたい。その申し出に、紅妍は眉《まゆ》をひそめた。融勒の目的がわからないため、言葉を発さずに様子を窺《うかが》う。

「宝剣は鬼霊《きりょう》を祓《はら》う剣。才を持つ者にしか扱うことができません。私は持ち上げることすら敵《かな》いませんでしたが――今なら、扱えるはずなのです」

「どうして、今なら扱えると思ったのですか？」

「瑞兆《ずいちょう》の報《しら》せ――鬼霊が、最禮宮に住み着いているからですよ」

融勒の瞳《ひとみ》は自信に満ちていた。しかし、鬼霊の存在は融勒が語るようなものではない。

鬼霊を盲信《もうしん》するような真っ直《す》ぐなまなざしが不気味なものに思えてしまった。

「華妃も一度会っている娘《むすめ》の鬼霊ですよ。あれは最近やってきました。春燕宮と最禮宮を行き来していましたが、最近はもっぱら最禮宮に留《とど》まっている。宝剣《ほうけん》を握《にぎ》るべきは私だと奮い立たせてくれるかのように。鬼霊が現れたということは、私に潜《ひそ》んでいた鬼霊の才が開いたのでしょう。だからどうか、もう一度宝剣に触れる機会を得たい」

最禮宮に向かう途中で会った鬼霊は、奇妙なことに融勒の言葉を聞き入れていた。しかし融勒が声をかけるまでは、こちらに襲いかかっている。自我は残っているのかもしれないが、保っていられるのはわずかだろう。完全に自我を欠けば、融勒を襲《おそ》うかもしれない。

そして融勒が語る鬼霊の才についても思うところがある。

「鬼霊が住み着いたから才が開くということはありません」

これは努力によって身につくものではなく、生まれついてのものである。鬼霊が住み着いたから才が開花したと考えるのは早計だ。

改めて融勒の様子を確かめる。彼は鬼霊を良いものと語りながらも、何かに焦《あせ》っているようにも見える。紅妍は毅然《きぜん》とした態度で告げた。

「鬼霊とは痛みと苦しみに耐《た》え、生に縛《しば》られる生き物。そこに住み着いたのはおそらく最禮宮の何かに執着《しゅうちゃく》しているからです」

「いいえ。鬼霊が私の前に現れたことには意味があるはず――だから、私がもう一度宝剣に触れればきっと」

融勒の言葉は自分に言い聞かせるようでもあった。まるで宝剣に取り憑《つ》かれている。鬼霊が現れたことを瑞兆と思いこんでしまうほどに。

「そこまでして、宝剣に認められたい理由は帝《みかど》になるため、でしょうか」

彼の様子から浮《う》かんだ疑問を、紅妍はそのまま口にした。すると、融勒は先ほどまでの柔らかな表情から一変し、紅妍を強く睨《ね》めつける。

「勘違《かんちが》いをしないでください。私は第二皇子。対するあなたはただの側妃。それも帝が臥《ふ》せった後に入宮《じゅぐう》した、飾《かざ》りの妃です。余計な詮索《せんさく》をできる立場ではない」

冷ややかな態度となった融勒に驚《おどろ》き、紅妍は何も言えなくなっていた。ただ彼が捲《まく》し立てるのを聞くばかりだ。

「これは命令です。あなたが動かぬのなら、誰《だれ》かが傷つくかもしれませんよ。たとえば冬花宮の宮女長。彼女は華妃を慕《した》い、華妃も彼女を信頼《しんらい》しているそうですね。華妃が選択《せんたく》を誤れば、宮女長は二度とあなたの前に現れないでしょう」

融勒は立ち上がる。そして高圧的な態度は変わらず、紅妍に冷たく言い放った。

「さあ、宝剣のことを秀礼に伝えてください」

不穏《ふおん》な言葉を残し、融勒は去っていった。残された紅妍は重たい空気から逃《のが》れたい思いで、七星亭から北庭園の景色を見渡す。風が心地《ここち》よく、菩提樹の葉がさらさらと小気味よい音を立てている。

（あの鬼霊は……苦しみに耐えているのに、どうして瑞兆などと）

最禮宮に向かう途中《とちゅう》で遭遇《そうぐう》した鬼霊の身なりは、後宮にそぐわない貧しいものだった。しかし、現れる場所が決まっているということは、そこに因縁《いんねん》もしくは想《おも》いを残しているということ。あの鬼霊は苦しみながら最禮宮にいるのだ。

（秀礼様に報告しないと。でも、どう切り出せばいいか）

この話を秀礼にせず、紅妍を通そうとしていることから、融勒は秀礼に敵対心を抱《いだ》いているのだろう。そして秀礼が、融勒のことをどのように考えているのかもわからなかった。心のうちを憂《うれ》いが占《し》めている。この後秀礼が来ると聞いているが、それまで楽しみにしていたのが一転している。見上げれば空にも鈍色《にびいろ》の雲がかかろうとしていた。

「華妃様、どうなさいました？」

融勒が去ったことで藍玉が戻《もど》ってきた。紅妍の憂いを察したらしい。見れば他《ほか》の宮女らも不安そうな表情をしていた。

「……大丈夫《だいじょうぶ》。気にしないで」

「何かありましたら言ってくださいね。空も曇《くも》って参りました。そろそろ戻りましょうか」

あたりは先ほどよりも薄暗《うすぐら》くなり、菩提樹や槐の葉が先ほどよりも騒《さわ》がしい音を立てている。この分だと夜には雨が降るのかもしれない。

そうして七星亭を出て、冬花宮に戻ろうとしたところだった。北庭園の向こうから、こちらに駆《か》け寄ってくる者がいる。

「あら。華妃《かひ》様」

それは辛琳琳《しんりんりん》だった。恭《うやうや》しく礼をしてはいるが、その瞳は華妃である紅妍のことを見下すように冷ややかだ。

「秀礼様につくと思えば今度は融勒様……華妃様は随分《ずいぶん》と気が多いですね」

「何が言いたいの？」

「わたしは見たままを申し上げているだけです。優柔不断《ゆうじゆうふだん》の華妃様は、どちらの皇子が帝になっても良いように動いているのでしょう？」

琳琳はにたり、と口角をあげた。粘《ねば》ついた、嫌《いや》な笑《え》みである。

「とぼけても無駄《むだ》ですよ。華妃様と融勒様は親しくお話しをしていたじゃありませんの」

その指摘《してき》に、紅妍は息を呑《の》んだ。琳琳は紅妍と融勒が七星亭にいるのを見ていたのだ。人払いをしていたといえ近くに宮女らが控《ひか》えていたから、話を聞き取るほど近くには寄れないはずだ。遠くから二人がいるのを見ていたのかもしれない。だが琳琳にとっては話の内容よりも『華妃が融勒と密談していた』という現場さえあればいいのだ。密談の内容を好き勝手に想像し、その口で語る姿が容易に想像できた。

「妃《きさき》となって帝に取り入り、秀礼様と融勒様を手玉に取る。華妃様は恐《おそ》ろしいわ。これほどに浅ましい方ならば鬼霊も驚いて消えてしまいそう！」

紅妍は顔を強《こわ》ばらせた。しかし毅然としなければならない。何事もないように振《ふ》る舞《ま》おうとするも、不安は消えてやくれない。

「なにを――」

「でも残念ね。秀礼様にはこの辛琳琳がいますもの。秀礼様をお守りするのはわたし」

琳琳の表情は、秀礼の名を語る時だけ甘くなる。それほど秀礼に陶酔《とうすい》しているのだろう。

そこへ藍玉が間に入った。

「お時間です。華妃様、参りましょう」

琳琳に絡《から》まれている紅妍に助け船を出したのだ。

そうして藍玉のおかげで琳琳から解放されたが、遠く離《はな》れても気持ちは晴れない。

(最禮宮の鬼霊や融勒様のこと、そして厄介《やっかい》な琳琳様……考えることが多すぎる。秀礼様に相談したら、どのように答えてくれるのだろう。秀礼様と話したい)

北庭園の葉が揺《ゆ》れる。鈍色の分厚い雲は次第《しだい》に空を覆《おお》い尽《つ》くし、そのうちにぽつぽつと雨粒《あまつぶ》が落ちてきた。

雨が降り、湿《しめ》った空気が屋内にまで入りこむ。肌《はだ》に纏《まと》わり付いて気持ちが悪い。

「なかなかいらっしゃらないですね」

藍玉が言った。約束の夕刻は過ぎている。融勒のことなど話したいことは山ほどあるというのに、秀礼が来る気配は一向になかった。

訪問の連絡《れんらく》をしておきながら彼が現れないことは初めてだ。冬花宮に来る途中で何かあったのではないかと嫌な想像ばかりしてしまう。喧騒《けんそう》を吸いこんでしまいそうな雨音も、紅妍の不安を掻《か》き立てていた。

そうして待っていると来訪者の報《しら》せが入った。秀礼が来たのだと安堵《あんど》した紅妍だったが、やってきたのは蘇清益だった。

「申し訳ありません」

清益はそう言って頭を下げる。いやな予感がした。期待し緩《ゆる》んでいた紅妍の表情が翳《かげ》る。

「秀礼様は来られなくなりました。急な来客がありまして、その対応で忙《いそが》しいのです」

秀礼の身に何かあったのではないことにほっと息を吐《つ》きながらも、もやもやとした感情が残っている。

（残念だと……どうして、思ってしまうのだろう）

秀礼が別の者と会っていると思うと、複雑な心地《ここち》だ。ましてや七星亭の密談を琳琳に見られている。今、秀礼の許《もと》を訪ねているのは琳琳ではないのか。

沈《しず》んだ様子の紅妍に気づき、清益はくすりと微笑《ほほえ》んだ。そして文《ふみ》を取り出す。

「こちらは秀礼様からの文です。大事なことが書いてあるそうですが、私には読ませてはくれませんでした。ひどいものですね。この文は私のいない時に読まれるようにと言付かっております」

読ませてくれなかったと言っているが清益は文の内容に想像がついているのだろう。訝《いぶか》しみながらも文を受け取る紅妍に、清益が告げた。

「明日、私は所用があって審礼宮《しんれいきゅう》を離れますので。どうかよろしくお願いしますね」

謎《なぞ》の言葉を残して清益は去る。その姿が冬花宮から離れたのを確認《かくにん》した後、紅妍は文を開く。その文字を読むなり、紅妍の表情に光が灯《とも》った。

「まあ。華妃様ったら急に明るいお顔をなさって。良いことでも書いてありました？」

「『明日、宮城を抜《ぬ》け出して集陽に出るからついてこい』と書いてある……」

藍玉は「それは伯父上《おじうえ》の耳には入れられないお話ですわね」と苦笑《くしょう》していたが、紅妍の心は先ほどよりも軽くなっていた。雨も先ほどより弱まったらしく、不安を掻き立てるような強い雨音はもう聞こえなくなっていた。

昨晩の雨は嘘《うそ》のように晴れている。夏は先だというのに地面を焦《こ》がすような陽《ひ》が集陽を照らしていた。

紅妍の姿は集陽にあった。前回と同じく、宮城と集陽を行き来する荷車に隠《かく》れて抜け出した。だが少しばかり気になることがあった。

「……昨日は行けず、すまなかった」

それは秀礼の様子についてだ。お互《たが》いに支《し》度《たく》をして宮城を抜け出しても、どういうわけか目を合わせようとしない。交《か》わす言葉もぎこちない。

「いえ……」

そして紅妍にも変化があった。早く秀礼に会って報告したいと考えていたのに、いざとなれば口が重たい。秀礼の顔が視界に入ると、なぜか琳琳の言葉を思い出してしまう。

（……琳琳様が、秀礼様の妃になると言っていたけれど）

それは琳琳が冬花宮に来た時に語っていたことだ。それ以降も秀礼の話をするたびに琳琳の態度は陶酔しきったものに変わる。

（わたしとは関係のない話なのに……秀礼様に会ったら、思い出してしまった）

秀礼の顔を見上げるたび、想像してしまう。いずれ妃となる琳琳に対し、秀礼はどのように接しているのか。その疑問は紅妍の心に影《かげ》を落とし、表情は沈んでいった。

険しい表情のまま、秀礼が歩き出す。前回と異なり、楽しい会話などはなかった。

（秀礼様も何か悩《なや》んでいるのかもしれない）

気になるが問いかける勇気が出ない。時折秀礼の様子を確かめれば、なぜか目が合ってしまう。視線がぶつかっても気まずさで顔を逸《そ》らしてしまい、会話が弾《はず》むことはなかった。秀礼は、親しい者と会えば以前のように明るい顔つきに戻《もど》るが、紅妍を見ればまた暗い面《おも》持《も》ちになってしまう。気づけば二人とも、足取りが重たくなっていた。

淡々《たんたん》と集陽の西を目指す。ようやく秀礼が足を止めたのは通りから外れた小高い丘《おか》だった。古くからあるのだろう落葉松《からまつ》が数本と、木製の長椅《こしかけ》がある。刻限によっては付近に住む子供たちが遊んでいるのかもしれないが、今は人気《ひとけ》がなかった。

「……少し、ここで休むか」

秀礼が提案し、二人は一時休息を取ることとなった。

（秀礼様と話がしたいけれど……）

隣《となり》に腰掛《こしか》け、様子を窺《うかが》う。だが秀礼は袂《たもと》から取り出した手のひらに収まるほどの木箱を眺《なが》めていた。それは最近手に入れたもののように綺麗《きれい》で、小花の文様が彫《ほ》られた箱である。大事そうに持っているものの、これに向けるまなざしは沈んでいた。

（琳琳様に贈《おく》るものかもしれない。だって琳琳様は許嫁《いいなずけ》だから）

秀礼が何か一つ行動するたび、琳琳の姿が思い浮《う》かぶ。だめだとわかっていても頭から離れてはくれなかった。

「……いや、これではだめだな。私らしくない」

秀礼が小さくひとりごちた。その意図は紅妍にもわからないが、彼の瞳《ひとみ》が急にこちらに向けられた。その顔から憂《うれ》いは消え、決意のようなものが感じ取れる。秀礼は紅妍を見据《みす》え、問いかけた。

「紅妍。何か、気になることがあるのか？」

琳琳と秀礼のことが頭から離れない。だがそれを伝えてよいのか躊躇《ためら》い、紅妍は俯《うつむ》いた。

「……ございません」

「嘘だ」

誤魔化《ごまか》すつもりだったがすぐに見抜《みぬ》かれてしまった。秀礼はわずかに笑《え》みを浮かべ、得意げに話す。

「お前は感情を表に出すのが下手だ。だが、わずかな変化は私でもわかるようになってきた。それだけお前のことを見ているからな――だからこれは嘘だ。本当は何か、気になることがあるのだろう？」

まるで心の奥を見透《みす》かされているかのように。だというのに気まずさはなく、嬉《うれ》しく感じてしまうのはなぜだろう。紅妍は正直に明かすことにした。

「……辛琳琳様と会いました」

ぴくり、と秀礼の眉《まゆ》が動く。

「秀礼様の……許嫁だと、聞いたので……その……」

「そんなことを気にしていたのか。確かに。私と琳琳はそのような関係だ」

悩む紅妍を知らず、あっさりと秀礼が認めてしまった。現在、秀礼は妃《きさき》を持たず、年齢《ねんれい》からして妃を迎《むか》えても良い時期だ。だから婚約者《こんやく》が決まっていてもおかしくない。だというのに、心に落ちた影はより濃《こ》くなっていく。大切なものが失われていくような、空虚《くうきょ》な心地《ここち》だ。

（どうして、苦しいのだろう）

秀礼の姿に胸が痛む。苦しくて溺《おぼ》れているような錯覚《さっかく》だ。けれどちゃんと息は出来ている。気分が沈んでいるだけだ。

しかし秀礼は、なぜか幼子をあやすような笑みを浮かべていた。紅妍の頭をそっと撫《な》でる。消沈《しょうちん》した紅妍の心に寄り添《そ》うように。

「そのような顔をするな。放《ほう》っておけなくなる」

「ですが、琳琳様がいるので、わたしはあまり秀礼様に近づいてはならないと」

「琳琳は許嫁だが、それは辛皇后が勝手に決めたことだ。私は認めていない」

するり、と秀礼の手が離《はな》れていく。撫でられていた頭はぼんやりと温かく、離れていくことを惜《お》しむかのようだった。

「誰《だれ》かに決められて動くのは嫌《いや》だ。妃は私が決める——だから、安心しろ」

その言葉は、沈んでいた紅妍の心に刺《さ》さる。石のように重たくのし掛《か》かっていたものが崩《くず》れ、光が差すようだった。

秀礼の言葉に一喜一憂《いっきいちゆう》してしまう理由はわからない。自分自身に問いかけても答えは見えそうにない。秀礼が隣にいることで心が凪《な》いでいくような気がする、それだけは紅妍自身もわかっている。

「他《ほか》に気になることはないのか？　お前は相当に思い詰《つ》めた顔をしていたぞ」

辛琳琳についての疑念は払拭《ふっしょく》された。しかし、紅妍にはもう一つ気になることがあった。秀礼の様子だ。今日暗い顔をしていたのは紅妍だけではない。秀礼も、何か悩みごとを抱《かか》えているようだった。

「秀礼様も悩まれているのではないですか？　お会いしてからずっと、いつもと様子が違《ちが》ったので」

これを聞くなり秀礼は目を丸くし、それから破顔した。

「私がお前のことに気づくように、お前も私のことに気づいていたのか。では隠していても仕方ないな」

彼はしばし笑い、しかしどこか嬉しそうでもあった。

「お前と融勒のことだ。二人が七星亭で会っていたと、わざわざ琳琳が来て教えてくれた。それを聞いて……私は、なぜかわからぬが、焦《あせ》った」

秀礼が呟《つぶや》く。その言葉には、秀礼自身もわからない戸惑《とまど》いが滲《にじ》んでいる。

「お前が融勒と会ったところで関係はないとわかっている。けれど焦った。お前が融勒にどんな表情を向けているのか想像するだけで苛立《いらだ》って、文《ふみ》を書くのにも、心を静めるまで随分《ずいぶん》と時間を要した」

そのようなことになっていたとは想像もしていなかった。驚《おどろ》く紅妍をよそに、秀礼は深くため息をつく。

「なぜ会っていたのか、お前の口から聞こうと思っていたが……こうしてお前に会ってもうまくいかなくてな」

その苦笑いは、うまく聞き出すことのできない秀礼自身への自嘲《じちょう》が込められているのだろう。紅妍は慌《あわ》てて口を挟《はさ》む。これ以上誤解されたくないと必死であった。

「融勒様の件については改めてご相談しようと思っていました。融勒様はもう一度、宝剣《ほうけん》に触《ふ》れる機会が欲しいそうです。それをわたしから秀礼様に伝えてほしいと頼《たの》まれましたので、親しい間柄《あいだがら》といったわけではありません」

永貴妃からの依頼《いらい》と最禮宮で目撃《もくげき》した鬼霊《きりよう》については既《すで》に秀礼に報告している。だが七星亭でのやりとりについてはまだ話していなかった。

これを聞くと秀礼は「なるほど」と頷《うなず》いた。この一言で察することができるほど、思うところがあるらしい。

「私たちはお互《たが》いに、すれ違って悩んでいたのだな」

どういうわけか、秀礼も憑《つ》き物が落ちたように晴れやかな表情をしている。その様子を眺め、紅妍は安堵《あんど》していた。

「しかし、宝剣か……融勒も固執《こしゅう》しているな」

「宝剣に触れたい理由を聞いたのですが、それは明かしてもらえませんでした」

「大体の想像はつく。今後、後宮にいるのなら宝剣や融勒についての知識が必要となるだろう。長い話となるが聞いてもらいたい。お前にも、私のことを知ってもらいたい」

丘に爽《さわ》やかな風が吹《ふ》いている。町の喧騒《けんそう》は届かない。ここは集陽でもあまり人のこない場所なので、後宮とはまた違う心地《ここち》よさがあった。その爽やかな景観にそぐわない、苦しげな声音《こわね》で秀礼が語り出す。

「後宮に冷宮《れいぐう》という場所がある。冷宮は忌《い》み地であり、北庭園の外れ、誰も立ち寄らないようなところにある。管理はされず、風通しは悪い。陽《ひ》も当たらないので陰《いん》の気に満ちている。壁《かべ》は脆《もろ》く崩れているところもあり、特に冬は隙間風《すきまかぜ》が入ってきて寒くて敵《かな》わん」

内廷《ないてい》の華《はな》やかな一面にしか触れていないので、そのような場所があることを知らなかった。北庭園の外れも行ったことがない。北庭園の奥はあまりよくないのです、と藍玉が言っていたのを覚えている。

「幼い頃《ころ》、私は冷宮に送られた。他《ほか》にも、宮女や宦官《かんがん》、官吏《かんり》の子など何人もが送られたが、冷宮の過酷《かこく》な環境《かんきょう》を耐《た》えたのは数名。病に罹《かか》る者が多く、食糧《しょくりょう》もわずかしかないため飢《う》えて死ぬ者もいた。だが、冷宮で誰かが死んでも後宮の者たちが憐《あわ》れむことはなかった。それどころか言いがかりをつけられて処された者もいる。その頃から清益や韓辰も一緒《いっしょ》だったが、よくぞ生き抜《ぬ》いたと思っている」

「秀礼様は帝《みかど》の子なのに、どうして閉じ込められるなんて……」

「いや、私が帝の子であるが故《ゆえ》だ」

秀礼は虚《むな》しく一笑して俯く。

「後にわかったが私を冷宮に送ったのは辛皇后だった。辛皇后は自らの子を帝位《ていい》につけて太后《たいこう》となりたかったのだろうが、その皇子は夭折《ようせつ》している。地位を得たかった辛皇后が目をつけたのが融勒だ。私を冷宮に送ったのは、自らが融勒派に属すると示すためだ」

英秀礼は権力争いに巻き込まれたのだ。幼くして送られたのは生きるのもようやくの冷宮。共に送られた仲間は病に倒《たお》れ、次は自分かもしれないと怯《おび》える恐怖《きょうふ》と闘《たたか》ったのだろう。

彼が送ったつらい日々を想像し、紅妍は手を固く握《にぎ》りしめていた。

「母は私を助けようと手を尽《つ》くしたようだが辛皇后に逆らえなかった。父も私を案じてくれたが、帝自ら動けば、第四皇子に肩入《かたい》れしたと騒《さわ》がれ、宮城の均衡《きんこう》を崩してしまう。誰も私を助けることができなかった。とはいえ、私もやられっぱなしではない。清益や韓辰と共に冷宮を抜け出しては集陽に行った。抜け出す楽しみを覚えたのもこの時だな。露店《ろてん》で仕事を手伝っては食べ物を分けてもらっていた」

秀礼が集陽に出るたび、様々な人に声をかけられるのは、この頃から知り合っていたからだろう。彼が集陽の人々に対し好意的な理由が腑《ふ》に落ちた。

「そんな私を冷宮から出してくれたのが宝剣だった」

思えば、秀礼はいつも宝剣を持ち歩いていた。華仙の里に来た時も、この宝剣を佩《は》いている。融勒が頼みこむほどだ、貴重なものだろう。それを宮城の外でも持ち歩く秀礼の行動に、紅妍は首を傾《かし》げた。

「宮城から出る時も持ち歩いていいのでしょうか？」

「ああ。これは髙にとって大事なものだ。授《さず》けられた時から片時も離さないようにしている。私を失脚《しっきゃく》させるべく、宝剣を奪《うば》う者がいてもおかしくない」

秀礼は宝剣を鞘《さや》から引き抜き、紅妍に見せるかのように振《ふ》るった。その動きに融勒が語った重さというものは感じられず、宝剣に羽がついているかのように軽く見える。

「帝に成るべくは鬼霊を断《た》ち切ることのできる力強き者と言われ、皇子は宝剣所有者選定の儀式《ぎしき》を行い、宝剣を扱《あつか》えるか試《ため》す。これは帝が命じて行われるものだ。皆《みな》は、聡明《そうめい》な融勒こそが宝剣に選ばれ、次の天子に成ると思っていたらしい」

「でも融勒様は宝剣を持ち上げられなかった……そう聞きました」

「その通り、融勒は選ばれなかった。ならば第四皇子だと誰かが言ったのだろうな。冷宮に立派な輿《こし》が着いた時は、ついに殺されるのかと覚悟《かくご》したものだ。清益は私が連れて行かれるのを必死に引き止め、私が殺されたら後を追おうとまで考えたらしい。だが実際は宝剣の前に呼ばれただけだった」

その時のことを思い出したのか秀礼が笑う。そして再び宝剣を見つめた。金の刃《やいば》は無機質な光を湛《たた》えている。

「私が宝剣を持ち上げた時の辛皇后はひどい顔をしていた。そうだろう、自ら疎《うと》んじた者が宝剣に選ばれたのだから。翌日には迎《むか》えがきて、冷宮から審礼宮へと、ようやく光の許《もと》に出られた。だから、私は宝剣に救われたといってもよい」

宝剣を見つめる秀礼のまなざしは優《やさ》しげで、冷宮から救いだしてくれたことへの感謝が込められているようだった。宝剣を用いた鬼霊祓《きりようはら》いが惨《むご》いやり方だったことから、紅妍は宝剣を恐ろしいもののように感じていたが、この話を聞いて恐怖は減った。この剣が秀礼を救った。その事実が宝剣への印象を変えた。

しかし秀礼は外に出られたが、他の者はどうなったのか。その疑問を、紅妍は口にする。

「清益様や韓辰様も、一緒に冷宮を出られたのでしょうか？」

「いや、最初は私だけだった。だから冷宮を出て帝への謁見《えつけん》が叶《かな》った時に直訴《じきそ》した。あの頃の私は、子を冷宮に送られても動かぬ父を恨《うら》んでいたからな、文句を言ってやろうと息巻いて、恐《おそ》れることなく思いの丈《たけ》をぶつけた。苦楽を共にした仲間を冷宮に残すなどできない。宝剣に選ばれた私が大切ならば今すぐに彼らを冷宮から解放せよと……そのようなことを言ったと思う」

「まるで脅《おど》しではないですか……それで帝は何と仰《おっしゃ》ったのですか」

「帝は怒《おこ》ることも、私を不敬だと叱《しか》ることもしなかった。冷宮から救い出せなかったことを認めて詫《わ》びていた。それから、人を大切にするのは良きことだとお言葉を頂き、冷宮に残された者たちは解放された。それ以来、清益は私のそばにいるが、韓辰は別だ。物怖《ものお》じしない性格が気に入られて、帝が光乾殿《こうけんでん》付きに任命した」

それを聞いて紅妍は安堵した。紅妍は病に臥《ふ》した後の帝しか知らず、鬼霊を祓うなと命じられたことから畏怖《いふ》の感情を抱《いだ》いている。だから秀礼が直訴したと聞いて肝《きも》が冷えた。

「その頃は玉体も健康であったから、宝剣は帝が持ち歩いていた。だが病に臥し、この剣は私に託《たく》された」

秀礼は宝剣を鞘に収め、改めて紅妍に向き直る。

「お前に会った時、虐《しいた》げられていたのではないかと推測していたのは私の過去があったからだ。私自身がつらい環境で過ごした経験がある。だから……」

何かを言いかけていたが、それは秀礼が飲みこんでしまった。紅妍にわかることは、彼が手を固く握りしめていることだけ。

「私が宝剣によって救われたように、お前を救いたい」

「……わたし、ですか。今は華仙の里よりも良い日々を送っていますが」

「それは私が命じた故の偽《いつわ》りの妃《きさき》としてだ。そうではなく、何ものにも縛《しば》られず、妨《さまた》げられることのない環境にお前を連れて行きたい」

心の奥底を覗《のぞ》きこんでしまいそうなほど、まっすぐに紅妍を見つめている。集陽の町でも浮《う》かぬよう布接《つ》ぎの衣《ころも》を着ているというのに、彼の周りだけきらきらと輝《かがや》いているような気がした。

「お前を救うのは私でありたい。私以外の者ならば嫌《いや》だ」

救いたい。紅妍にそのような言葉をかけた者は今まで一人もいなかった。どのような環境にあっても手を差し伸《の》べようとしてくれる者はいなかったのだ。だから、秀礼が紅妍を救いたいと語ったことに驚《おどろ》いた。それは時間をかけ、心に染《し》みこんでいく。生きていても良いのだと認められているようで、喜びの感情が体を駆《か》け抜ける。

「秀礼様、その……」

感謝を伝えたい。だというのになぜか動きはぎこちなく、上手《うま》く喋《しゃべ》ることができない。目を合わせれば顔が熱く火照《ほて》ってしまう。

「そのように言ってくださった方は初めてでとても嬉《うれ》しくて……」

「礼はいらん。これは私が勝手に言っているだけだ」

「でも……ありがとうございます」

それでも勇気を出し、秀礼を見つめて感謝の気持ちを伝えた。交差する視線は面映《おもは》ゆく、今にも俯《うつむ》いて逃《に》げたくなる。だが、それは紅妍だけではないのかもしれない。秀礼の表情にも、どこか恥《は》じらいのようなものを感じる。彼は咳払《せきばら》いをひとつした。照れを隠《かく》すように、にたりと笑う。

「先ほどから、秀礼様と呼んでいるな？」

「あ……そうでした。宮城を出てからずっと考えごとをしていたので、清辰《しんたつ》さんと呼ぶことを忘れていました」

「いや、いい。二人きりの時はいつも通りで構わない。しかし名前を間違えて呼ぶほど、私はお前を悩《なや》ませていたのだな？」

「か、からかわないでください！」

秀礼はくつくつと笑っている。二人はいつもの表情に戻《もど》り、緊張《きんちょう》や重い空気は霧散《むさん》していた。これを嫌とは思わなかった。先ほどの見つめ合っている時間も心地《ここち》よかったが、気を緩《ゆる》めて接するのも楽しく感じる。そう感じているのは紅妍だけではないのかもしれないと、秀礼の穏《おだ》やかな表情から悟《さと》った。

心地よい風が吹《ふ》いた。葉が揺《ゆ》れて音を鳴らし、紅妍の紅髪《こうはつ》も風に流される。それを秀礼は見ていたのだろう。彼が穏やかに微笑《ほほえ》んだ。

「宮城に連れてきた時よりも、美しい髪になったな」

「藍玉が手入れをしてくれていますから」

「良いことだ。今度、藍玉を褒《ほ》めてやらねばな——それと、これを」

そう言って、秀礼が先ほどの木箱を差し出した。蓋《ふた》を開けると、そこには白玉を削《けず》り磨《みが》いて作った簪《かんざし》が入っている。簪には百合《ゆり》の文様が彫《ほ》り込まれていた。

「とても綺麗《きれい》な簪ですね」

「ああ。形として残るものを贈《おく》りたかった」

それを聞いても紅妍は理解していなかった。目を瞬《しばたた》かせては、今の言葉を反芻《はんすう》して理解しようと努めている。

秀礼は苦笑《くしょう》し、そして紅妍の髪を一掬《ひとすく》いした。紅髪を撫《な》でながらしみじみと語る。

「この簪は職人に作らせた。紅髪に一番似合う簪と指定をしてな」

「紅髪……あ」

そこでようやく、この簪が紅妍への贈り物なのだと気づいた。しかし既《すで》に遅《おそ》く、ふわりと影《かげ》が落ちる。視界の端《はし》で、秀礼の袖《そで》が風に揺れていた。

紅髪に何かが触《ふ》れている。確かめずともその動きでわかった。藍玉が紅妍の髪に簪を挿《さ》す時と同じ動きを秀礼がしているのだ。

「せっかくだ、この簪に誓《ちか》おう——お前が華仙の里にいた時よりも幸福な生き方ができるよう、私はこの国を変える」

いつもより近くに秀礼がいる。ほんの少し近づいただけで、その声は鮮明《せんめい》に届き、心音は急《せ》いている。心の奥が暖かくなるようで、しかしざわついている。顔も頬《ほお》も熱く、じっとしていられないような、不思議な感情だ。

「……ありがとう……ございます」

見上げて、彼の表情を確かめたい。けれど目を合わせることが憚《はばか》られた。言いようのない不思議な感情に支配されているせいだ。

そういった紅妍の胸中に気づかず、秀礼はまだ紅妍の髪に触れていた。

再び二人は歩き出した。ぎこちない空気はすっかり失《う》せている。紅妍は先を歩く秀礼に聞いた。

「今回の目的地はどこになるのでしょう」

「疫病蔓延《えきびょうまんえん》を止めるための手がかりを知る者の屋敷《やしき》だ」

「知り合いの方ですか？」

「いや、私はあまりこの者を知らない。良く知っているのは、永貴妃だろう」

疫病が蔓延しているためか集陽西部は活気がない。そんな場所で、永貴妃の名が語られるとは思ってもいなかった。紅妍は反応できずにいたが、秀礼は淡々《たんたん》と続ける。

「その者は周寧明《しゅうねいめい》という。かつて宮女として春燕宮に勤めていたが、融勒が生まれた翌日から姿を消したらしく、私は会ったことがない」

「姿を消す……融勒様が誕生した後というのも引っかかる話ですね」

「ああ。この日のことは今も謎《なぞ》が多く、様々な噂《うわさ》がある。生死も危《あや》ぶまれる難産であったとか、子の産声《うぶごえ》が二つだったとか。どれも噂に過ぎず、真相はわからないがな」

周寧明が姿を消したのも、春燕宮の噂も、永貴妃が出産した頃《ころ》の話である。この共通点に引っかかるものがあった。

「噂はともかく一人の宮女が姿を消したことは事実。失踪《しっそう》した周寧明はすぐに見つかったが、永貴妃はそれを咎《とが》めず、宮城に呼び戻すこともしなかった。それどころか、永家と周家の関係は細々と続いている。周家の子を武官に取り立てたり、集陽の西と南に水を流す丁鶴山《ていかくさん》の河川《かせん》管理を任せたりと、何かにつけ優遇《ゆうぐう》しているようだ」

「丁鶴山……確か集陽の疫病は水に原因があるかもしれないと話していましたね。地域は西と南に限られ、その地域は丁鶴山から至る川から水を運んでいると」

「数年前から丁鶴山の河川管理は周家の娘《むすめ》に任せられた。この娘は宮勤めをさせてもよい年頃《としごろ》だと思うが、どういうわけか一度も宮城にきたことはない」

一気に話が繫《つな》がっていく。永貴妃の話が、集陽の疫病や丁鶴山に繫がるとは思ってもいなかった。何かあると踏《ふ》んでいるのは紅妍だけではなかった。

「管理者は川の近くに住むことが定められているから、娘はおそらく丁鶴山近くの小屋にいるはず。だが、丁鶴山に向かう前に、周家の屋敷で確かめたいことがある」

「なるほど。ですが、清辰さんが動いて、よかったのでしょうか」

秀礼は帝位《ていい》を争う立場にある。水に原因があると見当をつけたとはいえ、疫病の蔓延する集陽西部に直接出向くなど良いのだろうか。この問いかけに秀礼はすぐ頷《うなず》いた。

「私が行きたいと思ったから良い。前にも話したが、皇子だからと宮城にいては見えるものも見えなくなる」

秀礼が足を止めた。振《ふ》り返り、真剣《しんけん》な声音《こわね》で告げる。

「私は、帝位につきたい。それは宝剣《ほうけん》に選ばれたからではない」

秀礼の双眸《そうぼう》は、集陽の町並みに向けられる。慈《いつく》しむように民居をひとつずつ眺《なが》めていた。

「民《たみ》の暮らしを良くし、貧富の差を減らしたい。国も民も、悲しみの少ないものに変えていきたい――国を変えるためにはこの国を動かせる立場につかなければいけない」

「秀礼様が帝位を目指すのは、国や民のためなのですね」

「ああ。その結果、融勒と争うことになったとしても構わない」

「融勒様が宝剣に固執《こしゅう》するのも、帝位につきたいがためでしょうか？」

この問いかけに秀礼は「おそらくな」と頷いた。

「融勒はもちろん、永貴妃も融勒が帝位につくことを望んでいる。私が宝剣に選ばれたとわかっても、様々な手を尽《つ》くし、融勒を帝位につけようと必死だ」

「……では融勒様は永貴妃の期待を背負っているのですね」

宝剣への執着《しゅうちゃく》が異常だったことから、永貴妃の期待は重圧となって、融勒にのし掛《か》かっているのだろう。

（けれど最禮宮の鬼霊《きりよう》を祓《はら》わないと。自我を失い、融勒様を襲《おそ》ってしまう前に）

思案しているうちに、二人は西外れの屋敷に着いた。こぢんまりとした屋敷だが、おかしなことに人の気配がない。閑散《かんさん》とし、庭は荒《あ》れている。

この屋敷に人がいないことを秀礼は知っていたようだった。紅妍と異なり動じていない。

「ここに勤めていた者は疫病に罹《かか》って静養している。周家の息子《むすこ》は武官として遠地にいるため、ここ数年戻ってきていない」

「では周寧明は……」

「行方《ゆくえ》がわからない。だからお前を連れてきた。花詠《よ》みならばここにいない周寧明の話を聞くことができるだろう？」

庭は奥、塀《へい》の近くに杜鵑《つつじ》花が咲《さ》いていた。白色に桃色《ももいろ》がほんのりと混ざった愛らしい花が咲いている。寂《さび》しい中でひっそり咲いていたのだろう。

「では、花詠みします」

一輪、摘《つ》み取る。手のひらに載《の》せた杜鵑花は泣いていた。記憶《きおく》を詠みあげたくて仕方ないと泣いているのだ。

人がいなくとも花は語る。見てきたものを詠みあげる。それを聞き取るのが華仙術だ。

手中に花を載せて、紅妍は瞳《ひとみ》を閉じる。

（あなたが視《み》てきたものを、教えてほしい）

意識を傾《かたむ》ける。杜鵑花の中に溶《と》け、花の声を聞く。花が詠みあげる記憶を拾った。

『小鈴《しゃおりん》からの連絡《れんらく》がない、ですって』

女中の報告を聞いた老婦《ろうふ》が顔を真っ青にしていた。庭の端には雪が残り、それは溶けかけている。

『おかしいわ。冬が終わり、春が訪《おとず》れる前のことだろう。

『おかしいわ。あの子はまめに文を寄越す子だったもの、何かがあったに違いない』

『では奥様、どうしましょう』

『……わたしが、見てきます』

老婦は苦しげに表情を歪《ゆが》め、そう告げた。これには女中が慌《あわ》てて叫《さけ》ぶ。

『いけません！　春が近いのですよ。冬の眠《ねむ》りから覚めた丁鶴山の獣《けもの》は獰猛《どうもう》だと聞きます』

丁鶴山には熊《くま》や虎《とら》などの獣が多数確認《かくにん》されている。季は冬の終わり。冬眠《とうみん》を終えた獣は飢《う》え、食料を求めている。人が襲われる危険性があった。

だが老婦の決意は固く、女中の言葉に耳を貸そうとしなかった。

『他《ほか》の者に任せれば、小鈴の身に何かあったのだと永貴妃様のお耳に入ってしまう。あの子を託《たく》されたのはわたしなのだから、責任を持ってわたしが行きます』

老婦は、廊下《ろうか》から庭にある雪積もる杜鵑花の枝に視線を向けた。花は咲いていないというのに眺めていたことから、大切な思い出があるのかもしれない。

『……わたしは、丁鶴山に小鈴を行かせたくなかった。永貴妃様が小鈴のためにと与《あた》えてくださった仕事だけれど、やはりわたしが行けばよかった』

おそらく周寧明だろう老婦は、がくりとその場に崩《くず》れ落ちた。瞳からは大粒《おおつぶ》の涙《なみだ》がこぼれていた。

『息子たちにも報《しら》せないでちょうだい。小鈴に何かが起きたと知れば、どれだけ遠く離《はな》れていても帰ってきたがるでしょう』

『……わかりました』

『小鈴が無事だったら……ここに連れてきて、杜鵑花が咲くのを待ちましょう。あの子はこの花が好きだったから』

周寧明はもう一度、杜鵑花を見つめた。

『永貴妃様の罪滅《つみほろ》ぼしが、こんなことになってしまうなんて』

持っていた記憶を詠み上げて紅妍に託した後、杜鵑花は枯《か》れていった。ゆるゆると力を失っていく姿は涙を流すようでもあった。

紅妍はもう一度屋敷《やしき》を見る。周寧明の姿がないことから、丁鶴山に向かったのだ。そして戻《もど》ってこなかった。だから杜鵑花は悲しそうに咲いている。咲き誇《ほこ》る姿を誰《だれ》も見てくれやしないのだから。

（永貴妃様の罪滅ぼし……つまり、最禮宮に現れたあの鬼霊は……）

その思考が、ひとつの結末に至る。確証はない。けれど急ぎ確かめ、悲劇を止めなければならなかった。紅妍は秀礼に向き直り、告げる。

「丁鶴山に人を向かわせてください。わたしは宮城――最禮宮に行きたいです。すべての答えは鬼霊が持っているはずです」


翌日。紅妍の姿は最禮宮にあった。隣《となり》には秀礼も揃《そろ》っている。

「華妃《かひ》、そして秀礼。今日は最禮宮までお越《こ》し頂きありがとうございます」

最禮宮は悪気に満ち、腹の底までずしりと響《ひび》くような血のにおいがする。しかし目の前にいる融勒は、これに気づいてはいないようだ。

「兄上が宝剣《ほうけん》に触《ふ》れたがっていたと、華妃より話を聞きました」

秀礼が切り出した。この件は紅妍と秀礼で決めていたことだ。宝剣の話を出せば、それを理由に最禮宮に立ち入ることができる。昨晩に文を出し、この件を伝えている。

融勒は中庭の奥に視線を向けていた。小さな池のほとりに襤褸《ぼろ》の襦裙《じゅくん》を纏《まと》った女人《にょにん》の鬼霊がいる。傍目《はため》にみて後宮にいる者ではないとわかる姿だ。こちらを襲ってこないということは、融勒に止められているのだろう。融勒の命を聞けるほど、まだ自我は残っている。

それを見つめながら、融勒は恍惚《こうこつ》とした口ぶりで語った。

「今なら私でも宝剣を扱《あつか》えるはず。鬼霊がこの宮に現れたのはその兆《きざ》しだ」

「華妃からも聞いたと思いますが、鬼霊は吉事《きちじ》を告げるものではありません」

「試《ため》さなければわからない。この鬼霊が現れたことには意味がある」

秀礼はぐっと眉根《まゆね》を寄せた。重圧に気を取られて本質を見落とす融勒に苛立《いらだ》っているのだろう。その感情を押しこめながらも、予定通りに告げる。

「もしも宝剣を振《ふ》るうことができなければ、鬼霊は吉事を告げなかったことになります。その時はこの鬼霊を祓っても構いませんね」

「もちろんだよ。秀礼が斬《き》り祓ってくれて良い」

「では、渡《わた》しましょう」

そう言って秀礼は鞘《さや》ごと宝剣を渡した。それを融勒が受け取る。宝剣は鞘から引き抜《ぬ》いた後に重みが変わるらしい。才がない者が握《にぎ》れば容赦《ようしゃ》なく、宝剣は地に落ちるのだという。

融勒の顔が強《こわ》ばり、あたりに緊迫《きんぱく》した空気が漂《ただよ》う。

「では、抜きます」

融勒の言葉を合図にゆっくりと宝剣が抜かれる。刀身がすべて鞘から出ようという時
——融勒の肩《かた》が不自然に下がった。

「ぐ、うう……こ、これは」

鞘から引き抜いた瞬間《しゅんかん》、地面が呼び寄せるかのように宝剣が落ちていく。融勒の手は必死に柄《つか》を握りしめていたので肩や体も引っ張られる。

体を震《ふる》わせそれを持ち上げようとするが、やはり出来ない。体が崩れ落ちてしまわぬよう、柄を引っ張るだけで精一杯《せいいっぱい》だった。

答えは出ている。融勒は宝剣に選ばれていない。鬼霊《きりょう》が現れたとして宝剣を振るうことはできない。

「これで諦《あきら》めがつきましたか」

秀礼が一歩歩み寄り、声をかける。だが融勒は頑《かたく》なな態度を崩そうとしなかった。

「ま、まだだ……私が、宝剣を持てなければ……何のためにここまで……」

「それ以上宝剣に触れていれば肩や体を壊《こわ》しますよ。諦めた方が良いかと」

「ちがう……帝《みかど》になれぬのなら……母は、母がしてきたことは……」

そこでついに、融勒の体が屈《くっ》した。手から柄が滑《すべ》り落ち、地面に宝剣が転がる。その横に息を荒《あら》くした融勒が膝《ひざ》をついていた。

「……兄上、」

切なく顔を歪めながら秀礼が宝剣を拾う。先ほどまで融勒が持ち上げられなかったそれは嘘《うそ》のように、軽々と拾い上げられた。

「約束通り、あの鬼霊を祓《はら》います」

融勒は答えなかった。ここからは紅妍の出番である。あの鬼霊を祓うため、ここに現れた理由を解《ほど》かなければならない。

紅妍は、立ち上がる力を欠いているらしい融勒に、手を差し伸《の》べた。

「鬼霊の正体を、融勒様はご存じでしょうか」

「……知らぬ」

「この鬼霊は不慮《ふりょ》の死を遂《と》げ、魂《たましい》を縛《しば》られて鬼霊となり、日々紅花の苦痛に耐《た》えています」

「ではなぜ、私の許《もと》に現れた」

「助けを求めて、会いにきています。春燕宮《しゅんえんきゅう》と最禮宮を行き来していたのは、そこにいる者たちに強い想《おも》いを抱《いだ》いているため」

そこで融勒も鬼霊の正体に気づいた。見開かれた瞳《ひとみ》は絶望の色に染まっていく。

「違う！　そんなはずは……！」

駆《か》け出し、鬼霊の前に立つと、黒の面布《かおぎぬ》に手を伸ばしていた。面布を引き剥《は》がそうとしている。だが鬼霊の面布は現世に囚《とら》われた証《あかし》であり、こちらから外すことは出来ない。紅妍がそれを止めようと動いた、その時である。

「融勒。何をしているのですか」

冷えた声音《こわね》に振り返れば、永貴妃がいた。

「な、なぜ母上が――」

「わたしがお呼びしました。ここにいる鬼霊を祓うために」

紅妍と秀礼は永貴妃にも文《ふみ》を出していた。彼女はその通りに最禮宮にやってきたのだが、いざ着けば融勒は鬼霊の面布を剝ごうとすがりついている。失態ともいえる姿だ。永貴妃は苛立ちをぶつけるように、紅妍を睨《にら》みつけた。

「この鬼霊とわたくしに、何の関係があると言うのです」

「関係あります……これからする話は、お二人にとって多くの者に知られたくないことでしょう。今のうちに人払《ひとばら》いを命じてください」

これに永貴妃はむっと顔をしかめている。融勒は鬼霊の正体に心当たりがあるため、すぐに動いた。春燕宮の宮女にまで、融勒が声をかけている。

そうして最禮宮の庭に残った者は紅妍と秀礼、融勒と永貴妃の四名になった。紅妍は鬼霊のそばに立ち、永貴妃と融勒のために口火を切る。

「鬼霊とは、生前に強い想いを抱いていた者や、人知れず死んでしまい、その死を伝えたいがために残り続ける者が多いのです。この鬼霊も、人知れず死を迎《むか》えてしまったのでしょう。この鬼霊の紅花は外から見えず、おそらく病で倒《たお》れたのではないでしょうか。本人も気づかぬうちに死んでしまい、それを伝えるために、遺体を見つけてもらうために、ここに現れているのです。吉慶を報《しら》せるためではありません」

「死因など聞かずとも良い。その鬼霊が、わたくしや融勒に何の関係があるのかと聞いているのですよ」

紅妍の視線は鬼霊から永貴妃へと移る。これから告げることは、とても残酷《ざんこく》な話だ。覚《かく》悟《ご》を決め、紅妍は固く手を握りしめた。

「この鬼霊は春燕宮と最禮宮を行き来していました。そこにいる者たちに伝えたかったのです──周小鈴。その名に、覚えはありませんか？」

小鈴の名を出した途端《とたん》、永貴妃が息を呑《の》んだ。そしてすぐ、鬼霊へと振り返る。だが黒の面布は虚《むな》しく揺《ゆ》れるのみ。鬼霊は語らず、悲しげに立ち尽《つ》くすのみだ。

「これは推測ですが……融勒様は双児だったのではありませんか。片方は男児で融勒様、もう一方は女児」

高では双児は凶事《きょうじ》とされていた。現在の高ではその傾向《けいこう》は薄《うす》れたが、この因習にとらわれた家はまだ残っている。永家のような、代々続く名門貴顕《きけん》の家柄《いえがら》は古いしがらみから抜け出せないのだろう。双児を産んだことは、後宮だけに止《とど》まらず永家にも伝わってしまう。永貴妃は判断を迫《せま》られたのだろう。そして——。

「永貴妃様はどうしても男児を残したかった。しかし双児だと知られれば凶事として皇位継承《けいしょう》権を与《あた》えられない可能性がある。だから双児であることを伏《ふ》せるべく、女児を手放さなければならなかった」

女児を始末する必要があったが、永貴妃にはそれが出来なかったのではないか。周寧明が語った罪滅《つみほろ》ぼしとは、そのことを指すと紅妍は考えている。

「女児を宮女に託《たく》して、宮から出した。その宮女こそ周寧明で、消えた女児が小鈴」

永貴妃は鬼霊に向けていた視線を剝がした。諦めるように深く、息を吐《つ》く。普段《ふだん》の冷えた気迫《きはく》は失われ、悔恨《かいこん》の入り交じった弱々しい顔をしている。

「……そう。周小鈴はわたくしが手放した娘《むすめ》です」

自嘲《じちょう》気味に、永貴妃は笑う。

「子を捨てた母だと罵《ののし》ってくれても構いませんよ」

「できません。だってあなたは、手放してもなお小鈴のことを想っていたのだから」

永貴妃が小鈴を捨てたとは思っていない。むしろ、永貴妃なりに小鈴のために と動き、贖罪《しょくざい》を続けてきた証拠《しょうこ》がある。

「永貴妃様が子供を周寧明に託したのは彼女を信頼《しんらい》していたから。周寧明と小鈴が宮城を出ても、あなたは周家を支援《しえん》してきた。何不自由なく生きられるよう、宮勤めできない小鈴のためにと用意した仕事――それが丁鶴山の河川《かせん》管理だった」

河川管理の任は誰《だれ》でも出来るわけではない。宮城より任命された一部の者だけが行う。河川管理といっても川の状況《じょうきょう》を確かめるだけで主だった労働はなく、山に住むだけで良いのだ。それでなかなかの報酬《ほうしゅう》を得られるのだから、この仕事を求める者は多いだろう。それを小鈴に任せたのは永貴妃の贖罪だ。河川管理ならば女人《にょにん》であれ財を成せる。

ふ、と小さく永貴妃が笑った。

「その通りですよ。わたくしは周寧明を信頼し、だからこそ小鈴を託した」

「母上……」

永貴妃よりも沈痛《ちんつう》な表情を見せるのは融勒だ。自らを帝位《ていい》につけるため娘を手放したのだと、融勒も知っているのだろう。小鈴のことを自分のせいだと背負っている。だから彼は帝位を願い、宝剣《ほうけん》を強く求めた。

鬼霊が小鈴と判明すれば、哀《かな》しい現実が待っている。永貴妃はもう一度鬼霊を見つめた。

「……鬼霊となって現れたということは、小鈴は死んだのですね」

「はい。残念ながら」

永貴妃は鬼霊に手を伸ばし、面布の上から顔を撫《な》でる。

「話は聞いていたのに一度も見に行ったことがなかった。この面布がなければ良いのに」

永貴妃はしばしの間、鬼霊《きりょう》と向き合っていた。鬼霊に対する恐怖《きょうふ》は失《う》せ、ここにあるのは子を慈《いつく》しむ母だ。

融勒も、鬼霊のそばに立つ。

「すまなかった。吉慶《きっけい》の報せなどと思いこんでいた私が恥《は》ずかしい。小鈴は助けを求めて、ここに来ていたのだな……」

小鈴が鬼霊となっても融勒の言を聞き入れたのは、彼が兄であるとわかっていたためだ。紅花の苦しみがあっても、母や兄に襲《おそ》いかかろうとしなかったのは想いの強さである。

(小鈴は、母や兄に会いたかったのかもしれない)

だから宮城に現れた。そして母と兄に助けを求めたのだ。

悲哀《ひあい》に満ちた最禮宮に足音が近づく。新たな来訪者を確かめて声をあげたのは秀礼だ。

「来たか、清益。お前はいつもちょうど良い頃合《ころあ》いに入ってくる」

「まったく人使いの荒《あら》いことです。こう見えても急いで来たのですよ」

息を切らしてやってきた清益は秀礼の前に膝《ひざ》をつく。

「丁鶴山に向かわせた者からの報告がありました」

その言にみなの視線が集《つど》う。

「小屋の近くで、いくつもの死体を発見しました。獣《けもの》に食い荒《あ》らされたようで目も当てられぬ惨状《さんじょう》でした。周寧明、それから小鈴らしき遺体も確認《かくにん》されています」

「なるほど。小鈴は人知れず病で倒れた後、遺体を荒らされたのかもしれぬな」

「ええ。それらの死体は小屋の中ではなく、川辺の岩に引っかかった状態で発見されています。水の流れが悪《よご》くなっているところもございました。腐敗《ふはい》が進んでいたので、これが原因で水が汚れたのかもしれません」

紅花が示す周小鈴の死因は病死。おそらく小鈴は、山中で倒れ亡《な》くなったのだろう。その連絡《れんらく》が来ないため確認しにいった周寧明らは獣に襲われた。丁鶴山の獣はそれらの遺体を食い荒らしたが、その場所がよくなかった。荒らされた遺体は川を堰《せ》き止めるように大岩に引っかかり、腐敗していく。そこから届いた水が集陽に運ばれていたのだ。集陽の者が、『水を口にした者だけでなく、触《ふ》れただけの者も発症《はっしょう》した』と話していたのは、水が持つ汚れが些細《ささい》な傷口から入ったのだろう。

「遺体があれば丁重《ていちょう》に弔《とむら》うよう秀礼様に命じられていましたので、発見した遺体はすべて、そのように致《いた》しました。水については清浄《せいじょう》になるまで丁鶴山の水を使わないよう集陽西部と南部に伝えています」

これに、永貴妃は安堵《あんど》しているようだった。

遺体は発見され、疫病《えきびょう》の原因も突《つ》き止めた。残るは、ここにいる小鈴の鬼霊だ。

「では、鬼霊を浄土《じょうど》に渡《わた》します。でもそのためには、小鈴や小鈴に関《かか》わる人の想《おも》いが詰《つ》まった物が必要です」

紅妍の話を聞き、永貴妃が動いた。宮女長を呼ぶと何かを命じている。急ぎ駆《か》けていったことから春燕宮に何かを取りにいったのだろう。

「華妃《かひ》。そして秀礼」

二人の名を呼んだのは融勒だ。宝剣への妄執《もうしゅう》が失せたのか清々《すがすが》しい顔をしている。

「私は帝位を求めるあまり大事なものを見落としていたらしい。華妃の言う通り、あの鬼霊は私に助けを求めていたというのに」

「兄上は集陽の疫病のことも、ご存じなかったのですか」

「疫病のことは私に関係ないと思っていた。だが……それに目を向けることができていたのなら、小鈴のことにも早く気づけたのかもしれない」

融勒は集陽や後宮での出来事に無関心であった。帝位を求めるあまり、他《ほか》のものが見えていなかったのだろう。それを自戒《じかい》しているようだった。

宮女長が戻《もど》ってきた。持ってきた塗箱の中には綺麗《きれい》に畳《たた》まれた布が入っていた。

「華妃。これを渡そう。小鈴が生まれた時に使った抱被《おくるみ》だ」

年月が経《た》っているだろうに色あせていないのは、それだけ永貴妃が大切にしてきたということ。小鈴を手放しても、これだけは手放せなかったのだろう。それほどの想いがこもっているのならば花渡しが出来る。

花は用意していた。周家の庭に咲《さ》く杜鵑《つつじ》花である。花詠《よ》みで小鈴が好いた花だと話していたことからこれを選んだ。好いた花と母の想いがこもった品であれば、小鈴も喜んで浄土に渡るだろう。

秀礼が紅妍の肩《かた》を優《やさ》しく叩《たた》いた。

「華妃、花渡しを頼《たの》む。小鈴の鬼霊を祓《はら》ってくれ」

紅妍は頷《うなず》き、瞳《ひとみ》を閉じた。片手に抱被、もう一方の手には杜鵑花を載《の》せ、花と鬼霊に語りかける。

(小鈴。あなたを浄土に送りたい)

母と兄に会え、遺体は弔われ、未練はないだろう。紅花の苦しみから解き放たれる時だ。

その体と抱被は細かな粒《つぶ》となっていく。その時、はらりと黒の面布が落ちた。

「小鈴……！」

堪《こら》えきれず、永貴妃が叫《さけ》んだ。

面布《かおぎぬ》は粒となって消え、鬼霊の顔が晒《さら》される。そこにいたのは融勒によく似た、愛らしい娘だ。鬼霊になってまで会いにきて母と兄を見つめている。

まるで一粒《ひとつぶ》の涙《なみだ》が落ちるように、きらきらと光る鬼霊の粒が杜鵑花に吸いこまれた。

「花と共に、渡れ」

魂《たましい》を運ぶ杜鵑花は消え、風《ふ》が吹き抜《ぬ》けていく。ここにいた鬼霊は、もういない。満ちていた鬼霊の悪気も消えていた。

花渡しを終え、冬花宮に戻る途中《とちゅう》。秀礼が口を開いた。

「花渡しとは、何度見ても優しすぎる術だな。あれを用いて、お前に影響《えいきょう》はないのか？」

「はい。特には——現世への念が強いものだったら苦労しますが、今回のように心を開いた鬼霊であれば苦になりません」

「……そうか。これとは違《ちが》うのだな」

秀礼は俯《うつむ》き、宝剣の柄《つか》に触れる。

「宝剣で鬼霊を斬《き》り祓う時、手に血のにおいが染《し》みつく。他の者には聞こえないそうだが、私には鬼霊の悲鳴が聞こえる」

悲鳴をあげるということは痛みを感じているということ。紅妍は宝剣のことを快く思っていない。これを用いた祓いは鬼霊を苦しめる。

「歴代の帝《みかど》は宝剣を振《ふ》るったが、振るえば振るうほど、斬り祓った鬼霊に悩《なや》まされていくらしい。確かにあの悲鳴を何度も聞いては、気が滅入るかもしれないな」

秀礼は苦笑《くしょう》する。その表情からはわからないが、彼自身も悲鳴に悩まされたのだろう。

「もしもお前があの悲鳴を聞くのなら——止《と》めようと思った」

ぽつりと、こぼれ落ちる。秀礼は宝剣の柄から手を離《はな》し、まっすぐ前を見つめていた。

紅妍も同じく前を向く。秀礼が見ているものと同じものを、見たいと思った。

「わたしは華仙術で悲鳴を聞いたことがありません。だから大丈夫《だいじょうぶ》です」

むしろ、いまは違う感情がある。

「秀礼様が宝剣を用いて苦しむことがないよう、わたしが鬼霊を祓います。秀礼様が悲鳴を聞くことのないよう、わたしがそばにいます」

どうしてか理由はわからないが、彼のそばにいたいと、強く思った。秀礼に対して抱《いだ》く、特別な気持ちが大きくなっていく。

けれど。

（わたしは偽《いつわ》りの妃。本当のわたしは宮城にいて良《い》い人間じゃない。華仙一族にも、髙の民《たみ》にも恐《おそ》れられるような仙術師なのだから）

その感情が大きくなればなるほど、紅妍の心が曇《くも》っていく。

第四皇子と紅妍では、立場が違いすぎる。膨《ふく》らんでいくこの感情に名をつけたところで苦しむだけだ。

紅妍はぐっと唇《くちびる》を引き結んだ。秀礼も同じく口を閉《と》ざしている。冬花宮に着くまで互《たが》いに何も語らなかった。

四章　✤　呪詛《じゅそ》、虚《うつ》ろ花

冬花宮《とうかきゅう》に永貴妃《えいきひ》がやってきたのは最禮宮《さいらいきゅう》の一件から半月経《た》った頃《ころ》だった。

「あの時は助かりましたよ」

永貴妃の態度は変わらないが、柔《やわ》らかくなったように思うのはその心の温かさを知ったからだろう。華紅妍《かこうけん》はそこまで緊張《きんちょう》せず接することができた。藍玉《らんぎょく》が持ってきた茶に舌《した》鼓《つづみ》を打ちながら話す。

「あれから変わりはありませんか」

「鬼霊《きりょう》が出ることはありません。最禮宮もそうだと融勒《ゆうろく》から聞いています。これも華妃《かひ》の手柄《てがら》と言えましょう」

「いえ。これはわたし一人で為《な》したことではありません。秀礼様が疫病について調査してくださったおかげです」

「……噂《うわさ》の通り、鬼霊を祓う力を持つ華妃。しかし、こうして接すると同じ年頃《としごろ》の娘《むすめ》と変わりませんね」

ふ、と小さく笑った後、永貴妃がこちらを見る。

「本日参ったのは、以前話した帝に関する話ですよ。華妃が帝をお救いしようとするのなら、この話は役に立つことでしょう」

紅妍はほっとした。永貴妃が約束を覚えていたこと、そして暗礁《あんしょう》に乗り上げつつある光《こう》乾殿《けんでん》の件について大きな手がかりを得られると思ったためだ。

顔を強《こわ》ばらせながらも永貴妃の話を待つ。彼女は静かに、その口を動かした。

「これはわたくしが貴妃になる前の、永妃《ひ》と呼ばれていた頃の話です。後宮に璋貴妃《しょうきひ》という方がいました。貴妃とはいえ当時は辛皇后《しんこうごう》がいましたから、後宮の采配《さいはい》を執るのは辛皇后の役目でした」

この頃は、辛皇后や璋貴妃の他、永妃や甄妃《けんひ》、楊妃《ようひ》が揃《そろ》い、他にも美しい娘が妃嬪《ひひん》として送られてきていたそうだ。後宮は今よりも華やいでいたのだろう。

「その璋貴妃がある時、病で亡くなったのです。急に倒《たお》れてしまい、原因はわからず。ついに起き上がることもできず亡《な》くなりました」

「……可哀想《かわいそう》に」

「辛皇后は璋貴妃が亡くなる前から臥《ふ》していたようですが、璋貴妃の後に辛皇后もこの世を去りました。そして後を追うように帝も病に罹《かか》ってしまった。わたくしが貴妃の位を賜《たまわ》ったのは辛皇后も璋貴妃も亡くなり、帝が臥せってしまったため。後宮や妃をまとめるべく、融勒を産んだ功績と永家の後ろ盾《だて》から貴妃の位を授《さず》かりました」

永貴妃は俯く。その頃の宮城を思い出しているのだろう。しばしの回顧《かいこ》が永貴妃の瞳を潤《うる》ませた。だがそれはすぐ、なかったことのように消える。紅妍の前で涙は見せないという彼女なりの矜持《きょうじ》を感じた。

「過去に璋貴妃に与《あた》えられていた櫻春宮《おうしゅんきゅう》。ここの庭に呪詛らしき奇妙《きみょう》なものが残っているのですよ。そのことから、璋貴妃が辛皇后を呪《のろ》い殺し、帝をも呪ったのではないかという噂があります」

「奇妙なもの？　それは今もあるのでしょうか」

「どの季になっても咲き続ける黒百合《くろゆり》。摘《つ》み取っても翌日には同じ場所で咲《さ》く」

この話に、紅妍は目を見開いていた。百合ならば今は咲き頃だが、摘み取っても翌日に同じ場所で咲くというのは不思議な話だ。

それに黒は忌《い》み色として忌避《きひ》され、特に黒の花は凶事《きょうじ》や災禍《さいか》の報《しら》せとして伝えられている。そのように不吉《ふきつ》なものを後宮に植えるだろうか。

（秋芳宮《しゅうほうきゅう》での瓊花《たまばな》のように、これも理《ことわり》を曲げて咲いているのかもしれない）

自然に生じたものならば必然と枯《か》れる。しかし人を呪うべく負の感情で作られたのなら、理をねじ曲げて存在し続ける。つまり、呪詛と関係があるかもしれないのだ。

そしてもう一つ。この花が気になる理由があった。

（秀礼《しゅうれい》様が言っていた『百合を好む妃』……百合が櫻春宮に咲いているなら、もしかする

と璋貴妃かもしれない)

花詠《よ》みをしても秀礼が語るような妃はいなかった。彼が探し求める情報に近づけるかもしれないのだ。

(櫻春宮に行こう。その黒百合を確かめなければ)

紅妍のその決意は永貴妃にも伝わっていたらしい。彼女は紅妍を見やり、苦笑する。

「その様子を見るに櫻春宮に行くのでしょう――ですが、気になることがひとつ」

「何かありましたか?」

「華妃《かひ》はなぜ、帝をお救いしたいと考えているのですか」

虚《きょ》を衝《つ》かれたように、紅妍の声が出なくなる。良い返答を持ち合わせていないのだ。

「華妃を連れてきたのは秀礼だと聞いています。大方、帝をお救いしてほしいと秀礼に頼《たの》まれたのでしょう。でも、華妃自身は?」

「あ……わ、たしは……」

「わたくしは今、華妃への恩義を抱いています。小鈴《しゃおりん》を救ったのはあなただと思っていますからね。だからこそ、華妃のことを案じているのですよ」

永貴妃の言う通り、紅妍はいつも誰《だれ》かに命じられて動いている。華仙一族や秀礼、永貴妃など依頼《いらい》主は変わることがあっても、自分の意思で動いたことはあっただろうか。

「他人に命じられたから行動する。鬼霊のために華仙術を使う。そのように受け身で流されているあなたが少々心配です」

　今、永貴妃の瞳《ひとみ》に映っているのは華妃でも、華仙術師でもない。華紅妍という人間だ。冷徹《れいてつ》でいようと振る舞《ま》いながらも腹の底では慈愛《じあい》の心を持つ。そのような永貴妃だからこそ、この疑念に辿《たど》り着いたのだろう。

（秀礼様に命じられて帝をお救いしようとしている。では、わたしの気持ちは……わたしは何がしたいのだろう）

　永貴妃の言葉は、紅妍の心に深く突き刺《さ》さっていた。

　藍玉は永貴妃を見送りにいった。房間《へや》に残され、ようやく一息つこうかと考えていた紅妍だったが、ぱたぱたと駆《か》け回る音が聞こえた。何事かと立ち上がると同時にやってきたのは庭に出ていたらしく顔に泥《どろ》をつけた霹児《へきじ》だった。

「華妃様。来客が」

「え？　来訪の知らせは永貴妃しか聞いていないのに、一体誰が」

「その……華妃様にお会いしたいと……辛琳琳《しんりんりん》様が……」

　厄介《やっかい》な名前が出てきてしまった。琳琳と会うと話をしているだけで体力を消耗《しょうもう》する気がする。永貴妃と言葉を交《か》わした後なので、できれば少々休みたいところだ。

　霹児がここにきたということは、藍玉は気づいていない。

琳琳をどう扱《あつか》えば良いのかと戸惑《とまど》う霹児に紅妍は渋々《しぶしぶ》答えた。

「わかった。琳琳様に会います」

覚悟《かくご》は決めたものの、気は重い。琳琳は特に苦手である。何せあの性格だ。口が軽く、勝手な想像をしては言いふらして回る。秀礼への思慕《しぼ》が強すぎるのだ。

うんざりしながらも待っていると琳琳がやってきた。今日も妃の装いが霞《かす》むほど、華《はな》やかな衫裙《さんくん》や装飾《そうしょく》品を身につけている。永家に劣《おと》らず貴顕《きけん》な家格で、辛皇后を生んだ辛家の令嬢《れいじょう》と納得《なっとく》するほど。その琳琳は今日も不敵な態度を取っていた。

「華妃様、ご機嫌麗《きげんうるわ》しゅう」

わざわざやってきたということは理由があるはずだ。様子を窺《うかが》うと、彼女は何かを探しているようだった。あたりを見渡《みわた》した後、彼女の視線は紅妍の紅髪《こうはつ》で止まる。

今日は秀礼にもらった百合の白玉簪《かんざし》を挿《さ》していた。他《ほか》にも数本挿しているが、藍玉はこれを気に入っているらしく一番目立つところにと挿してくれたのだ。

「ああ……やっぱり、それは……」

簪を見るなり、琳琳の顔色が変わった。肩《かた》をわなわなと震《ふる》わせている。

「その簪はどなたから？」

「これは……」

秀礼からだと、正直に答えてよいのか。だが躊躇《ためら》う間はなかった。

「審礼宮《しんれいきゅう》の宮女に聞いていたの。秀礼様が職人に美しい簪を作らせていると――だからわたし、秀礼様にお会いするのを楽しみにしていたの。でも何も貰《もら》えなかった」

琳琳は既《すで》に、この贈《おく》り主が誰であるかを知っているらしい。怒《いか》りに燃えた瞳は射貫《いぬ》くように紅妍を捉《とら》え、じりじりとこちらに近寄ってくる。

「あなた、帝《みかど》の妃でしょう。なのにどうして秀礼様から簪を贈られたの？　あなたが来てから秀礼様は変わってしまった。あの方が贈り物をすることなんてなかったのよ。妃になるのはわたしなのに、どうしてあなたに！」

「お、落ち着いて……」

「落ち着いていられないわ！　どうして、どうしてこんな痩《や》せぎすの不気味な女に！」

迫《せま》る琳琳から逃《のが》れるべく後退《あとずさ》りをしていたが、もう限界だった。背に壁《かべ》の感触《かんしょく》が当たってようやく、逃《に》げ場がなくなったことを知る。

琳琳は怒《いか》り任せに手を振《ふ》り上げる。躊躇なくその拳《こぶし》を振り下ろしていたが、紅妍が身を捩《よじ》って避《よ》けたためぶつかることはなかった。

しかし琳琳の怒りは止まらない。宙を舞った手は狙《ねら》いを変え、紅妍の髪を摑《つか》む。長い髪は簡単に捕《つか》まり、強く引っ張られた。

「どうしてあなたなの！　わたしが成ると叔母上《おばうえ》が言っていたのに。叔母上が生きていたらあなたなんて絶対に許さない。秀礼様の隣《となり》にいるのはわたしよ！」

その時である。この騒動《そうどう》に気づいたらしい藍玉ら宮女たちが房間にやってきた。

「華妃様！　如何《いかが》なさいました」

宮女らが紅妍と琳琳を見る。壁に追い詰《つ》められ、髪を掴まれている紅妍の姿から察したのだろう。藍玉が静かに告げた。

「おやめください。辛皇后の姪《めい》である琳琳様といえ、帝の妃に手をあげるということはすなわち、帝への反逆にあたりますよ」

藍玉の瞳は静かな怒りに燃え、それは紅妍に無礼を働く琳琳に向けられていた。

琳琳もこの状況《じょうきょう》を把握《はあく》したらしい。怒りに任せて握《にぎ》りしめていた拳を開く。紅妍の髪は解放され、紅妍は逃げるようにして琳琳から距離《きょり》を取った。

しかしほっと息つく間はなかった。琳琳はきつく睨《ね》めつける。

「あなたがきらいよ。これ以上秀礼様に近づくのなら許さない。わたしが秀礼様を守る」

紅妍は呆然《ぼうぜん》とそれを聞いていた。琳琳が急に態度を変えたことや、琳琳が次々とぶつけて来た感情によって混乱している。立ち尽《つ》くし、琳琳に投げられた言葉を反芻《はんすう》するのみだ。

それも、琳琳にとっては面白《おもしろ》くなかったのだろう。彼女はもう一度「あなたがきらい」と言い残し、冬花宮の宮女を押しのけて、房間を出て行った。

櫻春宮に向かう紅妍の周りには、藍玉や数名の冬花宮の宮女がいた。出来れば一人で向かいたかったが、妃が宮女を連れずに出歩くのは不審に思われる。そこで藍玉と数名の宮女を連れていた。

藍玉や宮女たちと言葉を交わす余裕《よゆう》はなかった。琳琳から言われたことが頭から離《はな》れず、秀礼と琳琳について考えてばかりいる。

（琳琳様は、わたしへの怒りで我を忘れて髪を引っ張るぐらいに、秀礼様が好きで、秀礼様を守ろうと一生懸命《いっしょうけんめい》だ。騒《さわ》がしい人ではあるけれど、性根《しょうね》は真っ直《す》ぐなのかもしれない）

ひたむきに秀礼を追いかける姿は眩《まぶ》しい。琳琳は、華仙の里にいた者とも、冬花宮にいる者たちとも違《ちが》う人間性を持っている。

そして秀礼のことも気がかりだった。秀礼は琳琳を好いているのだろうか。琳琳は物怖《ものお》じせず感情をぶつける。紅妍とは異なる性質だ。努力したところで琳琳のように振る舞うのは難しいだろう。それが秀礼の好みなのかもしれないと考えると、なぜか気分が沈んでいく。

ぼんやりと考えながら、石が敷《し》かれた通路を進む。その時、妙《みょう》な音が聞こえ、紅妍は違《い》和感《わかん》を抱《いだ》いた。

「華妃様《かひさま》……その……」

それは他《ほか》の者も気づいていた。宮女の一人が紅妍のそばに寄り耳打ちをする。

「何者かがつけてきているのではないでしょうか……」

「……そうね」

紅妍は振り返る。紅妍らから離れたところで足音がした気がしたが、そこには誰《だれ》もいなかった。藍玉や他の宮女たちも不安そうにしている。紅妍は耳打ちをした宮女だけでなく、皆《みな》を見回して告げた。

「鬼霊《きりょう》の気はないから大丈夫《だいじょうぶ》。それに、何か起きたとしてもわたしが皆を守る」

紅妍はそう告げた。秋芳宮《しゅうほうきゅう》や最禮宮での一件から、冬花宮の宮女は紅妍を恐《おそ》れなくなったように思う。鬼霊に襲《おそ》われても紅妍が身を挺《てい》して守ったことで、宮女らは華妃に感謝の念を抱いたのだろう。

(でも……どうしてわたしの跡《あと》をつけるのだろう)

鬼霊を祓《はら》う特異な妃《きさき》であるからか。それとも別の理由か。紅妍はしばし思案したが、その理由はわからず、不審《ふしん》な追跡者《ついせき》もわからないままだった。

櫻春宮は侘《わび》しい場所であった。璋貴妃亡《な》き後は誰も使うことなく、また奇妙《きみょう》な黒百合《くろゆり》の噂《うわさ》からここに近づく者は少ないようである。

紅妍はすぐに庭に向かう。

見渡すと、黒百合は簡単に見つかった。百合が植えられている場所から少し離れたところに雑草の茂《しげ》みがあり、そこからひょこりと伸《の》びた花がある。

墨《すみ》で塗《ぬ》りつぶしたように漆黒《しっこく》の百合だ。

(なるほど。これは、いやな花だ)

呪詛《じゅそ》が仕《し》掛《か》けられた者の周辺は、身が重たくなるような陰鬱《いんうつ》とした邪気《じゃき》が漂《ただよ》う。しかし櫻春宮に、呪詛が持つ独特の気は流れていなかった。

「藍玉。みなと一緒《いっしょ》に櫻春宮の外で待っていて。何か起きたら、すぐに逃げてね」

「……ええ。わかりました」

藍玉はこれから紅妍がすることを察したのだろう。宮女らに声をかけ、櫻春宮の外に向かう。とはいえ、藍玉は紅妍が見える位置に控《ひか》えている。その表情は不安で強《こわ》ばっていた。

紅妍はいよいよ黒百合に近づく。身を屈《かが》め、まずは黒百合を眺《なが》めた。

花は生き物だ。同じ木から咲《さ》いたものであっても形や色など個性を持ち生きている。同じ種類の花だからといってすべて同じではない。それぞれが見る記《き》憶《おく》は異なる。

花や草に近づくとみずみずしい気を感じるのは生気を持っているためだが、この黒百合からは生気をまったく感じない。

紅妍は黒百合にそっと触《ふ》れる。花詠《よ》みをする時のように意識を傾《かたむ》けて、花に語りかけた。

だが、花は何の反応も示さない。

(虚《うつ》ろ花。これは空っぽで、何もない花だ)

虚ろ花は、人の手によって作られた、花の形をしているくせに花ではないものだ。自然の理《ことわり》に背《そむ》いて存在するのだから生気は持たず、人の世を見ることもない。ではなぜ、虚ろ花がここにあるのか。

(これは役目を終えた虚ろ花……呪詛の媒介《ばいかい》として使われた)

元は美しい百合だったに違いない。それが人を呪《のろ》うために使われ、ねじ曲げられてしまった。呪詛の気がないことから、この花に込められた呪詛は終わっているのだろう。それでも現世に取り残され、季を問わず咲き続けている。

意を決し、黒百合を摘《つ》む。茎《くき》は簡単にぽきりと折れた。みずみずしさは感じられない。

(可哀想《かわいそう》に……わたしは、この花を救いたい)

両の手に花を載《の》せて、瞳《ひとみ》を閉じる。集中する。細い糸になり、花の中に溶《と》けていくように。そして虚ろ花に語りかける。

(これからあなたを浄土《じょうど》に送る。もう誰かを呪わなくてもいい)

空っぽの花は答えない。そのため、いつもの花渡《わた》しよりも難しく感じた。花は、時間をかけて光の粒《つぶ》になっていく。

暴風のように、ごうごうと荒々《あらあら》しい音が鼓膜《こまく》を揺《ゆ》らした。さらに、紅妍の体に痛みが走る。まるで針が何本も突《つ》き刺《さ》さったかのような鋭《するど》い痛みだ。これらは花の中に閉じ込められてきた負の感情だろう。

（百合が抱《かか》えていた痛み……これほど辛《つら》い思いをしてきた）

理をねじ曲げられ存在するのはこれほどに苦しい。花は語る術《すべ》を持たないため、それを身の内に溜《た》めるだけだ。百合の痛みを受け止めながら、少しずつ花を粒子《りゅうし》に崩《くず》していく。

「花……よ、渡れ……」

額に汗《あせ》が浮《う》かんだ。奥歯が鳴る。体が痛くてたまらない。花を載せた手は痛みに震《ふる》えているので花が溶けて立ち上る煙《けむり》が揺れている。

（虚ろ花を祓うのは……こんなにも苦しいなんて……）

この花にどれほどの恨《うら》みが込められていたのだろう。ぐ、と唇《くちびる》を噛《か》んで痛みに耐《た》える。

（この花が背負った苦しみはこれ以上だった。鬼霊が背負う紅花の苦しみだって、わたしがいま味わっているものよりつらいはず）

だから屈《くっ》してはならないと自らを奮い立たせる。

ようやくすべてが煙になった。黒百合は白煙《はくえん》になり、風に流され宙にのぼっていく。

紅妍は長く息を吐《つ》いた。額は汗ばみ、体までべったりと汗をかいている。疲《つか》れ果て、その場に座りこんでしまいたいほどだ。

あとは冬花宮に戻《もど》り、秀礼に報告を——そう振《ふ》り返ったところで、悲痛な叫《さけ》びが響《ひび》いた。

「華妃様！　鬼霊です！」

それは藍玉のものだ。花渡しに集中していたので気づいていなかった。意識すれば確かに、ひどく濃《こ》い血のにおいが漂っている。

振り返って確かめると、藍玉や宮女たちの近くに鬼霊が現れている。今までの鬼霊と異なり、おぞましい憎悪《ぞうお》を感じる。

鬼霊が人に襲いかかる時の、ひりつくような空気だ。しかし、鬼霊は近くにいる藍玉や宮女に目もくれず、なぜか紅妍の方へと顔を向けていた。

この鬼霊と対峙《たいじ》しなければならない。このように殺気を放つ者を放《ほう》ってはおけない。だが紅妍はすぐに動けなかった。

(皆の前で華仙術を使えば、わたしが仙術師だと知られてしまう)

宮女たちは仙術師を恐れている。その躊躇《ためら》いは紅妍の身を縛《しば》り付けた。宮城に来てすぐの、宦官《かんがん》の鬼霊と対峙した時と同じように足が竦《すく》む。判断できず後退《あとずさ》りをしたくなる。

(でも……わたしは皆を守りたい)

いまの紅妍は、仙術師だと知られるよりも、藍玉や冬花宮の宮女たちが傷つく方が恐ろしい。その答えに至り、紅妍は覚悟《かくご》を決めた。

「みんな、逃《に》げて！」

「華妃様を残して逃げるなどできません！」

「わたしは……大丈夫。わたしは仙術師。華仙術が使えるから」

じり、と鬼霊がこちらに向かってやってくる。だが、変心して藍玉や宮女たちを襲うかもしれない。皆を逃がすならば今のうちだ。

宮女たちは一人、また一人と逃げていく。藍玉も腰《こし》を抜《ぬ》かして座りこんでいる宮女の手を取り、櫻春宮から離《はな》れていった。

（わたしが仙術師だと、いよいよ明かしてしまった。皆はもっと怖がって、わたしから逃げるようになるのかもしれない。でも皆を守れるのだから……これでいい）

皆が去ったのを確かめた後、紅妍は鬼霊と対峙する。鬼霊はこちらに向かって来ているが、少し距離《きょり》がある。その長い爪《つめ》を振り上げたところでこちらには届かない。

鬼霊の顔は黒の面布《かおぎぬ》で隠《かく》れていた。それはいつもの鬼霊と変わらないが、今回は少し違《ちが》う。その面布には瓊花《たまばな》が縫《ぬ》い付けられている。

（瓊花……？　まさか）

その瓊花は秋芳宮の宮女長の最期《さいご》を思い出させた。

面布の瓊花は白い。となれば、この鬼霊も死因となった箇所《かしょ》に紅花を咲かせているはずだ。だが紅花は見当たらず、鬼霊の左胸に黒い瓊花が咲くのみ。

（紅《べに》ではなく、黒い花が胸に咲いているなんて、初めて見る。この鬼霊の死因は何だろう

……それに、秋芳宮の宮女長が吐き出した瓊花も黒だった。黒色の花に関係があるのかもしれない）

花は外から見えているが、体の奥深くから咲いているようにも見える。体の内側を蝕《むしば》んだものが、外に溢《あふ》れ出てしまったかのように。そして、先ほど祓《はら》った黒百合と同じ、重たく沈《しず》む漆黒の花だ。紅花に憎悪を絡《から》めて咲いたかのような、不気味な印象だ。

おかしなことはそれだけではなかった。鬼霊の指である。両の手指に無数の黒百合が咲いていた。百合にしては小さすぎるのだが、形にまちがいはない。いくつもの小さな黒百合が咲く隙間《すきま》から、鋭く伸びた爪が――。

視界から鬼霊の爪が消えた。風が走る。

「……っ！」

引き裂《さ》かれた裙《くん》の破片《はへん》が、はらりと地に落ちた。鬼霊が紅妍に襲《おそ》いかかってきたのだ。後ろに逃げたため間一髪《かんいっぱつ》で助かったが、気づくのが遅《おく》れていれば命はなかっただろう。

（鬼霊の異様な姿に気を取られてしまった。今回は助かったけれど――）

鬼霊との距離は詰《つ》まっていた。この鬼霊はがむしゃらに爪を振り回すのではなく、じりじりと距離を詰めて襲いかかってくる。自我を欠いた行動とは思いがたく、まるで鬼霊が意思を持って紅妍を追い詰めているかのようだ。

（まずい。これではもう……）

後退りをして距離を取ろうとしたが、紅妍がいるのは櫻春宮の庭奥だ。これ以上は逃げ場がない。一時の難を逃《のが》れるために花渡しを使いたいが、鬼霊との距離が近すぎる。花を摘むような隙《すき》を見せれば、あの爪に体を引き裂かれるだろう。

絶体絶命という言葉を使うのならこの時かもしれない。紅妍の視界で、瓊花の鬼霊が手を振り上げた。紅妍めがけて爪を振り下ろそうとし――。

「紅妍！」

声が聞こえた。これには瓊花の鬼霊も動きを止める。

声がした方に視線をやれば、光を浴びて黄金に輝《かがや》く宝剣《ほうけん》があった。その刀を握《にぎ》る者を確かめ、紅妍は名を呼ぶ。

「秀礼様！」

秀礼は鬼霊の後ろに立つと宝剣を構えた。

「……私の宝剣は鬼霊を斬《き》り祓う。覚悟しろ」

鬼霊は振り返り秀礼を見やる。先ほどまで紅妍を追い詰めていたのが形勢は逆転し、秀礼と紅妍に挟《はさ》まれている。しかも秀礼が持つは鬼霊を斬り祓う宝剣だ。

瓊花の鬼霊はしばし動きを止めていたが――足先からするすると黒煙《こくえん》があがった。少しずつ姿が薄《うす》くなっていく。

「待て！　逃げる気か！」

秀礼は宝剣で斬りつけようとしたが、それよりも瓊花の鬼霊の方が早かった。宝剣が切り裂くは消えた後の黒煙であり、鬼霊の姿は失《う》せていた。瓊花の鬼霊は身を隠してしまった。どこかに潜《ひそ》んでいるのだろう。

念のためあたりを見回し、鬼霊がいないことを確かめてから、紅妍は短く息を吐いた。あたりから血のにおいが消えていく。

緊張《きんちょう》を解くと、体が重たく感じる。宝剣を鞘《さや》に戻した秀礼がこちらに寄ってきた。

「無事か？」

「……はい。助けていただきありがとうございます。でも、秀礼様はどうしてこちらへ？」

「所用で光乾殿《こうけんでん》にいた。そこで冬花宮の宮女に『華妃《かひ》をお助け下さい』と頼《たの》まれた」

「で、では秀礼様お一人で……？」

「うん？　……ああ、他《ほか》の者がいないな。いつの間にか置いてきてしまったのか。お前が襲われていると聞いて慌《あわ》てて来たものだから――」

そこで庭に騒《さわ》ぐ声が戻ってきた。藍玉や冬花宮の宮女だけではなく、清益《しんえき》や武官らもきている。清益は秀礼を見つけるなり、大慌《おおあわ》てで駆《か》け寄ってきた。息があがっている。

「秀礼様！　一人で行かないでください」

「すまなかった……」

「見たところ鬼霊はいないようですが、お怪我《けが》は？　今後は何があろうと単独行動をするのはやめてください。一人で走っていってしまうし、何度も声をかけているのに気づきもしない。これで怪我でもされたらどうしようかと。秀礼様、聞いていますか」

つまり秀礼は、清益らを置いて一人で走ってきてしまったのだろう。清益がねちねちと話しているのを眺《なが》めていると、藍玉や冬花宮の宮女も戻ってきた。

「華妃様！」

「先に逃げ出してしまい申し訳ありません」

皆《みな》は紅妍に駆け寄ってくる。華仙術を使うと宣言したため、宮女たちは仙術師を恐《おそ》れるのだと思っていたが、皆の表情に恐怖《きょうふ》は感じられない。それどころか紅妍が生きていることを喜び、泣いている者もいた。

「わ、わたしは仙術師なのに……怖《こわ》くないの……？」

予想と異なる宮女たちの反応に吃驚《びっくり》し、紅妍は震《ふる》え声で問いかけていた。

「……怖くありません。だって華妃様はわたしたちを守ってくださいました」

宮女の一人が言うと、皆が次々に頷《うなず》く。紅妍の周りに集まった者が離れていくことはなかった。皆の表情を見回していると、紅妍の心に温かな感情がこみあげてくる。

(怖くないと言ってもらえて、よかった)

紅妍のそばに藍玉が寄った。皆と異なり、表情も声音《こわね》も普段《ふだん》と変わらない。

「お怪我はございませんか？」

「無事です。それよりも皆に怪我はない？」

「わたくしたちはかすり傷ひとつありません。華妃様も無事と聞いて安心いたしました」

「よかった。そして助けを呼びにいってくれて、ありがとう」

「そんな、お礼なんて……お礼を申すべきはわたくしたちなのに……っ」

紅妍が無事と聞いたことで、気が緩《ゆる》んだのだろう。藍玉は泣き出してしまった。鬼霊との遭遇《そうぐう》や紅妍のことなど不安を抱《かか》えながらも、宮女長だからと堪《こら》えていたのだろう。抑《おさ》えていた感情が堰《せき》を切ったように溢れている。

藍玉が泣いたことに紅妍が驚《おどろ》いていると、清益との話を終えたらしい秀礼が寄ってきた。

「……随分《ずいぶん》と慕《した》われているじゃないか」

「わたしが……慕われている？」

「最初は怖がられていただろう。それが今では必死にお前を助けようとし、お前の無事を泣いて喜んでいる。これを慕われているといわず、何と呼ぶ」

紅妍が生きていることを喜ぶ人がいる。皆の頰《ほお》を伝う涙《なみだ》は、なんて温かいのだろう。認められているのだ。そのことを考えると、嬉《うれ》しくなっていく。

「お前の正体が仙術師と知っても、変わらず慕われている。これまでのお前の働きが、皆の心を動かしたということだ」

「はい。とても嬉しいです」

紅妍が答えると、秀礼は穏《おだ》やかに微笑《ほほえ》んだ。

「お前が華仙術師だと宮女たちに知られてしまったからな、口止めをしなければならないと焦ったが、これほど慕われているのなら、皆してお前の秘密を守ってくれるだろう。念のため今回の件を口外しないように伝えておくが――」

秀礼の言葉を聞きながらも、紅妍の意識は別のものに向いていた。秀礼の背の向こう、櫻春宮の門に人影《ひとかげ》がある。

（また、誰《だれ》かが見ている）

視線を向けると身を隠《かく》してしまうので、その正体は一向にわからない。

こうもたびたび尾行《びこう》されると落ち着かない。紅妍はついにその正体を確かめようとした。

だが、一歩踏《ふ》み出した瞬間《しゅんかん》、ぐらりと視界が揺《ゆ》れた。目眩《めまい》がする。花渡《わた》しの疲労《ひろう》に、瓊花の鬼霊との対峙《たいじ》が続き、体が悲鳴をあげていた。

「紅妍！」

すぐに秀礼が気づき、紅妍を支えてくれたため倒《たお》れることはなかった。

「大丈夫《だいじょうぶ》か？」

「……申し訳ありません。虚《うつ》ろ花を初めて祓ったので、少し疲《つか》れてしまったようです」

「わかった。じっとしていろ」

一体何事かと思いきや、体がふわりと浮《う》いた。紅妍の足は地から離《はな》れ、しかし足などにぬくもりを感じる。視点も高い。見上げれば間近に秀礼の顔があった。

「あ、あの！　このように抱えてもらわずとも――」

「その様子では冬花宮まで歩くのもままならぬだろう。櫻春宮に来た理由や何があったのかは後ほど聞く。今は休め」

近くで囁《ささや》かれているようでむず痒《がゆ》くなる。紅妍の身を案じてか、いつもより優《やさ》しい声色《こわいろ》なのも余計に緊張してしまう。頬が熱い、気がする。

「華妃は疲れているようだ。私が冬花宮まで運ぼう」

秀礼は藍玉らに告げた。紅妍を抱えても悠々《ゆうゆう》とした足取りだ。

秀礼の歩みに合わせて、紅妍の体も揺れる。自ら歩かずに景色が進み、それが普段と異なる視点の高さなのも奇妙《きみよう》な心地《ここち》だった。

(これは……少し恥《は》ずかしいかもしれない)

揺れて落ち着かず、その不安定さから逃《のが》れるために何かを摑《つか》みたいが上手《うま》くできず、手を泳がせていると秀礼が笑った。

「腕《うで》でも首でも好きなところにしがみつけばいい」

「い、いや……それはさすがに……」

「では落ちても文句を言わぬことだ」

少し迷って、秀礼の衿《えり》を軽く摑む。ちらりと見えた胸元《むなもと》は厚く、紅妍を抱《だ》きかかえて歩けるたくましさを感じた。

(熱が出そうだ)

それは疲れからか、はたまた違《ちが》うものか。深く考える体力はなく、紅妍は瞳《ひとみ》を閉じた。いまは、この揺れが心地よい。

目が覚めると薄暗《うすぐら》く、牀榻《しょうとう》に寝《ね》かされていた。月明かりが差し込んでいなければ真っ暗だっただろう。

秀礼に抱えられているところから記憶が途切れている。紅妍は眠ってしまったのだろう。となればここまで運んでくれたのは秀礼かもしれない。

(秀礼様にお礼を伝えないと……)

だがぼんやりと考える間はなかった。房間《へや》に満ちるにおいに気づき、一瞬《いっしゅん》で頭が冴《さ》える。

(血のにおい——鬼霊《きりょう》)

鬼霊が、近くにいる。血のにおいの濃《こ》さからしてすぐ近くだ。さらに血のにおいだけではなく、別の香《かお》りも混ざっている。花の香りだ。

紅妍は慌てて身を起こす。血のにおいがした方を見やると、女人《にょにん》の鬼霊がいた。

(瓊花《たまばな》の鬼霊……ではない)

鬼霊は紅妍から少し離れたところに立ち、こちらに寄ってくる様子はなかった。黒の面《かお》布《ぎぬ》をつけているが、顔はこちらに向けられている。見事な襦裙《じゅくん》を着て、胸に大きな百合《ゆり》が咲《さ》いている。その百合は淀《よど》んだ黒色だ。

紅妍は鬼霊を睨《にら》みつつ、花器に手を伸《の》ばそうとした。華仙術は花がなければ何もできないため、有事に備えて房間に花を飾《かざ》るようにしている。この鬼霊が襲《おそ》いかかってくるのならそれを使おうと考えていたのだ。

だが鬼霊は襲いかかる気がなく、むしろ何かを伝えようとしているようだった。立ちすくみ、紅妍の方を向いたまま。

「……わたしに、伝えたいことがある？」

すると、鬼霊は膝《ひざ》を曲げた。その場に、何かを置いたのだ。

直後、鬼霊の足先から煙《けむり》がするすると生じた。あっという間に全身を包んでいく。

「待って。消えないで」

声をかけるも間に合わず、鬼霊は煙となって消えていった。

紅妍は立ち上がり、鬼霊がいたところに寄る。そこに置いてあったのは白百合だった。

血のにおいは消えている。けれど、花の香りはまだ残り――そこで紅妍は気づいた。この花の名がいまになってわかった。

この香りは百合だ。そしてもう一つ。この香りを別の場所で嗅《か》いでいる。

（血のにおいに混ざった花の香り……光乾殿《こうけんでん》と同じもの）

光乾殿でも百合の香りがしていた。二つが繋《つな》がり、答えが出る。

（つまり今のが光乾殿の鬼霊……？）

先ほどの鬼霊が、光乾殿の鬼霊だとするなら、なぜ冬花宮に現れたのか。

紅妍は白百合を手に取る。いま摘《つ》んできたばかりのようにみずみずしい。

（わたしに、花詠《よ》みをしろと伝えたいの？）

声を持たぬ鬼霊と、詠みたがる花。それらの声を拾うために、手中の百合に意識を傾《かたむ》ける。好奇《こうき》が勝《まさ》り、昼間の疲労は忘れていた。

花に意識を溶《と》かす。同一になる。自らの身は細く縮め、花と混ざり合う。そして探《さぐ》るのだ。この花、鬼霊が伝えたいことを。

（あなたが視《み》てきたものを、教えてほしい）

白百合は、詠みあげる。眼前にその景色が広がった。


庭、である。どこかの宮だろう。廊下《ろうか》の柱は森のように深く濃い緑色に塗《ぬ》られていた。

廊下を歩いてくる女性は柱と等しく森のような蒼緑《そうりょく》の襦裙《じゅくん》を着ていた。結《ゆ》い上げた髪《かみ》には立派な簪《かんざし》が数本、金色の歩揺《ほよう》が揺れていた。後ろ姿しかわからないので顔までは見えな

いが、身なりのよさから妃《きさき》だとわかった。

その後ろには恰幅《かっぷく》のよい、おそらく男と思われる者が歩いていた。黒頭巾《ずきん》を被《かぶ》り、顔は目元のみを残して黒の面布を着けている。袍《ほう》も墨色《すみいろ》だ。

二人は廊下の階《きざはし》を下りて庭に出る。百合が咲く茂《しげ》みの前で、男が言った。

『これから行うことは、仕掛《しか》けた者に返ってしまうこともございます。その場合は何かを失うことになりますがよろしいですね』

『命までは取られないのであろう』

『おそらくは』

『ならば構わぬ。やれ』

男は茂みから百合を一輪、摘み取る。懐《ふところ》から取り出した木箱にそれを収めた。

男の格好や、木箱の中身。それらは光乾殿の木香茨《もっこうばら》を花詠みした時と似ている。そのため、紅妍は確信を持った。

(呪術師《じゅじゅつし》だ。これは呪詛《じゅそ》を仕掛けている時の記憶《きおく》)

呪詛だとするならば、これは誰を呪《のろ》ったのか。そしてそれを依頼《いらい》した妃は誰なのか。

ここに鬼霊が花を渡《わた》してまで伝えたかったことがあるに違いない。だが、景色が揺らぐ。

花の詠み終える頃《ころ》が近づいていた。

清々《すがすが》しい朝だというのに、紅妍の表情は暗い。

秋芳宮《しゅうほうきゅう》の宮女長を呪い殺し、紅妍に襲いかかった瓊花の鬼霊。櫻春宮に咲いていた黒百合の虚ろ花。光乾殿に通う百合の鬼霊——考えることがたくさんある。

紅妍が物憂《ものう》げに息を吐《つ》くと、茶を運んできた藍玉がそれに気づいた。

「体調が優《すぐ》れませんか？」

「たくさん寝て元気になったから大丈夫《だいじょうぶ》。少し、考えごとをしていただけ」

鬼霊は白百合を残して何を伝えたかったのか。その疑問が頭から消えない。

（白百合を花詠みした時に見たのは、百合を用いた呪詛だった。呪詛に使われた百合は虚ろ花となり、櫻春宮に咲いていた）

だが紅妍はもう一つ、別の花を用いた呪詛の記憶を花詠みしている。それは光乾殿の木《もっ》香茨《こうばら》から花詠みしたものだ。あれは百合ではなく木香茨を木箱に収めていた。

（呪詛は二つある。帝《みかど》を苦しめている呪詛はどちらだろう。そして呪詛を仕掛けたと噂《うわさ》される璋貴妃のことも——せめて、白百合の花詠みで見た、あの宮がわかれば）

森のように濃く深い蒼緑の宮だったのを覚えている。そこで妃らしき人物が呪術師に依頼して呪詛を仕掛けていた。百合の呪詛はそこから始まっているのだ。調べれば何かわかるかもしれない。

藍玉に聞こうと顔をあげた時、扉《とびら》が開いた。現れたのは霹児である。紅妍に向けて揖礼《ゆうれい》した後、おずおずと告げる。

「あの……辛琳琳《しんりんりん》様がいらしております」

その名に、珍《めずら》しく藍玉が顔を歪《ゆが》めた。清益ほどではないが藍玉も常に微笑《ほほえ》みを浮《う》かべている。どちらも腹の黒さを表にださないのである。それが今回は、これほどはっきりと嫌《けん》悪《お》を示していた。

「華妃《かひ》様？　どうしました、わたくしの顔を覗《のぞ》きこんで」

「いや……珍しい顔をするものだと思って」

「まあ。わたくしは伯父上《おじうえ》とは違《ちが》いますもの。いつも微笑んでいるわけではございません」

それはどうだろう、と心のうちで呟《つぶや》く。それを声に出せば藍玉にやんわりと叱《しか》られてしまいそうだ。

「琳琳様はどうなさいます？　昨日のこともありますから断りましょうか」

藍玉に問われ、考える。琳琳は厄介《やっかい》な相手であって、紅妍が苦手としていることを藍玉や霹児も察しているようだ。逃《に》げ道を用意したのは紅妍を慮《おもんぱか》ってのことだろう。

だが、今日に関しては好都合かもしれない。

「待って。琳琳に会います。だから――少し藍玉に相談したいの」

紅妍は藍玉に耳打ちをした。その内容を聞くなり、藍玉の表情は嬉々《きき》とし、琳琳を迎《むか》え入れることに反論することはなかった。


まもなくして紅妍は琳琳と対面した。

「華妃様、お加減は如何《いかが》です？　鬼霊《きりよう》の妃が鬼霊に襲われて倒《たお》れるなんて面白《おもしろ》いこともあるものね」

「……どうして、それを」

この話に、紅妍は違和感《いわかん》を抱《いだ》いた。鬼霊に襲《おそ》われたのは昨日の話である。いくら噂の早い後宮とはいえ、まだ知らない者は多いはずだ。

「黒百合《くろゆり》を祓《はら》った華妃が、鬼霊に襲われたと噂を聞いただけよ。華妃様の行くところにはいつも鬼霊が出るのね。それとも鬼霊を呼んでいるのかしら。だって、鬼霊に襲われたら秀礼様に助けてもらえますものね！」

人の噂にしては些《いささ》か詳《くわ》しすぎる。まるでその場所で見ていたかのようだ。

「冬花宮へ来た目的はこの話でしょうか」

「そうよ。秀礼様に取り入ろうとする浅ましい華妃に忠告するためにね。鬼霊を使って気を引こうなど思わないことよ」

琳琳はその愛らしい顔を歪め、紅妍をきつく睨《ね》めつけていた。

だが今日は紅妍も引く気がなかった。琳琳が立ち去る前に、話を持ちかける。

「ご忠告痛み入ります。さすが、後宮の事情や噂には詳しいのですね」

「ええ。これから妃になるのですから、詳しくならなければいけないでしょう」

「ではきっと、わたしにはわからないものも知っているのでしょう——たとえば森のように深く濃《こ》い蒼緑の宮も、あなたならすぐに思い当たるのでしょうね」

この言い回しは藍玉から教えてもらったものだ。どうにかして情報を得たいと相談し、琳琳を上手《うま》く乗せる術《すべ》を学んだのだ。

藍玉直伝の言葉は、思いのほか効いたようだ。琳琳は得意げに答える。

「当然知っているわ。それは坤母宮《こんぼきゅう》ね。わたしの叔母《おば》、辛皇后が使っていた宮だもの、何度も通ったから覚えているわ。そんなことも知らないなんて華妃様は本当に疎《うと》いのね」

見事に情報を引き出せた。隅《すみ》で控《ひか》えている藍玉に視線を送ると、彼女も嬉《うれ》しそうに頷《うなず》いている。

(花詠《よ》みで見た場所は坤母宮……さっそく行ってみよう)

琳琳という嵐《あらし》が去るとすぐに、紅妍は動いた。

坤母宮。代々の皇后が賜《たまわ》る宮で、最近では辛皇后がここを使っていた。その色は、木々が鬱蒼《うっそう》と茂った山を思わせる。森林の奥にいるような深い蒼緑だ。

門の前に立って見上げれば、花詠みで見たものと同じ場所である。辛皇后亡《な》き後は使われていないため閑散《かんさん》としている。

「華妃様、あの……どなたか、跡《あと》をつけているようですが」

藍玉がおずおずと歩み出て耳打ちした。視線は少し離《はな》れた、通路の角に向けられている。

その気配については紅妍も察していた。誰《だれ》かがつけてきている。しかし血のにおいはしていないので鬼霊ではない。おそらく生者だ。

「やはり秀礼様に話してから来た方がよかったのでは……」

不安そうにしているが、秀礼に文《ふみ》を出さないと決めたのは紅妍だった。それは琳琳の言葉が引っかかったためだ。

(伝えればきっと、秀礼様は駆《か》けつけてくる。昨日のことも噂になっていたというのに、また他《ほか》の人に見られれば秀礼様の立場が悪くなるかもしれない)

琳琳の話を鵜呑《うの》みにするわけではないが、後宮は人の目が多い場所というのは確か。最近はよく尾行《びこう》されていることもあり、何度も秀礼と会うのは憚《はばか》られた。

「大丈夫。もう少し手がかりを得たら文を出すから」

そう告げて、門をくぐる。一歩踏《ふ》み出せば、そこに漂《ただよ》ういやな気が足に絡《から》みついた。どんよりと重たく、光乾殿《こうけんでん》のものと似ていた。身が重たくなり、胸を潰《つぶ》すような悪気。長く留《とど》まっていれば病を患《わずら》ってしまいそうなほど。

(宮女たちを連れてこなくて正解だった。けれど藍玉に影響《えいきょう》が出る前に、早く事を終わらせないと)

瓊花《たまばな》の鬼霊に襲われたことから、今回は一人で向かうつもりだった。だが藍玉は折れてくれず、藍玉のみを連れている。

紅妍は花詠みで見た場所を探す。伸《の》びた草を避《よ》けながら庭を進むと、百合を集めて植えた茂《しげ》みがいくつもあった。花詠みで見た廊下《ろうか》を目印に、百合の鬼霊が持ってきた白百合が摘《つ》まれた場所を見つける。だが、まだ花詠みはしない。

(百合の鬼霊が持ってきた花では、妃《きさき》の顔がわからなかった。妃の顔がわかる位置で咲《さ》く花を花詠みしたい)

呪術師《じゅじゅつし》は百合の花を一輪摘み取っていた。だから、同じ場所に咲く花の記憶《きおく》ならば、呪術師や妃の詳細《しょうさい》がわかるかもしれないと考えたのだ。

「華妃様……」

後ろに控える藍玉が不安げな声をあげた。

「心配しないで。いつもの通り、花詠みをするだけ」

「……どうか無理されませんよう」

紅妍は頷き、藍玉に向けて微笑んだ。

呪術師が摘んだのと同じ茂みから百合を一輪摘む。瞳《ひとみ》を閉じ、手に載《の》せた白百合に意識を傾《かたむ》けた。

昨日は百合の心がよく開いていた。しかしこの百合は違う。頑《かたく》なで、何かを畏《おそ》れているようにも感じる。

（あなたが視《み》てきたものを、教えてほしい）

いやな汗《あせ》がじわりと浮《う》かんだ。それでも花詠みを止《や》めない。

花が持つ記憶の糸は数多《あまた》で、そこから欲しいものを探す。感覚を研《と》ぎ澄《す》ませ、絹糸のように細く千切れそうなものから選び抜《ぬ》く。紅妍の手が、それを摑《つか》んだ。

白百合は詠みあげる。広がるその景色を、華仙術師は聞くのみ。

『ならば構わぬ。やれ』

その言葉は妃らしき者が言った。呪術師が白百合を摘む。

昨日見た花詠みと同じ場面だろう。しかし今回は別の位置に咲く白百合を詠んでいるため、呪術師の面布《かおぎぬ》に覆《おお》われていない目元も、妃の顔もよく見えた。

呪術師は木箱に花を収めながら告げる。

『この呪詛《じゅそ》は強いものです。必ずや願いを叶《かな》えてくれるでしょう』

木箱に札を貼《は》る。それは見ているだけで禍々《まがまが》しさの伝わる札だ。いずれそれは溶《と》けて、木箱の中にある百合を黒く染め上げるのだろう。

『しかし代償《だいしょう》として何かを失います。おそらくは指かと』

『十本もあるのだから一本ぐらい欠いたとて構わん』

『……であれば良いのですが』

呪術師の語りから察するに、代償として失う指は一本だけではない。妃はそれに気づいていないようだった。

『呪詛は黒花となり呪《のろ》い殺します。呪詛返しも然《しか》り。願望成就《じょうじゅ》の暁《あかつき》には、黒花がその指を覆うでしょう』

呪術師は顔をあげた。妃を見上げている。妃もまた冷えた瞳で呪術師を見下ろしていた。

『このことは口外せぬようにな』

『わかっておりますとも――辛皇后』

その名に、紅妍がたじろいだ。集中が乱れ、花詠みの景色も揺《ゆ》らいでいる。するとと辛皇后がこちらを向いた。その視線は百合ではなく、百合《ゆり》を通じて覗《のぞ》き見ているう紅妍に向けられているようだった。

おかしい。花詠みで見るのは過去だ。過去の存在がこちらに気づくことはない。だというのに辛皇后は茂みをかきわけてこちらに手を伸ばす。

（どうして――）

少しずつ辛皇后の姿が変わっていく。ゆるゆると黒煙《こくえん》がのぼり、それが辛皇后を覆っていく。煙《けむり》が消えると、辛皇后は瓊花を縫《ぬ》い付けた黒の面布を付けていた。もうその顔は見えていない。胸には黒く塗《ぬ》られた瓊花が咲いている。

血のにおいがした。これは鬼霊《きりょう》だ。

「華妃《かひ》よ」

鬼霊と成った辛皇后の指には小さな黒百合が無数に咲き、その隙間《すきま》から爪《つめ》が長く伸びていた。その爪で器用に百合を摘まむ。この百合は紅妍と同化したままであり、紅妍自身でもある。抵抗《ていこう》する術はなかった。

これは花詠みではない。花詠みは妨《さまた》げられ、瓊花の鬼霊に介入《かいにゅう》されているのだ。されるがまま持ち上げられ、鬼霊の眼前に晒《さら》された。

「じゃまをするな。このうらみはきえぬ」

爪が食い込む。体が強く締《し》め上げられ、内側からじりじりと焼き尽《つ》くされていくようだ。あまりの痛みに紅妍は悲鳴をあげようとしたが、百合と同化しているため声を発することができない。周囲は色あせ、人の気配は消えていた。

「このうらみは、かえさなければ、きがすまぬ」

鬼霊が百合を握《にぎ》りつぶすと同時に、紅妍も激痛に襲《おそ》われた。骨が軋《きし》んで、痛む。

（鬼霊が介入するなんて知らなかった……それに、この鬼霊は自我がある）

言葉を発するということは強い自我を持つ鬼霊。強い目的を持ってこの世にすがりついているのだ。瓊花の鬼霊――辛皇后はそれほどに何かを恨《うら》んでいるのか。

辛皇后の鬼霊の手から百合が落ちた。花詠《よ》みを中断され、百合に溶けたままの紅妍も、身が落下していく。

この花詠みから抜け出さなければと思うも、上手《うま》く動けない。痛みに揺さぶられ、意識が朦朧《もうろう》とする。

視界が黒く染まっていく中、紅妍は百合の茂みに落ちた。

その視界には咲き頃《ごろ》を迎《むか》えた百合と、その奥で咲く、異質なもの。

（ここにも……黒い花がある）

どんよりと黒い色を放つ木香茨《もっこうばら》。木香茨の枝が土から伸びて花を咲かせていた。不自然な咲き方は、理《ことわり》を曲げて存在しているのだと伝えるかのように。

虚《うつ》ろ花だ。呪詛に使われた木香茨《もっこうばら》がここにある。それはつまり――考えようとした時、ついに紅妍の意識が途切《とぎ》れた。

間章 ❖ 月夜の誓《ちか》い、紅髪《こうはつ》は艶《つや》めく

夜が更《ふ》け、月は鋭《するど》く身を細めている。いやな三日月だ。

英秀礼《えいしゅうれい》は冬花宮《とうかきゅう》の前にいた。無我夢中で駆《か》けてきたため、息があがり、体もじっとりと汗をかいていた。武術を好んでいるため並の男よりは体力があると自負していたが、心が乱された中ではこれほどに消耗《しょうもう》するのだとは知らなかった。

秀礼の頭には、先ほど聞いた報告が渦巻《うずま》いている。

(華妃《かひ》が、倒《たお》れた)

紅妍《こうけん》は坤母宮《こんぼきゅう》で花詠みを行い、その途中《とちゅう》で倒れたらしい。異変に気づいた藍玉《らんぎょく》が人を呼び、紅妍は冬花宮に運ばれたが、意識は戻《もど》っていないのだという。

それを聞いてからというもの、いてもたってもいられず、冬花宮に来てしまった。

「お、お待ちください……」

少し遅《おく》れて、蘇清益《そしんえき》が追いついた。審礼宮《しんれいきゅう》からずっと追いかけてきたらしい。

「供もつけずに飛び出して、帝《みかど》の妃の許《もと》にいくなど、あってはなりません。戻りましょう」

「嫌《いや》だ。冬花宮に入る」

「秀礼様！」

清益が声を荒《あら》らげた。ここまでの感情の発露《はつろ》は珍《めずら》しい。それほど焦《あせ》っているのだろう。

「最近の秀礼様はおかしくなっています。あなたは皇子で華紅妍は帝の妃《きさき》。華妃を選出したのは秀礼様ですよ」

そうだ、と内心呟《つぶや》く。紅妍を妃に仕立てたのは秀礼である。

（あれが良い手段だと思った、とはいえ、後悔《こうかい》しているなど）

紅妍という人物を知れば知るほど、華妃にしたことを悔《く》やんでしまうのだ。華仙術はもちろん頼《たよ》りにしているが、紅妍という人間にも魅力《みりょく》がある。どうしたって目で追ってしまう。近づいて、そばに置きたくなる。

「不用意に華妃に近づけば、他者がつけいる隙《すき》を作るようなもの。今はそのような状況《じょうきょう》ではありません」

「……私は、紅妍に会う」

「なりません。あなたは帝位《ていい》を目指す者、宝剣《ほうけん》に選ばれた皇子です」

清益の表情から余裕《よゆう》は消えている。固く手を握りしめ、声には怒《いか》りが込められていた。

「冷宮《れいぐう》で耐《た》え忍《しの》んだ日、この国の民《たみ》にこのような暮らしをさせたくないと語っていたのをお忘れですか。宝剣に選ばれ冷宮を出た日も、民に寄《そ》り添い、良い暮らしに導く帝になりたいと宣言していたではありませんか！」

忘れるわけがない、と秀礼は心の中で呟く。冷宮での暮らしに苦しみ、それを助けてくれたのは集陽《しゅうよう》の民だった。襤褸《ぼろ》を纏《まと》った汚《きたな》い子どもを厭《いと》うことなく食べ物を分け与《あた》え、良いことをすれば褒《ほ》め、時には厳しく叱《しか》ってくれた。宝剣に選ばれた時、集陽の民に恩返しがしたいと強く思ったのだ。それは今も変わらず、秀礼の心に根付いている。

けれどそれと同じぐらいに、紅妍のことが頭にあった。最も信頼《しんらい》している友人に止められてもなお、紅妍に会いたいと強く願っている。

秀礼は歩を進める。その先にあるのは冬花宮。振《ふ》り返ることはしなかった。

これが答えだと、清益も悟《さと》ったのだろう。愕然《がくぜん》と秀礼の背を見つめていたが、少し遅れて彼も冬花宮に入っていった。

宮女らは夜半の訪問に驚《おどろ》いていたようだったが、藍玉は意図を汲《く》んだようだ。

「華妃の容態は？」

「ひどい熱が出ていて、たびたびうなされているようです。倒れてからまだ一度もお目覚めになっていません」

「宮医に診《み》てもらったのだろう。原因はわかったのか？」

「ええ、先ほどまでいらしてました。ですが原因はわかりません。外傷は見当たらないので、身のうちで何かが起こっているのではないかという話です」

紅妍の許《もと》へと案内してもらうと、紅妍は牀榻《しょうとう》で眠《ねむ》りについていた。しかし眉間《みけん》に皺《しわ》を寄せ、額には汗《あせ》をかいていることから、苦しんでいるのだろう。

秀礼は牀榻のそばによると、膝《ひざ》をついた。紅妍の顔をじいと眺《なが》めている。

「……わたくしは外に出ておりますね」

その言葉を残し、藍玉が出て行った。気を遣《つか》ったのだろう。

人の気配がなくなり二人だけになると、秀礼は紅妍の手にそっと触《ふ》れた。

(眠っているいまなら、触れても許されるだろうか)

細い手である。枯《か》れ木のようだった痩身《そうしん》は集陽に来てよくなったものの、いまだに折れそうな細さだ。触れている己《おのれ》の手が大きいことも、細さを痛感させる原因かもしれない。

(幸福にしたいなどと言ったくせに、こうしてお前を苦しめてしまった)

華仙の里と後宮の環境《かんきょう》を比べれば、今の方が安定した寝食《しんしょく》を得られるだろう。だが後宮は里と違《ちが》い、陰謀《いんぼう》や負の感情が渦巻いている。この場所は嫌なことばかり起きるのだと秀礼は身を以《もっ》て知っている。

思い巡《めぐ》るは、冷宮を出た時のことだ。宝剣に選ばれて冷宮を出た秀礼を待っていたのは後継者《こうけいしゃ》争いだった。本人の意思を問わず、周囲は勝手に騒《さわ》ぎ立てる。

(その一人が辛皇后《しんこうごう》だったな)

辛皇后は融勒《ゆうろく》を推《お》すために秀礼を冷宮に送ったが、その秀礼が宝剣に選ばれたと聞くなり手のひらを返した。その頃《ころ》に秀礼の母が亡《な》くなったので、辛皇后が後見人として名乗り出たのである。母は病死と伝えられているが、辛皇后にとって都合の良すぎる時期であり、秀礼は今も母の死因を疑っている。

その後、辛皇后は姪《めい》である辛琳琳《しんりんりん》との縁談《えんだん》を持ちかけた。だがこの話は辛皇后の死によって頓挫《とんざ》している。今や琳琳が息巻いているのみだ。秀礼にその気はない。

これらの事柄《ことがら》は、後宮に対する嫌悪《けんお》となって秀礼に根付いている。権力を求めて陰謀渦《うず》巻《ま》く後宮は、さながら籠《かご》の中。そのような後宮に紅妍を置いたことに罪悪感を抱《いだ》いていた。出来ることならば今すぐに紅妍を解放したい。だが帝の御身《おんみ》を苛《さいな》むものが呪詛《じゅそ》と鬼霊《きりょう》だとわかった以上、紅妍の力に頼るしかない。

（しかし、紅妍が後宮を出ても、生きやすい環境と呼べるだろうか）

任から解き放たれ、紅妍が後宮を出て行く。その時のことを考えると様々な不安が生じる。里に戻ればまた虐《しいた》げられるのではないか。里に戻らぬとしても仙術師は疎《うと》まれる。どれも紅妍が生きやすい場所とは言い難《がた》い。

そして、秀礼自身も。紅妍と離《はな》れる時を想像すると、身が引き裂《さ》かれるように苦しい。

（お前と離れる日が来なければよい。身勝手なことを考えてしまう）

指に触れる。花詠みをする時も花渡《わた》しをする時も、この手は優《やさ》しく花を包む。手のひらや肌《はだ》は柔《やわ》らかく、一度触れてしまえば離すのが惜《お》しくなる。できることならば手だけでは

なくその髪を撫《な》でたい。その頬《ほお》に触れたい。これほど欲張《よくば》りな一面があったとは、秀礼自身も知らなかった。

「目を覚ましてくれ。もう一度、お前と話したい」

誰《だれ》もいない。紅妍も眠っている。だから許されるはずのひとりごとだ。

「この国は仙術を恐《おそ》れている。だが帝が仙術を認めれば変わるかもしれない。仙術師が認められれば、華仙一族から虐げられる理由もなくなるはずだ。この優しい華仙術が受け入れられる未来を作りたい。だから、もう少し待っていてくれ。お前に誓《ちか》った通り、必ずやお前が笑顔《えがお》で生きられる世にしてみせる」

髪から額、頬へと指を滑《すべ》らせると、胸中に温かな感情が満ちていく。眠っている紅妍に触れるのはずるいとわかっているが、それでさえこれほどに離れ難いと思ってしまう。

「……本当のことを言うと、お前と離れる日が恐ろしい。お前の手を取ってしまえば二度と離せなくなってしまう。一緒《いっしょ》にいたいと、これほど強く想《おも》ったのはお前が初めてだ」

秀礼の心に生じた感情は同情ではない。これは、相手が紅妍でなければ生じぬもの。その名を秀礼は口にしていた。

「私は、お前を好いている」

切ない呟きは房間《へや》に溶《と》けて、消えていく。燭台《しょくだい》の明かりはぼんやりと秀礼の顔を映し、壁《かべ》には花器に活《い》けられた花の影《かげ》が映っていた。

五章 ✤ 黄金の剣《けん》と華仙女《かせんにょ》

目を覚ますと、そこは冬花宮《とうかきゅう》だった。紅妍《こうけん》が目覚めたと聞くなり、宮女たちは喜び、特に藍玉《らんぎょく》は「三日も眠っていたのですよ」と泣いてすがりつくほどだった。

(花詠《よ》みに介入《かいにゅう》してくる鬼霊がいるなんて知らなかった……)

だがこれは大きな手がかりとなった。瓊花《たまばな》の鬼霊が辛皇后《しんこうごう》であることや、言葉を発することができるほど強い自我を保っていることもわかった。

「すぐ、秀礼《しゅうれい》様に伝えないと」

「だめです。三日も寝込《ねこ》まれていたのですから、今日ぐらいは安静にしてください」

動こうとした紅妍だったが、これは藍玉に遮《さえぎ》られた。ぐっと体を押さえつけられ、牀榻に再び寝転《ねころ》がる形となってしまった。抵抗《ていこう》の隙は与えず「それに」と藍玉が続ける。

「坤母宮《こんぼきゅう》で倒《たお》れた日の夜、秀礼様はこちらにいらしてましたよ」

「え……秀礼様が来ていたの？」

「秀礼様は見たこともない剣幕《けんまく》で冬花宮にやってきたのですよ。伯父上《おじうえ》が慌《あわ》てて追いかけてくるほどです。わたくしも大変驚きました」

「秀礼様は何か言っていた？」

「わたくしは廊下《ろうか》に出ていたのでわかりません。ですが――」

そこで藍玉は言葉を止め、花器に目をやる。そこには北庭園から摘《つ》んできたという紫扇《しおうぎ》貝色《がい》の芍薬《しゃくやく》と桔梗《ききょう》が活けてあった。

つまり藍玉は人に聞くより花に聞けと言っている。この花は紅妍が坤母宮に向かう前から変わらずあるので、花が見ているはずだ。

紅妍もしばし花を眺める。だが、花詠みをしようと手を伸《の》ばすことはしなかった。

花詠みをする力はじゅうぶん戻《もど》っている。先の花詠みがうまくいかなかったからといって恐れはない。ただ、このような形で秀礼が来ていた時の様子を覗《のぞ》き見るのはよくないと自制した。

花詠みしないと決めたものの、やはり花器のことが気になってしまう。後ろ髪《がみ》を引かれるような思いだ。

（秀礼様はここにきて……どうしていたのだろう）

想像するだけで胸の奥が温かくなる。緩《ゆる》みそうな頬はかぶりをふって引き締《し》め、明日のことを考えるようにした。

翌日。紅妍の姿は審礼宮《しんれいきゅう》にあった。秀礼と清益《しんえき》が待つ中、藍玉と共に房間《へや》に入る。

「無理はしていないか？」

「はい。すっかり良くなりました」

「そうか……よかった」

会うなり問うほど、秀礼に心配をかけてしまった。彼は安堵《あんど》したらしく表情は穏《おだ》やかなものになった。見舞《みま》いの礼を伝えるべきか悩《なや》んだが、報告を優先とし、紅妍は口を開く。

「現在、二つの呪詛を確認《かくにん》しています。一つは櫻春宮《おうしゅんきゅう》に咲《さ》いていた百合《ゆり》の呪詛。もう一つは花詠みで見た木香茨《もっこうばら》の呪詛です」

「櫻春宮は不自然に咲く黒百合があったそうだな。これは紅妍が祓《はら》ったと聞いた」

櫻春宮での花渡し後、紅妍は疲労《ひろう》から眠《ねむ》りについている。秀礼とはあまり話せていなかったが、藍玉を通して聞いていたらしい。

「不気味な虚《うつ》ろ花が咲いていたため、辛皇后と帝《みかど》に呪詛を仕《し》掛《か》けた犯人は瑋貴妃《しょうきひ》だと噂《うわさ》があったようです。わたしは、永《えい》貴妃からこの話を聞いて櫻春宮に向かいました」

これに秀礼がぴくりと眉《まゆ》を動かした。何か言いたげな様子だったが、紅妍は続ける。

「ですが、百合の呪詛を仕掛けたのは璋貴妃ではありません」

「なに……では、誰が呪詛を仕掛けたのかわかったのか？」

秀礼の問いに対する答えは既《すで》に得ていた。かつて辛皇后が賜《たまわ》ったという蒼緑《そうりょく》の坤母宮の花詠みで得ている。秀礼や清益らは固唾《かたず》を呑《の》んで紅妍の返答を待っているようだった。みなの顔を見渡《みわた》した後に告げる。

「百合の呪詛を仕掛けたのは辛皇后です――花詠みで、呪術師《じゅじゅつし》に依頼《いらい》する場面を見ました」

「……辛皇后か。なるほど、だからお前は坤母宮で花詠みをしていたのだな」

「はい。ですが、その花詠みは瓊花の鬼霊に介入されました」

「瓊花の鬼霊……嫌《いや》な記憶《きおく》が蘇《よみがえ》りますね」

清益が苦笑いを浮《う》かべた。瓊花といえば秋芳宮《しゅうほうきゅう》での宮女長を思い出す。鬼霊の手を借りたと語る彼女は、瓊花を吐《は》いて息絶えてしまった。紅妍にとっては櫻春宮で襲《おそ》いかかってきた鬼霊である。嫌な記憶ばかりだ。

だが今は、瓊花の鬼霊の正体を知っている。紅妍はもう一度、力強く皆《みな》を見る。

「瓊花の鬼霊は、辛皇后です。辛皇后の鬼霊は自我を保っている。つまりそれだけ、強い怨念《おんねん》があるということです」

紅妍の一言に、みながしんと静まり返った。清益や藍玉らも微笑《ほほえ》んではいるが冷えた笑みである。秋芳宮の宮女長を殺し、二度も紅妍に襲いかかった鬼霊が、まさか辛皇后だとは想像もしていなかったのだろう。

「死しても鬼霊《きりよう》となり後宮を揺るがすか、いやな女だ」

秀礼が顔をあげる。その瞳《ひとみ》には辛皇后への侮蔑《ぶべつ》が混ざっているようだった。

「しかしお前はなぜ坤母宮に向かった？　櫻春宮に咲いた黒百合は永貴妃から噂を聞いたとしても、それが坤母宮で仕掛けたものだとわかったのはなぜだ」

「それは……百合の鬼霊が教えてくれました」

百合の鬼霊。その言葉は、百合の妃に関する記憶を探し続けた秀礼を動揺《どうよう》させるものだった。彼の目は見開かれている。

「櫻春宮から冬花宮に戻る途中《とちゆう》でわたしは眠ってしまいましたが、その夜半に鬼霊が冬花宮に来ていました。鬼霊は妃の姿をし、血のにおいに混じって百合の香《かお》りがしました」

「……百合の香り……まさか」

「どなたかはわかりません。鬼霊は敵意を持たず、わたしの前に百合を置いて消えました。ですが、その鬼霊がいる場所はわかります」

一呼吸置き、告げる。

「光乾殿《こうけんでん》です。百合の香りが混ざった血のにおいを、光乾殿でも嗅《か》いでいます」

光乾殿に鬼霊がいることは間違《まちが》いない。百合の香りという特徴《とくちよう》から、この鬼霊は光乾殿に潜《ひそ》んでいるのではないかと推測していた。

「……秀礼様がお探しの、百合の妃でしょうか」

紅妍が問う。これに秀礼が答えるには時間が必要だった。口を閉《と》ざし、何かを熟考している。房間はしんと静かになり、その静寂《せいじゃく》に慣れた頃《ころ》ようやく秀礼が答えた。

「それは璋貴妃……だと思う。彼女は百合を好んでいた」

櫻春宮を賜った妃であり、辛皇后より先に死んだ妃。だがそこで話は終わらず、彼は深く息を吐き、消え入りそうな声で続けた。

「そして、璋貴妃は私の母だ……鬼霊になっているなど、信じたくはなかったが」

秀礼の沈痛《ちんつう》な表情に、紅妍の胸も痛む。秀礼は以前、冷宮《れいぐう》に送られた秀礼を、母が救おうと手を尽《つ》くしていたと語っていた。その璋貴妃が鬼霊になっているのだ。大事な人が鬼霊になってしまう悲しみが、紅妍にも伝わってくる。

「鬼霊になったということは、何か理由があるはず。それに心当たりはありますか？」

「璋貴妃は不可解な死に方をしている。宮城はこれを病死と片付けたが、私は納得《なっとく》がいかなかった。思い当たるものがあるとすれば、これぐらいか」

「璋貴妃の死因であれば、見当がついています」

璋貴妃が賜った櫻春宮に咲いていた虚ろな黒百合と、百合を用いて呪詛《じゅそ》を仕掛けた辛皇后。これらのことから、紅妍は推測していた。

「秀礼様のお母様である璋貴妃は、辛皇后によって百合の呪詛で殺されました。璋貴妃の櫻春宮に咲いていた黒百合は、呪詛が成った証《あかし》です」

「母を殺したのは辛皇后か……間違いはないな？」

「はい。坤母宮の花詠みで、辛皇后が百合の呪詛を仕掛ける場面を見ています」

璋貴妃は辛皇后がかけた呪詛によって亡《な》くなり、呪詛が成った代償《だいしょう》として辛皇后は指を失った。だから瓊花《たまばな》の鬼霊の指には小さい黒百合が無数に咲いていたのだ。呪術師が懸念《けねん》した通り、指は一本で済まず、黒花はすべての手指を覆《おお》い尽くしている。

これは推測に過ぎない。だが、それを知って秀礼はどんな反応をするだろう。おそるおそる彼の表情を確かめれば、想像していたよりも彼の反応は落ち着いていた。

「……ありがとう、紅妍」

憑《つ》き物が落ちたように、すっきりとした顔をして言う。

「今さら死は変えられないが、真実は得ることができる。真に病死なのかを確かめたかった。これで堂々と辛皇后を恨《うら》むことができる。そして、母を苦しめただろう櫻春宮の黒百合を祓ってくれたことにも礼を言う」

これで璋貴妃と辛皇后の関係性が見え、百合の呪詛の謎《なぞ》も解けてきた。だが後宮に存在する呪詛はこれだけではない。

帝が関《かか》わっている木香茨の呪詛。そして帝を苛《さいな》むもの。

「光乾殿に満ちる悪気は木香茨の呪詛だと……考えています」

語気が弱くなったのは、これ以上を語ってよいのか戸惑《とまど》ったためだ。予想があっているのならば、この呪詛を解いていいのか紅妍自身わからないのだ。

（瓊花の鬼霊は指に黒百合を、胸に黒い瓊花を抱《かか》えていた）

鬼霊の紅花は、呪詛が関わる場合に黒花となることがわかった。辛皇后の指に黒百合が咲いていたのは呪詛の代償だ。では、胸の黒い瓊花はどうなる。

（辛皇后は呪詛をかけられ、死んでいる。そして、それを施《ほどこ》したのは――）

紅妍は顔をあげた。これを確かめるため、次に行くべき場所はもうわかっていた。

「坤母宮で鬼霊に襲われて意識を失う直前、黒い木香茨が咲いているのを見ました。櫻春宮の黒百合と同じく、不自然な咲き方でした。この虚ろ花を祓えば、光乾殿を満たす悪気が和《やわ》らぐかもしれません。もう一度坤母宮へ行き、この虚ろ花を花渡《わた》しします」

帝を蝕《むしば》むものが木香茨の呪詛であるのなら、この虚ろ花を祓えば苦しみは減る。そして呪詛の元となった木香茨のことも案じていた。理《ことわり》に背《そむ》いて存在し続けることは辛《つら》いことだ。木香茨も解放してあげたい。

これに秀礼は頷《うなず》いた。

「私も行こう。再び瓊花の鬼霊が現れるかもしれないが、宝剣《ほうけん》を持つ私なら戦力になる」

「秀礼様……」

清益の呟《つぶや》きから察するに、今回の同行を快く思っていないようだった。だがそれ以上は語らず、紅妍と目を合わせても清益は苦く微笑むばかりで、その腹の中はわからなかった。

紅妍と秀礼、清益は坤母宮へと向かっていた。鬼霊に襲われる危険性があるため、藍玉や他《ほか》の者にはそれぞれの宮で待機してもらった。

そうして、三人が光乾殿の近くを通った時である。

「秀礼様！」

そう叫《さけ》んで、慌《あわ》てて駆《か》けてきたのは光乾殿付きの韓辰《かんたつ》だった。真剣《しんけん》な表情から火急の案件だとわかった。韓辰の様子から嫌な予感がしたのは紅妍だけではないらしく、秀礼も顔を強《こわ》ばらせて問う。

「どうした。何かあったのか」

「帝《みかど》の容態がよくありません。すぐ光乾殿に来てください」

「なに……」

帝の御身《おんみ》が急変した。秀礼そして清益が青ざめる。

「今は意識を取り戻《もど》していますがね、いつまで持つか。貴妃、そして皇子を集めるよう申しつけられましたよ。さあ、今すぐ光乾殿へ」

光乾殿に呼んだのは永貴妃と二人の皇子らしく、華妃《かひ》である紅妍は含《ふく》まれていなかった。秀礼は光乾殿に向かわなければならないのだが、判断に迷っている様子だった。その足は止まっても、次に動き出す気配がない。それを見かねた清益が言う。

「秀礼様、光乾殿に参りましょう」

「だが、坤母宮に行って虚《うつ》ろ花を祓《はら》わなければ……」

秀礼が躊躇《ためら》う理由は、紅妍が再び襲《おそ》われるのではないかと恐《おそ》れているのだろう。

これに韓辰が表情を変えた。彼は声音《こわね》を荒《あら》らげる。

「秀礼様。それはないですよ。俺も清益も、秀礼様が帝位につく日のためにここまで走ってきた。民《たみ》に手を差し伸《の》べる帝になれるって信じてる。それを、こんな理由で捨てちまうなんてやめてくれ」

韓辰だけではない。清益も険しい表情をして秀礼を見つめている。

「私や韓辰など、冷宮のつらい日々を乗り越《こ》えた者たちは全員、秀礼様がこの世を変えてくださると信じています。帝位《ていい》につけるのは一人だけ。最終判断を下すのは帝です。もしも融勒《ゆうろく》様だけ光乾殿に向かい、秀礼様がいないとなってしまえば――」

「俺は、秀礼様と同じ夢を見てきたと思ってる。俺が光乾殿付きの提案を受けたのも夢のためだ。夢のためにと積み上げたものを、ここで判断を誤って壊《こわ》さないでくれ」

二人の進言に、秀礼は唇《くちびる》を噛《か》んでいた。帝位を目指すという夢が、今も秀礼の胸にあることを紅妍は知っている。彼は苦々しい表情をし、言った。

「坤母宮に行けば帝を苦しめる呪詛を祓えるかもしれない。華妃一人では危険なのだ。この機を逃《のが》すわけにはいかない」

　秀礼が言っていることは確かだ。紅妍の予想が合っているのなら、坤母宮に行けば光乾《こうけん》殿《でん》の気を和らげられる。だがそれが間に合わないことも考えられる。

　固く握《にぎ》りしめた拳《こぶし》はもどかしく、秀礼はまだ決めかねている。

「秀礼様、お願いします。融勒様よりも早く、帝の許《もと》に駆けつけましょう」

「頼《たの》むぜ。早く光乾殿へ行こうや」

　清益と韓辰に急《せ》かされる中、そこへさらなる人物が現れた。

「秀礼様。わたしからも、どうかお願い致《いた》します」

　清益や韓辰とは違《ちが》う、甲高《かんだか》い女の声。振《ふ》り返ればそこにいたのは辛琳琳《しんりんりん》だった。

「琳琳……なぜお前がここに」

「華妃と共に歩いて行くのが見えたので、後を追いかけていたのです」

　今日審礼宮に行く時も、秀礼と共に坤母宮へ向かう時も、何者かが尾行《びこう》している気配があった。それはおそらく琳琳だったのだろう。

　これまで紅妍の跡《あと》をつけてきた者は気配を隠《かく》すのが下手だった。尾行していますと言わんばかりの動きから、そういった行動に慣れていないと判断していた。その正体が琳琳とわかれば納得する。

　琳琳は普段《ふだん》通りに紅妍を尾行していた。そこでこの話を聞いてしまったのだろう。彼女は青ざめていた。

「呪詛……というのはよくわかりませんが、鬼霊《きりょう》を祓えると自称《じしょう》する華妃に任せれば良いのでは。どうして帝よりも華妃を優先するのです?」

秀礼は嫌気《いやけ》たっぷりに琳琳を眺《なが》めていた。

「お前には関係ない。これは私の問題だ」

「いえ、秀礼様の妃に成るべきはわたしです。ですから関係ありますとも。どうか目を醒《さ》ましてください。その華妃は怪《あや》しげな術で秀礼様を惑《まど》わせているだけ。華妃を捨て置いて光乾殿へ。あなたは帝になるべき方なのですから」

琳琳は必死だった。紅妍が嫌《きら》いだからというより、秀礼のことを大切に思って引き止めているのだ。清益や韓辰よりもまっすぐに思いをぶつけている。

(清益様、韓辰様、琳琳様——様々な人が秀礼様の即位《そくい》を望んでいる)

そして、集陽《しゅうよう》の人も。ああして民のふりをして集陽を知ろうとする男だ。髙《こう》をよくするのは秀礼だと、紅妍も思う。

(だって秀礼様は、蔑《さげす》まれて生きてきたわたしに手を差し伸べてくれた。きっとこれからも、たくさんの人々を救う帝となるはず)

ここは眩《まぶ》しく、光の当たる世界だ。布接《つ》ぎのない襦裙《じゅくん》に、見違《みちが》えるほど美しくなった紅《こう》髪《はつ》。蜜瓜《みつうり》や団子などの美味《おい》しさは忘れられない。すべて、秀礼がしてくれたことだ。

（秀礼様なら、つらい立場にある人を救い出せる。幸せな世を作ることができるはず）

これまで積み上げてきた努力を、ここで無にしてほしくない。彼の人となりを知ったからこそ、彼が帝位についてほしい。紅妍はそう望んでいる。

一抹《いちまつ》の不安を抱《いだ》きながらも紅妍は右手を固く握りしめた。

視界に花痣《あざ》が映る。花の形に似た、優秀《ゆうしゅう》な華仙術師を示す痣だ。

（わたしには華仙術がある。花痣を持って生まれたわたしだからこそ、出来ることがある）

紅妍は改めて秀礼を見つめる。その瞳《ひとみ》に強い意志を宿して。

「坤母宮はわたし一人で参ります」

「……また、鬼霊に襲われるかもしれないぞ」

「大丈夫《だいじょうぶ》です。わたしは華仙術師です。帝をお救いするため宮城にやって参りました。ですからわたしは坤母宮で呪詛《じゅそ》を祓いましょう。秀礼様はどうか光乾殿へ」

それでもまだ秀礼は決めかねているようだった。思い違いかもしれないが、先の一件で紅妍が寝込《ねこ》んだことを気にしているのかもしれない。

だから――紅妍はにっこりと微笑《ほほえ》んだ。いままでいちばん、上手《うま》く笑えたと思う。

「わたしを信じてください。この力は秀礼様のために使うのですから」

紅妍のためにと帝位が遠のくようなことをしてほしくない。力強く秀礼を見つめた。

その瞳に晒《さら》され秀礼はしばし俯《うつむ》いていたが、紅妍に背を向けた。そして叫ぶ。

「光乾殿へ向かう！」

清益や韓辰が揖《ゆう》する。

だが、琳琳はその場に立ちすくんでいた。

「…………」

「琳琳。お前は審礼宮に戻れ。ついてきてはならん」

「……坤母宮？　叔母上《おばうえ》の宮に、どうして」

呆然《ぼうぜん》としている彼女の耳に、秀礼の忠告は届いていないようだ。だがそれ以上構う間はなく、秀礼らは光乾殿に向かい動き出す。

琳琳の様子は気になったが、紅妍も余裕《よゆう》がなかった。急ぎ、坤母宮に向かわなければならない。

(帝の危機が迫《せま》っているいま、急いで呪詛を解かなければ)

駆け出す。歩くような時間はなかった。

目指すは坤母宮。深く暗い蒼緑《そうりょく》色をした、辛皇后の宮だ。

禍々《まがまが》しい気が満ちている。前に来た時よりも、坤母宮は邪気《じゃき》に淀《よど》んでいた。

紅妍は脇目《わきめ》もふらず、庭に向かう。虚ろ花の場所はもうわかっていた。

紅妍は庭奥にある百合《ゆり》の茂《しげ》みを見やる。塀《へい》の影《かげ》、日の当たらないじめついた場所――百合の花をかきわけると、やはり黒の木香茨《もっこうばら》があった。低木は見当たらず、土から枝が伸びて一輪だけの花を咲《さ》かせている。季は終わっているというのに、咲き誇《ほこ》っていた。

櫻春宮で見つけた百合の虚ろ花と違って、この木香茨はいまだに鬱々《うつうつ》とした負の気を放っている。周囲に満ちる草木の生気を吸っては、それに負の感情を混ぜてどこかへ送っているようである。

(木香茨の呪詛は終わっていない)

木香茨の呪《のろ》いが辛皇后に向けられたもので、呪詛によって辛皇后が死んだのなら——呪詛は代償《だいしょう》を求める。その方角はおそらく、光乾殿。

なまぬるい風が吹《ふ》いた。光乾殿の方角を見つめる紅妍の髪が揺《ゆ》れる。

坤母宮に流れる邪気が、より重たくなった。禍々しいだけではなく、むせかえるような血のにおいが漂《ただよ》っている。

「瓊花《たまばな》の鬼霊、いえ、辛皇后」

この鬼霊は生者の声を聞くはずだ。だからこそ紅妍は声に出して告げる。

「あなたは帝《みかど》に呪詛をかけられて死んだのね」

辛皇后に木香茨の呪詛をかけたのは帝だ。

その呪詛によって辛皇后は死に、役目を果たした呪詛は代償を求める。帝の身を襲ったのはそのためだ。辛皇后は代償として指を失うだけで済んだが、帝の場合は代償として失うものが指よりも大きかった。それほどまで辛皇后を恨《うら》み、確実に殺したかったのだと考えられる。

紅妍は振り返る。そこにいたのはやはり瓊花の鬼霊となった辛皇后だった。

「……華妃《かひ》、疎《うと》ましい存在よ」

「鬼霊となり痛みに耐《た》えてでも自我を保つ。あなたがそれほどにこの世に未練を残していることは知っている。でも、どうして」

辛皇后の指が紅妍の後ろを示した。小さな黒百合が覆《おお》う指の先にあるのは、木香茨の虚《うつ》ろ花だ。

「我は、帝に呪《のろ》われた。ゆるすまじ、ゆるすまじ」

「あなただって璋貴妃を呪ったのだから、呪われたとしても仕方ないでしょう」

「帝は我を皇后にしておきながら、寵愛《ちょうあい》は璋貴妃に向けられた。我が子は死んだというのに璋貴妃の子は宝剣《ほうけん》に選ばれた。ああ、妬《ねた》ましい。腹立たしい。憎《にく》くて憎くてたまらない」

ぐう、と憎悪《ぞうお》に満ちた呻《うめ》きが漏《も》れる。辛皇后の胸に咲いた黒塗《くろぬ》りの瓊花が揺れた。そこから黒い液体がたれる。花びらではなく泥《どろ》のように粘《ねば》ついたものだ。花では覆いきれないほど怨念《おんねん》を腹にため込んでいるのだろう。

「帝に呪詛を掛《か》けられ死んだのだから、あなたが帝を恨む気持ちはわかる。でもどうして、帝を狙《ねら》わず、秋芳宮《しゅうほうきゅう》の宮女長を唆《そそのか》して、楊妃《ようひ》を陥《おとしい》れようとしたの」

「帝を斬《き》り殺してやりたいのに――ああ、憎たらしい。あやつが妨《さまた》げたせいだ。だから他《ほか》の者を襲《おそ》い、あやつを引きずり出す」

「あやつ？　それは誰《だれ》」

現在の後宮で、鬼霊《きりよう》に抗《あらが》う術《すべ》を持つ者は紅妍と秀礼のみ。辛皇后は帝を狙い、何者かに妨げられたと語っているが、紅妍はそのような覚えがない。また秀礼も、そういった話をしていなかった。となれば他の者が辛皇后を妨害《ぼうがい》したのか。

しかし逡巡《しゆんじゆん》の間は与《あた》えられなかった。

「妬ましい。帝に関《かか》わるすべての者が妬ましい。楊妃も甄妃《けんひ》も、そして鬼霊を祓《はら》う華妃も、あああ！　妬ましい！」

辛皇后が手を振《ふ》り上げる、血のにおいが濃《こ》くなった。

「――っ！」

咄嗟《とつさ》に身を翻《ひるがえ》す。その長い爪《つめ》は紅妍の襦裙をかすめるのみで済んだ。少しでも判断が遅《おく》れていたら脚《あし》を斬られていただろう。

辛皇后は紅妍を殺《あや》める気なのだ。紅妍は唇《くちびる》を嚙《か》み、じりと後退《あとずさ》る。

「華妃、厄介《やつかい》な存在、消えてしまえ」

その言葉と共にもう一度、辛皇后が動いた。今度は横に薙《な》ぐような動きである。

紅妍は斜《なな》め前方の地面へと飛びこみ、間一髪《かんいっぱつ》で避《よ》けることができた。もしも逆の手でなぎ払《はら》われていたらどうなっていたかわからない。

(いまは少し、宝剣が羨《うらや》ましい)

宝剣であれば防戦一方にはならないだろう。あれならば斬り祓うとまでいかずとも厄介な長い爪は抑《おさ》えられたはずだ。

(せめて黒百合が咲く指だけでも落とせれば)

ぎり、と奥歯を噛む。華仙術にそのような術はない。あれは宝剣に比べると柔《やわ》らかなものである。花は詠《よ》みたがりの優《やさ》しい存在だ。華仙術はその力を借りるだけである。

これならば庭にある花を摘《つ》んで花渡《わた》しをし、一時の難を逃《のが》れた方がいい。完全な花渡しではないのでいずれ復活するだろうがこの状況《じょうきょう》よりは。

覚悟《かくご》を決め、白百合を摘む。そして手のひらに載《の》せた時である。

「……お、叔母上、ですの?」

坤母宮の門から声がした。紅妍、そして鬼霊の意識がそちらに向く。

そこにいるのは辛琳琳だ。おかしな様子ではあったが、まさかここまでついてくるとは。琳琳にとって、辛皇后は大切な叔母。瓊花を縫《ぬ》い付けた面布《かおぎぬ》で顔を隠《かく》していてもわかってしまうのだろう。青ざめ、震《ふる》えた声はもう一度その名を紡《つむ》いだ。

「叔母上。どうして鬼霊になんて――」

辛皇后にもこの声は届いているだろう。しかしその程度で、憎悪が晴れることはない。

むしろ格好の的である。辛皇后は紅妍から琳琳へと狙いを移した。

「だめ、逃《に》げて！」

「う、嘘《うそ》……わたしよ、琳琳よ……叔母上……」

迫りくる辛皇后に怯《おび》え、琳琳は座りこんでしまった。これでは逃げるどころかあの爪を避けることさえ出来ない。

花渡しをする間はなかった。紅妍は百合を手放し、琳琳の許《もと》に駆《か》けた。

両手を広げて、彼女を庇《かば》うように立ち塞《ふさ》がる。琳琳に背を向けたまま、叫《さけ》んだ。

「琳琳！　立って、逃げるの！　あれは辛皇后じゃない。妄執《もうしゅう》に囚《とら》われた鬼霊！」

それでも琳琳は動けない。腰《こし》を抜《ぬ》かしているのだ。その身に触《ふ》れていないのに琳琳が震えていることが伝わってくる。

（だめ。琳琳が動けないのなら身を挺《てい》して守るしか――）

紅妍の前に鬼霊が立つ。ついに辛皇后が手を振り上げた。

（――っ、秀礼様！）

ぎゅっと固く目を閉じる。頭に浮《う》かぶのはなぜか秀礼のことだった。

今頃《いまごろ》、光乾殿《こうけんでん》にいるだろう。紅妍のことを待っているかもしれない。

（もっとおそばにいたかった。呪詛《じゅそ》を解いて、お役に立ちたかった）

別れる前、ひどく寂《さび》しそうな目をしていた。紅妍のことを案じた彼は、このまま光乾殿に向かってよいのかと心が揺れていたのだろう。

(集陽を歩いた時も、みなで蜜瓜《みつうり》を食べた時も、すべてが楽しかった。わたしの一生で最大の幸福があるとすれば秀礼様がいたことだった)

彼の姿が浮かぶ。頭を撫《な》でられた時の、あの大きな手が愛《いと》おしい。危機は目前まで迫《せま》っているというのに、どうかもう一度と欲深《よくぶか》いことを願ってしまう。

(遠くからでもいい。あなたが光乾殿の宝座に就く瞬間《しゅんかん》を見たかった)

たとえ妃になれぬとしても。愛されぬとしても。死期を前にして思うことは、そばにいたかったという純粋《じゅんすい》な願い。

華仙の里にいた頃《ころ》は死を恐《おそ》れてなどいなかった。あのつらい環境《かんきょう》よりも死んだ方が楽だとさえ思っていた。それがいまは、こんなにも恐ろしい。

無情にも鬼霊が手を振り下ろした。長い爪は空気を切り裂《さ》き、風音を纏《まと》って落ちる。その先には紅妍がいた。

終わりの瞬間がきたのだと、思っていた。

鼓膜《こまく》が揺れる。

それは、何かを弾《はじ》くような、金属の甲高《かんだか》い音。

(今の音は……)

体に痛みはなく、何かが触れたあともない。これはどういうことだろうかと、おそるおそる瞼《まぶた》を開く。

鬼霊ではない。影《かげ》だ。大きな影が、紅妍の姿を覆っている。たくましいその背をゆっくりと見上げれば、その人物は光を浴びて黄金に輝《かがや》く宝剣を握《にぎ》りしめていた。たくましいその背をゆっく

「……二人とも無事か？」

そこにいるのは幻《まぼろし》ではなく本物の、英《えい》秀礼である。

彼は宝剣で爪を受け止めていた。ぎりぎりと歯を噛みしめて耐えているようだったが、

ついに爪を振り払う。そのはずみで辛皇后がたじろいだ。

「秀礼様、なぜここに――」

「話は後だ！　辛皇后を抑える。その間に琳琳を逃がせ」

「わかりました。すぐ戻《もど》ります。秀礼様、お気を付けて」

紅妍は琳琳の手を掴《つか》んで引きずるようにし、坤母宮を出る。彼女は抵抗《ていこう》する素振《そぶ》りもな

く、だらりと力が抜けていた。

坤母宮から離《はな》れたところで琳琳の手を離すと、涙《なみだ》で潤《うる》んだ瞳《ひとみ》が紅妍を見上げた。

「なぜ庇ったの……華妃《かひ》様にひどいことばかりしてきたのに……」

「わたしは鬼霊を助けたい。でも生きている人も守りたいの」

「でもわたしは……華妃様に守ってもらう資格なんて……」

琳琳としては忌《い》み嫌《きら》ってきた華妃に守られたことに衝撃《しょうげき》を受けているのだろう。彼女の

矜持《きょうじ》は崩《くず》れ去り、それが涙としてこぼれ落ちていく。

「あの辛皇后は鬼霊となった。だから祓って、浄土《じょうど》に送る。あなたはここから離れて」

そう言い残し、紅妍は再び駆け出す。琳琳の泣き声はしばらく聞こえていたが、紅妍が坤母宮に入るとそれも聞こえなくなった。

坤母宮の庭では秀礼が宝剣《ほうけん》を構えて、辛皇后を睨《ね》めつけていた。見たところ秀礼に怪我《けが》はないようだ。安堵《あんど》し、紅妍は秀礼のそばに寄る。

紅妍にとって、宝剣の所持者である秀礼が来たことは心強い。これならば厄介な指を斬り落とすことができる。それに指は黒百合《くろゆり》で覆《おお》われている。百合の呪詛を仕掛《しか》けた反動として失った箇所《かしょ》だ。宝剣で切り落とせば、辛皇后を蝕《むしば》む痛みは減るかもしれない。

「秀礼様、あの指を斬り落とせますか」

「任せろ」

頷《うなず》くと同時に秀礼が駆けた。

辛皇后は秀礼の勢いに気圧《けお》されたようだったが、距離《きょり》を詰《つ》められることを疎《うと》んじて長い爪で横薙《よこな》ぎにした。秀礼はこれを予測していたらしい。一度宝剣で爪を受け、その間に身を翻した。俊敏《しゅんびん》な動きによって辛皇后は翻弄《ほんろう》され、隙《すき》が生じた。

「辛皇后よ、死しても浅ましいな」

その呟《つぶや》きと共に、宝剣を振《ふ》るう。その切っ先は、振り返ろうとした辛皇后の指を斬り落とした。ぼたぼたと片手の指が地に落ちる。

「う、あああ……あああ……」

劈《つんざ》くような辛皇后の悲鳴が響《ひび》き渡った。指を失ったことで動じているのか動きも鈍《にぶ》くなる。その隙に秀礼は対《つい》の手の指も斬り落とした。指は無数に咲《さ》いた小さな黒百合に覆われたまま落ちていく。

「よし。指は斬り落としたぞ。これで花渡しができるか？」

「いえ、まだです」

花渡しを行うには鬼霊《きりょう》の心を開くことが肝要《かんよう》だ。この状態では完全な花渡しにならず、鬼霊が一時的に消えるだけだ。

辛皇后は苦悶《くもん》の声をあげ、その場から動かない。両手をぶるぶると震わせている。

そして――辛皇后の面布が落ちた。はらりと地に落ち、その顔が顕《あら》わになる。

「……呪詛など、かけなければよかった」

その声は先ほどと違《ちが》い、正気を感じるものだった。

指に巣くった黒花が辛皇后を苦しめていたのだろうが、それは宝剣によって斬り捨てられた。百合の呪詛の代償《だいしょう》から解き放たれている。そのため怨念《おんねん》に取り憑《つ》かれることはなくなったのかもしれない。

辛皇后の瞳は生気を欠き、しかし悲哀《ひあい》の色を浮かべて紅妍らを見つめていた。

「宝剣に選ばれた子を持った璋貴妃が羨《うらや》ましかった。帝《みかど》の寵愛《ちょうあい》を得ているのは知っていても、まさかこれほどに愛されていたなど知らなかった。羨ましくて妬《ねた》ましい」

「璋貴妃を呪《のろ》ったあなたは、まさか自分が呪い返されるなど思ってもいなかったのね。それも帝に」

この言葉に秀礼が驚《おどろ》き振り返る。彼は木香茨《もっこうばら》の呪詛を仕掛けたのが帝だと知らなかったのだ。だがこれでわかったことだろう。辛皇后を呪ったのは帝であり、今の帝を苦しめているのは呪詛が成った代償のため。ひとつの呪詛が、次なる呪いを生み出していたのだ。

「我は、もう、よい……羨望《せんぼう》も嫉妬《しっと》も苦しいだけ。解放されたいのだ」

「わかりました。では花渡《わた》しを行います。あなたは瓊花《たまばな》を好んでいたと思うけれど今は瓊花の季ではないから……」

坤母宮の庭には瓊花が植えられている。さらに、鬼霊となっても面布《かおぎぬ》に縫《ぬ》い付けていたことから、生前は瓊花を好んでいたと考えた。だが瓊花の咲き頃《ごろ》は終わっているはずだ。確かめるように瓊花の木へ目を向ける。

「……咲いて、いる」

緑樹に、一輪だけ黄白色の花があった。不自然に咲いているが邪気《じゃき》は感じられない。虚《うつ》ろ花ではなく、自ら望んで咲いている。

「辛皇后を浄土に送るために、咲いたのね」

瓊花に向けて語りかけ、摘《つ》み取る。この瓊花は坤母宮で辛皇后のことを見つめてきたのだろう。辛皇后の悪行は許しがたいが、花を愛《め》でる心はあったはずだ。だからいま、辛皇后を見送るために瓊花が咲いている。

花渡しに使うのは瓊花と決めた。手にしていた白百合は後で礼を伝えて地に戻すことにし、秀礼に預ける。

紅妍は頷き、辛皇后の前に立った。

「あなたを浄土に送ります」

手には瓊花。片手には媒介《ばいかい》となる想《おも》いの詰まった品を載《の》せるのが慣例だが、今回は何もない。だが、根拠《こんきょ》のない自信があった。辛皇后が穏《おだ》やかな顔をしている気がしたから、そう思っただけだ。

瞳を閉じ、集中する。そして心の中で辛皇后に語りかける。

（わたしは、あなたを浄土に送る）

普段《ふだん》と異なる方法のため、辛皇后の身が細かな粒《つぶ》となっていくのには時間がかかる。虚ろ花を祓《はら》う時と同じように、体が軋《きし》んだ。

（あなたを責《せ》め苛《さいな》んだ妬みや痛みから、解き放たれますよう）

瓊花にも語りかける。力を貸してほしい。その身に辛皇后の魂《たましい》を宿し、浄土まで連れて行ってほしい。

額に汗《あせ》が浮《う》かぶ。やはり媒介なく、呪詛《じゅそ》が絡《から》んだ祓いは難航する。苦しみに顔を歪《ゆが》めた時、紅妍の肩《かた》に温かなものが触《ふ》れた。

「私がいる。だから、頼《たの》む」

秀礼だ。秀礼がそばにいる。

彼の言葉で力が漲《みなぎ》っていく。先ほどまで感じていた呪詛の痛みもわからなくなった。

辛皇后は穏やかに微笑《ほほえ》んだまま細かな粒となり、瓊花の中に吸いこまれていった。

紅妍は瞳を開いた。力がわく。秀礼が共にいるから、この花渡しは成功する。

「花と共に、渡れ」

瓊花を天に掲《かか》げた。

生前の辛皇后は孤独《こどく》と闘《たたか》っていた。腹を痛めて産み落とした愛《いと》し子は夭折《ようせつ》し、帝は他《ほか》の妃を寵愛する。その孤独は辛皇后を存分に苦しめ、璋貴妃に呪詛を仕掛けるほど追い詰めた。死んでも鬼霊となって現世に縛《しば》られ、辛皇后が孤独から逃《のが》れることはできなかった。

辛皇后が味わった苦しみは計り知れない。

もう、辛皇后は孤独ではない。彼女を見守り続けた坤母宮の瓊花と共にある。花が持つ優《やさ》しさは辛皇后に寄り添《そ》い、浄土まで導くことだろう。

瓊花が煙《けむり》となって消えていく。白煙《はくえん》だ。その白色に辛皇后が抱《いだ》いていた怨嗟《えんさ》はかけらも見当たらない。苦しみから解き放たれた瓊花の煙は、清々《すがすが》しく、美しい。

その煙が完全に消えるまで、紅妍は空を見上げていた。秀礼もまた空を見上げている。

「辛皇后は浄土に渡ったのか？」

「はい。鬼霊の苦しみから解き放たれるでしょう」

「そうか……許すことは難しいが、解き放たれたのなら、それでよい」

辛皇后は璋貴妃に呪詛をかけるという許されないことをしたが、鬼霊となって苦しんでいたところを見るに、じゅうぶん報《むく》いは受けただろう。秀礼も同じように考えているのか、すっきりとした顔をしている。

秀礼が駆《か》けつけていなければ今頃《いまごろ》紅妍はどうなっていたかわからない。そのことをありがたく思いながらも、疑問が生じていた。

「ところで、どうして秀礼様は坤母宮に？」

「お前を一人で行かせてはならないと思ったからだ」

秀礼は紅妍へと視線を向ける。

「清益らが語ったように私には為《な》すべきことがある。だが、そのためにお前が傷つくのは嫌《いや》だ。誰《だれ》かを切り捨てて得る幸福は、私の望む未来ではない」

「それでは帝位《ていい》を諦《あきら》めてしまったのですか？　それはなりません。清益様や韓辰様、他に多くの者が秀礼様を慕《した》っているというのに」

「そんな顔をするな」

秀礼はそう言って、苦く笑った。

「早く片付けて光乾殿《こうけんでん》に向かえば良いだろう」

「ですが……」

「それに、勘《かん》でしかないが、永貴妃と融勒はまだ光乾殿に着いていないと思う」

光乾殿に先に着いたからといって、次なる帝と決まるわけではない。帝や有力者たちの心証が変わるのみだ。秀礼と共に競《きそ》い合う融勒や、融勒を推《お》したい永貴妃もすぐに動くだろうに、なぜか秀礼は着いていないと語る。その理由がわからず、紅妍は首を傾《かし》げた。

「永貴妃も融勒も動く様子が見られない。私が先に着くよう、待っているのかもしれない」

「……それは秀礼様を認めたということでしょうか」

「かもしれないな。だが、これは私の働きによるものではない」

そう言って、秀礼は紅妍の頭を撫《な》でた。

「永貴妃や融勒の心を動かしたのはお前だ。お前は鬼霊にも、人にも優しくあろうとする。それがあの者たちの心を動かしたのだ」

「いえ。わたしは何も——」

「私にはわかる。なぜなら、お前に心を動かされたのは融勒と永貴妃だけではない。私もだからな」

自覚はない。けれど秀礼が慈《いつく》しむように優しく見つめてくるので、紅妍は何も言えなくなった。頭を撫でられていることも嬉《うれ》しく感じる。この大きな手のひらに、触れられるだけで心が凪《な》いでいく。

「お前がいなければ、私と融勒は対立したまま。母の死の真実に至ることもなかった。第四皇子としての為《な》すべきことだけでなく、英秀礼として必要なものに気づけたのもお前のおかげだ」

秀礼は短く笑った後、坤母宮の庭奥へと歩を進めていった。そこにあるのは虚ろ花となった木香茨だ。

「後宮は悲しい出来事の多い、冷えた場所だ。だが、その中でも鬼霊《きりよう》の心に寄り添おうとし、悲劇の裏に隠《かく》された人の想いを明かしていく。そんな優しいお前の姿に心が変わった。この場所を温かく優しい場所に変えていきたい」

そう話し、秀礼は黒の木香茨を摘み取る。

「私は帝位につき、為すべきことをする。だがお前を失うこともしない——これを花渡ししてほしい。それが終われば、共に光乾殿へ行こう」

紅妍は頷《うなず》き、木香茨を受け取った。

櫻春宮で虚ろ花を祓った時を思い出す。役目を終えて空っぽになった黒百合《くろゆり》でさえ体力をひどく消耗《しようもう》したのだ。いまだ代償《だいしよう》を求めて光乾殿を呪う木香茨を祓うのにどれだけの体力を労するだろう。

手のひらに載せた木香茨《もっこうばら》を見やる。覚悟《かくご》を決めて瞳《ひとみ》を閉じようとした時、紅妍の手を支えるように秀礼が手を重ねた。

「お前のことは私が守る。だから一緒《いっしょ》にこの花を解放しよう」

優しい言葉に顔がほころぶ。紅妍は力強く頷いて、瞳を閉じた。

この花渡しに痛みは生じない。花に込められた恨《うら》みが暴風のように紅妍を襲《おそ》っても、そばに秀礼がいる。添えられた彼の手は心強く、温かい。

「花よ、渡《わた》れ」

紅妍は瞳を開いた。木香茨は煙となり、清々しい空に混ざるように見えなくなった。光乾殿を覆《おお》っていた禍々《まがまが》しい気は消えた。木香茨の呪詛は解き放たれたのだ。

光乾殿では韓辰や清益が待っていた。韓辰に案内してもらい、帝《みかど》の寝所《しんじょ》に入る。秀礼が来ても、帝は起き上がることができなかった。牀榻《しょうとう》へ駆け寄るとひどく顔色が悪い。落ち着いたと聞いてはいるが、死期の近さが現れていた。

「秀礼、それから華妃《かひ》か」

帝は目線だけを動かし、二人の様子を確かめている。華妃がここにいる理由も見当がついているのか驚《おどろ》く素振《そぶ》りが見られなかった。

「……あの呪詛を祓ったのはお前たちだな」

やはり、帝は木香茨の呪詛を知っている。すなわち、帝があの呪詛を仕掛《しか》けていたのだ。

「はい。先ほど華妃と共に、木香茨の呪詛を祓《はら》いました」

「わかっておる。身体《からだ》が少し楽になった――だがこれ以上良くなることはない」

「なぜ、そのようなことを仰《おつしや》るのですか！」

これに帝は目を伏《ふ》せた。そして名を呼ぶ。

「……もう隠れなくて良い」

その言葉は紅妍でも秀礼でもない、別の者に向けられていた。それに応《こた》えるように血のにおいが充満《じゆうまん》する。そこには百合の香《かお》りも混ざっていた。

「まさか……」

現れたその姿に、秀礼の瞳が大きく見開かれた。声も体も震《ふる》えている。

胸には大きな黒百合。呪詛で死んだ者の証《あかし》として咲《さ》く黒花だ。ひとつ動くたび、百合の香りがする。

(冬花宮に現れた鬼霊だ)

あの時は誰かわからなかった。だが、今ではその鬼霊の名がわかる。隣《となり》に立つ秀礼がその名を呟《つぶや》いた。

「母上……なぜ、ここに」

それは璋貴妃。秀礼の母である。鬼霊だと示すように黒の面布《かおぎぬ》をつけ、ゆらりとそこに立っている。

「鬼霊だから祓うべきだと、お前は思うのだろうな」

帝は静かに言った。静かに手を伸《の》ばす。震えた指に触《ふ》れたのは璋貴妃の鬼霊だ。敵意はなく、ただ静かに、悲しげに帝のそばにいる。

「まもなく我が天命は尽《つ》きる。だからこそ話しておく」

嗄《しわが》れた声がゆっくりと紡《つむ》ぐ。

「辛皇后は璋貴妃を妬《ねた》み、呪《のろ》いで殺した――我がそれを知ったのは呪詛《じゅそ》が成った後だった」

帝は百合の呪詛のことも知っていたようだ。璋貴妃が亡《な》くなる前であれば止められただろうが、知った時には遅《おそ》かった。そのことを帝は悔《く》やんでいるのだろう。苦虫《にがむし》を嚙《か》みつぶしたように顔を歪《ゆが》める。

「好いた者を欠くことはつらい。その後の生が、拷問《ごうもん》のようにさえ思える。怒《いか》りと悲しみが常に責め立ててくるのだ。寝食《しんしょく》を忘れ、視界は色を欠いたように、後悔《こうかい》だけが鮮烈《せんれつ》に在り続ける」

その言葉に秀礼は俯《うつむ》いた。思うところがあるのかもしれない。

「だから、辛皇后を呪い殺そうと考えたのだ。そうでもしなければこの恨みは晴らせない
――木香茨の呪詛を仕掛けたのは、我だ」

そこで再び咳《せき》がひどくなる。璋貴妃が帝に駆《か》け寄り、その背をさすった。息を整えるま

でしばしの時間がかかった。帝は悲哀《ひあい》を込めたまなざしで璋貴妃を見上げている。

「呪詛の代償は我の命だ」

「なぜ、命を捧《ささ》げたのですか」

「そうまでしてもよいと思っていた。その方が早く、浄土《じょうど》に行けるだろうと」

だが呪詛が代償を求めて帝の命を奪《うば》うとしても、時間がかかりすぎている。辛皇后が亡くなってから今日まで、帝は生きているのだから。

「死を待つだけの我に襲いかかるは、代償を求めて返ってきた呪詛と、鬼霊となった辛皇后だった。そんな時に我を守ろうとする鬼霊が現れた。それが──璋貴妃だ」

鬼霊が生者を守る。そのようなことがあるとは知らなかった。だが言われれば納得《なっとく》できる。璋貴妃の鬼霊が冬花宮に現れた時も敵意は感じなかった。そして白百合という情報を与《あた》えていったのだ。あの花を花詠みしなければ紅妍が坤母宮に辿《たど》り着くまで時間がかかったことだろう。

璋貴妃は鬼霊となっても帝を守り、この真実を明かすために紅妍に近づいたのだ。

「……だから光乾殿の鬼霊を祓うなと命じたのですね」

呪詛が解き放たれ、辛皇后も消えた。だというのに帝の体は弱っている。それはここに鬼霊がいるせいだ。たとえ敵意がなくとも、鬼霊に近い環境《かんきょう》は生者を蝕《むしば》んでいく。

「母上……あなたは、父を守っていたのか」

秀礼が言葉をかけても、璋貴妃の鬼霊は答えない。声を発することができないのだろう。鬼霊となって彷徨《さまよ》うには苦痛を伴《ともな》う。帝を守るためといえ、光乾殿《こうけんでん》に残り続けることは璋貴妃を苦しめただろう。

「華妃に頼《たの》みがある」

帝が紅妍を呼んだ。

「璋貴妃を祓ってほしい」

「……よろしいのでしょうか」

花渡しで璋貴妃を祓うことは難しくない。彼女の体に黒花が咲いているといえ、呪詛の元は祓われている。それに自我を保ち、帝を守ってきた鬼霊だ。

躊躇《ためら》ったのは帝のことを案じた故《ゆえ》である。璋貴妃を愛していた彼は、鬼霊となってでも璋貴妃に会えたことを喜んでいただろう。しかし、花渡しをしてしまえばその魂《たましい》は浄土に渡り、二度と会えなくなる。

「我の天命はまもなく尽きる。ならば璋貴妃が浄土に渡る姿を見届けてからが良い」

紅妍の躊躇いは杞憂《きゆう》だった。帝は覚悟を決めている。それを察して、紅妍は揖礼《ゆうれい》する。

「わかりました。璋貴妃の魂を浄土に送ります」

「ならば、これを使ってくれ。母の形見だ」

そう言って、秀礼は袂《たもと》から合子《ごうす》を取り出した。璋貴妃が好んだという百合《ゆり》の練香《ねりこう》が入った小さな容器《いれもの》だ。

「消えてしまいますが、いいのでしょうか」

「……構わない。母がなぜ死んだのか、その真実を探《さぐ》ることを忘れぬよう、戒《いまし》めとして持ち歩いていたものだ。真実が明かされたのだから、もう必要ない」

紅妍は瞳を閉じる。

(璋貴妃……帝が最も愛した妃)

死してなお、帝のことを案じていたのだろう。そばにいたいと強く願い、鬼霊《きりょう》になってまでこの世にすがりついた。帝が璋貴妃を愛したように、璋貴妃も帝を愛していた。

この『愛』というものを、紅妍はよくわかっていない。しかしそれが温かなものであろうことはわかる。そばにいるだけで心が強くなれるような、温かな感情。

花は白百合を選んだ。坤母宮で摘《つ》み取った百合だが、辛皇后の花渡しは瓊花《たまばな》を用いたため白百合が残っていた。しかし百合を好んだという璋貴妃にはこれが合う。

紅妍は手中の百合に意識を傾《かたむ》ける。璋貴妃の魂は媒介《ばいかい》となった合子と共に、花の中に吸いこまれていく。

「……秀礼」

柔《やわ》らかな声が聞こえた。見れば、鬼霊の面布が落ちている。

璋貴妃は微笑《ほほえ》み、秀礼を見つめていた。その唇《くちびる》は動いていないが、璋貴妃らしき女性の声が響《ひび》く。

「あなたが過去に囚《とら》われぬよう会わぬつもりでした。でもいらぬ心配だったようです。あなたは立派になっていた。成長したあなたの姿を見ることができて、わたくしは幸せです」

「……母上！」

そして璋貴妃は帝《みかど》へと目を向ける。

「先に、行っております」

「……ああ。すぐに追いかける」

帝は淡々《たんたん》と答えた。しかし老いた瞳《ひとみ》は力強く見開かれ、璋貴妃が消える瞬間《しゅんかん》を余すことなく最後まで見届けようという意思が伝わってくる。

（わたしはあなたを浄土に送りたい）

紅妍が願うと同時に、璋貴妃の姿は完全に消えてなくなった。紅妍の手の中にあるのは白百合だけだ。

「花と共に、渡《わた》れ」

煙《けむり》が消えていく。百合の香《かお》りが消えていく。

璋貴妃の魂を乗せた風は帝と秀礼のそばをぐるりと回り、隙間《すきま》を通って外に向かう。壁《かべ》を越《こ》えて庭を越えて、空に舞《ま》い上がるのだろう。

それを見届けた後、弱々しく、泣いているかのように震《ふる》えた声で、帝が言った。

「秀礼。お前はこのような生き方をしてはならない。後悔などしてはならぬ。帝位に縛《しば》られてはならぬ。最も大切なものを、見落としてはならぬ」

これに秀礼は答えなかった。その瞳に光るものがあり、声をあげることはできなかったのだろう。帝もまたそれ以上語ろうとはしなかった。

百合の香りはもう、しなくなっていた。

天命、尽きる。

建碌《けんろく》帝の崩御《ほうぎょ》が知らされたのは数日後のこと。高の国は喪《も》の黒に包まれ、悲哀に満ちる。

高の中心は崩《くず》れ去った。しかしまた陽《ひ》は昇《のぼ》る。新たな天子が、高を背負う。

終章　✥　次代の華《はな》

　宮城は建碌帝《けんろくてい》の崩御を悲しみ、ひっそりと静まり返っている。帝は、鬼霊となった璋貴《しょうき》妃《ひ》を見送った後、永貴《えいき》妃や融勒《ゆうろく》と語らい、この世を去った。

　永貴妃や甄妃《けんぴ》などの妃嬪《ひひん》や多くの宮女は陵園《りょうえん》に送られることが決まった。これは高《こう》の慣例に則《のっと》ったものであり、陵園にて死者の世話をするのだ。

　華妃《かひ》である紅妍《こうけん》も本来はそうなる予定だったが、止めたのが秀礼《しゅうれい》である。紅妍は秀礼の依頼《いらい》で偽《いつわ》りの妃となっただけであり、陵園に行く必要がない。そのため冬花宮《とうかきゅう》で待機しているよう秀礼に命じられていた。

「本日、甄妃様も陵園に向かったそうです」

　夕暮れの冬花宮にて、藍玉《らんぎょく》が報告した。

　璋貴妃亡《な》き後、秀礼の後見人となったのは甄妃だった。太后《たいこう》となって後宮に残ることもできたが、甄妃がこれを辞退したのである。

「そして、秀礼様も相変わらず忙《いそが》しいのだと伯父上《おじうえ》から聞きました」

　先帝は次なる天子に秀礼を指名した。天子はこれから様々な儀《ぎ》を行い、皇帝《こうてい》となるのである。清益《しんえき》らが慌《あわ》ただしくしていることから、相当に忙しいのだろう。

「最近は、華妃様も寂《さび》しそうになさっていますね」

「……だんだん皆《みな》がいなくなっていく。忘れられていくみたいで、寂しい」

紅妍の沈《しず》んだ声に対し、藍玉の様子は落ち着いている。

「大丈夫《だいじょうぶ》ですよ。離《はな》れていったとしても、華妃様のことを忘れる者はいません。花と同じように、わたくしたちも記憶《きおく》を持っています。華妃様に助けられた者たちはみな、その記憶を大切に持ち続けるでしょう」

花が様々な物事を見て、記憶を持ち続けているように。人間も様々な経験をし、その思い出を持ち続けている。永貴妃や融勒、華妃に関《かか》わった者たちの記憶に、紅妍という人間は焼き付いたことだろう。

それでも沈んだ表情をする紅妍に、藍玉がある提案をした。

「寂しいのでしたら、あのお花を花詠《よ》みしては如何《いかが》でしょう」

そして花器に活《い》けてある花を見る。それは、坤母宮《こんぼきゅう》で鬼霊に襲《おそ》われて意識を失った時にも飾《かざ》っていた花だ。弱ってきたので取り替《か》えると霹児《へきじ》が言っていたが、紅妍が渋《しぶ》り、そのまま残してある。花詠みしないと宣言しておきながらも、手放すことができなかった。

「残すほど気になっているのですから、花詠みをすればいいと思います」

痛いところを衝《つ》かれて、紅妍は何も返せない。

藍玉は、霹児に呼ばれて出て行った。一人残ったところで、紅妍は活けた花を見やる。

（しばらく秀礼様に会えていないのだから、少し過去の秀礼様を見たって許されるはず）

決意が揺《ゆ》らいだ。紅妍は花器に活けた芍薬《しゃくやく》に手を伸《の》ばす。

花はしおれかけていたので茎《くき》が折りにくい。両手を添《そ》えて優《やさ》しく手折《たお》り、手のひらで包む。それから瞳を閉じた。花詠みに集中する。

（あなたが視《み》てきたものを、教えてほしい）

この房間《へや》に飾っていたからか、芍薬は紅妍に心を開いている。簡単に花の中に溶《と》け、その記憶をつかみ取ることが出来た。

花は詠みあげる。それは紅妍が深き眠《ねむ》りについていた月夜、秀礼がきた日の話を。


薄暗《うすぐら》い房間は手燭《てしょく》の明かりを頼《たよ》りにしている。しかしじゅうぶんに、芍薬は見ていた。

慌てて房間に入ってきたのは秀礼だった。悔《くや》しさを噛《か》みしめ、沈痛《ちんつう》な面持《おもも》ちで紅妍のそばに膝《ひざ》をつく。

『……わたくしは外に出ておりますね』

これは藍玉の言葉だ。秀礼を気遣《きづか》ったのか、藍玉は退室する。

扉《とびら》が閉まった後、秀礼は少々躊躇《ためら》う様子を見せながらも、その手をすっと伸ばした。紅妍の手に触《ふ》れているのだ。表情は険しいのに、彼の指先はひどく優しい。指や爪《つめ》のかたちといったすべてを余すことなく撫《な》で、まるで紅妍という者を愛しんでいる動きのように見えた。芍薬に同化して見てしまった紅妍が恥《は》じらい、目を逸《そ》らそうとするほどである。

（わたしの知らないところで、こんなことをなさっていたなんて）

紅妍を守り切れなかった悔しさと、こうして触れていることの喜び。その二つが秀礼の表情に表れている。そこでようやく秀礼が口を開いた。

『目を覚ましてくれ。もう一度、お前と話したい』

すがりつくような、掠れた声の懇願《こんがん》だった。秀礼がこれほど切ない表情をすることを知らず、そして紅妍の胸も締め付けられるように苦しい。

『この国は仙術を恐《おそ》れている。だが帝が仙術を認めれば変わるかもしれない。仙術師が認められれば、華仙一族から虐《しいた》げられる理由もなくなるはずだ。この優しい華仙術が受け入れられる未来を作りたい。だから、もう少し待っていてくれ。お前に誓《ちか》った通り、必ずやお前が笑顔《えがお》で生きられる世にしてみせる』

彼の指先は、紅妍の額から頬《ほお》へと滑《すべ》っていく。

頬を撫でる指先は甘く、しかし決意にも似た感情が込められている。これは秀礼が華仙術を認めたが故の宣言だ。彼に認められているのだと再認識《さいにんしき》すれば、心の欠けていたものが埋まるような、安心感が生じた。

（華仙術が受け入れられる未来。そんな風に言ってもらえる日がくるなんて）

他者の前で使うことを恐れていた日々が嘘《うそ》のように、心が軽くなる。他《ほか》の者ではなく、秀礼に認められたことが嬉《うれ》しくてたまらないのだ。

（でもどうして、秀礼様に認められたことが嬉しくなるのだろう）

他の者では足りず、秀礼だけが格別だ。その気持ちはなぜ生じているのか、紅妍は自らの心と向き合い、紐解《ひもと》いていく。

すると、秀礼が再び語った。

『……本当のことを言うと、お前と離れる日が恐ろしい。お前の手を取ってしまえば二度と離せなくなってしまう。一緒《いっしょ》にいたいと、これほど強く想《おも》ったのはお前が初めてだ』

どうしてだろう。彼の弱々しい言葉が、なぜか嬉しく思える。たとえ紅妍が眠っていたとして、このような一面を自分だけに見せていた事実が喜ばしい。

（ああ、そうか。わたしは――）

彼と共に過ごした日が浮《う》かぶ。振《ふ》り返れば振り返るほど幸福に満ちている。それは藍や宮女らを愛《め》で、愛でられるものとはまた違《ちが》う幸福だ。

花詠みは過去を詠むだけ。花と同一している紅妍は手を伸ばすことができない。それを初めて悔しいと思った。できることならば、秀礼に手を差し伸べたい。その背に触れ、こここにいると伝えたい。

胸中を占《し》める秀礼への想い。その名を確かめると同時に、花詠みの秀礼が口を開いた。

『私は、お前を好いている』


紅妍はゆっくりと瞳《ひとみ》を開く。心音は速まり、ふわふわとした心地《ここち》だ。彼の言葉に驚《おどろ》き、夢を見ていたのではないかと疑いたくなってしまうが、手中にあった芍薬は枯《か》れている。微睡《まどろ》みの中にいるかのように、頭がぼんやりとする。熱を持っているのか確かめるべく、両頰に手を添え――声が聞こえた。

「……随分《ずいぶん》と照れているようだが」

扉が、開いている。花詠みに集中していた紅妍はそのことに気づいていなかった。

その人物は確かめなくともわかっていた。紅妍は慌てて枯れた花を隠《かく》し、照れた顔を見られぬよう俯《うつむ》いた。

秀礼だ。彼が来ていた。その後ろには清益、そして藍玉もいる。

清益はため息をついて去っていった。おそらく彼なりに気遣ったのだろう。藍玉は房間には入らず、しかしくすくすと笑っていた。

「結局、花詠みをされたのですね」

「ち、ちが……これは……」

「わたくしも席を外します。宮女らにも人払《ひとばら》いを伝えておりますのでご安心ください」

慌てふためく紅妍を楽しんで満足したらしく、藍玉も去ってしまった。そうして、悠々《ゆうゆう》と房間に入ってきたのは秀礼だけである。

扉が閉まれば、薄暗い中に二人。先の花詠みは記憶に新しく、ここに二人きりということが急に恥ずかしく思えてきた。

何を語ればいいか迷い、視線を泳がせる紅妍だったが、秀礼が口を開いた。彼もまた、藍玉と同じく楽しそうにしている。

「優秀《ゆうしゅう》な華仙術師は、過去の私を見たのだろう？」

痛いところをつく。言い逃《のが》れはできない。扉が開いたことも気づかぬほど集中し、手には枯れた花があるのだ。これまで何度も花詠みや花渡《わた》しの場面に遭遇《そうぐう》してきた秀礼を騙《だま》すことは難しい。

「……意地悪です」

「そのように恥じらった顔をしていれば揶揄《からか》いたくもなる」

くつくつと秀礼が笑う。彼は榻《とう》に腰《こし》掛け、じろりと紅妍を見た。

「隣《となり》に座らないのか？」

「い、いえ……」

「集陽《しゅうよう》に出た時は隣に座っていただろう」

「それは……あの時はあの長椅《こしかけ》しかなかったので……」

「そう硬《かた》くなるな。早く隣にこい。お前の今後について話せないだろう」

これ以上抵抗《ていこう》したところで秀礼は折れてくれないだろう。紅妍は枯れた花を几《つくえ》に置くと、秀礼の隣におずおずと腰掛けた。見上げればすぐ近くに秀礼がいる。その距離《きょり》が、紅妍の心臓を速まらせた。

「まずはお前に感謝を伝えたい。これはお前でなければ解決することができなかった。父だけでなく、楊妃《ようひ》や永貴妃の件も、すべてお前の功績だ」

「わたしの力がお役に立って光栄です。ですが、先帝に関しては、鬼霊《きりょう》や呪詛《じゅそ》を祓《はら》っても、間に合わなかったので……」

「父の最期《さいご》の表情は穏《おだ》やかだった。何の心残りもなく、旅立てたことだろう。だから、父を救ってくれたことに、感謝している」

先帝を襲《おそ》う呪詛や鬼霊を祓ったが、解決したところで体力は消耗《しょうもう》したままで快復には至らなかった。だが秀礼はこの結果に満足しているようだった。鬼霊になってしまった璋貴妃を二人で見送ることができたのだから。

「約束通りお前を解放する」

「……はい」

「だがその前にひとつ話をしたい。この国を変えるとお前の簪《かんざし》に誓ったことを覚えているか？」

それは二人で集陽西部にある周《しゅう》家の屋敷《やしき》に向かう途中《とちゅう》のことだ。彼は簪を贈《おく》ると同時に『華仙の里にいた時よりも幸福な生き方ができるよう、私はこの国を変える』と誓っている。そのことを紅妍も忘れていない。今日もその簪を髪《かみ》に挿《さ》している。手を伸《の》ばして触れれば、その日の細やかな表情まで蘇《よみがえ》る。

「どのようにすればお前が幸せになれるのか。そればかり考えていた。この国は仙術を疎《うと》んじている。それは過去の帝が蒔《ま》いた種であり、強く根付いてしまった。私が、仙術師を迫害《はくがい》してはならないと声をあげたところで、すぐには変わらないだろう」

「確かに、すべての者にその考えが浸透《しんとう》するには時間がかかることでしょう」

「ああ。だから私は――」

流暢《りゅうちょう》に紡《つむ》がれていた言葉は、急に詰《つ》まってしまった。何か気になることがあるのかと、紅妍は首を傾《かし》げる。秀礼はしばし逡巡《しゅんじゅん》した後、諦《あきら》めたように小さく笑った。

「……だめだな」

自嘲《じちょう》し、彼は顔をあげる。紅妍をじいと見つめるまなざしは柔《やわ》らかい。

「格好付けて堅苦《かたくる》しい建前《たてまえ》を話すのは性《しょう》に合わない。まっすぐに伝えたい」

一体何が語られるのか。息を呑《の》んで待つ紅妍の鼓膜《こまく》を揺《ゆ》らしたのは、先ほどよりも穏やかな、英《えい》秀礼としての言葉だった。

「私が、お前を手放したくない。どんな問題が生じたとしてもそれをねじ伏《ふ》せて、お前をそばに置きたい」

「秀礼様……それは……」

「様々な文言を考えてきたが、どれも私らしくない。これが私の正直な気持ちだ」

胸の奥がじんと温かく、でも苦しくなる。秀礼の言葉はとても嬉しいが不安が生じている。二人の間には、簡単に頷《うなず》くことのできない問題があった。

「わたしは……偽《いつわ》りだとしても先帝の妃という立場です。そしてこの国では疎まれている仙術師。これらの事柄《ことがら》は秀礼様の前に立ち塞《ふさ》がる壁《かべ》となってしまうでしょう」

偽りの姿も、本当の姿も。秀礼の隣にいて良いものではない。それを紅妍は自覚している。だから彼の言葉を嬉しく感じても、紅妍が彼を想うが故《ゆえ》に、素直《すなお》に受け止めることができなかった。

「わかっている。それでも私はお前を手放したくない」

「ですが……」

「私の妃は、私が決める。前もそう話しただろう」

秀礼はにたりと笑った。それも集陽にて彼が言っていたことであり、覚えている。とはいえ、紅妍の胸中にある不安は拭《ぬぐ》いきれない。複雑な表情をする紅妍を見かねて、秀礼は続けた。

「お前を宮城に置くことは良い面もある。ひとつは鬼霊だ。いくつもの鬼霊を祓ってもらったが、後宮に巣くう鬼霊がすべて消えたわけではない」

「そうですね。いつまた現れるかわかりません。新たに鬼霊となる者が現れることも」

「鬼霊に関する新たな問題が生じた時、お前の華仙術は頼《たよ》りになる。鬼霊を祓える力を宮城に留《とど》めておくのは必要なことだ」

これには紅妍も納得《なっとく》している。鬼霊がいつまた襲いかかるかわからない。宮城にいればいつでも紅妍が対応できる。

「そしてもう一つ。お前の素性《すじょう》を明かした上で、帝である私がお前を迎《むか》え入れる。つまり帝自ら仙術師を許したと国の者に伝えるのだ」

「わたしが仙術師だと……明らかにするのですか」

「良き案だと思っている。他《ほか》でもない帝が許したとなれば、それは国に広まる。時間はかかるかもしれないが、仙術師に対する民《たみ》の反応は軟化《なんか》していくだろう。仙術師を受け入れたことは、この国が因習にとらわれず、時代に合わせて変化していくという象徴《しょうちょう》にもなる」

紅妍にとっては、仙術師であることを隠して生きるのが当たり前だったのである。華仙一族でさえ、仙術を捨てようとしていたのだ。それを皆《みな》に明かすとなると、勇気がいる。

「お前は宮城にとって必要な仙術師——この理由があれば、先帝の妃であるお前を迎えるのにじゅうぶんな理由だ。もちろん、仙術師としてだけでなく、妃として認められるように、私も説得していく」

仙術師が堂々と生きていられる世。今まで、そのようなものを想像したことがなかった。虐《しいた》げられるのが当たり前だったのだ。だが、秀礼の語り口は紅妍を陶酔《とうすい》させる。心地《ここち》よい夢を見ている。そんな未来が来れば、幸せだろう。

「嬉《うれ》しいお話です。ですが納得しない方もいるのでは」

「それはもちろん。大きく何かを変えようとすれば、必ず反対する者が現れるからな」

その様子を見るに、秀礼はこれを案じていないようだった。

「反対する者がいたとしても、支援《しえん》してくれる者もいる——藍玉や清益、今は後宮を離《はな》れたが永貴妃も支援すると話していた」

「え？　清益様も？」

そこで清益の名が出てくるとは露《つゆ》にも思わなかった。紅妍が素《す》っ頓狂《とんきょう》な声をあげて聞き返すほどである。

「清益も、これまでのお前の働きを見てきた一人だ。心を動かされぬわけがないだろう」

いまだに信じられず呆《ほう》けている紅妍に、秀礼は苦笑《くしょう》していた。

「ああ見えて、お前のことを認めている。私がどれほどお前を必要としているか、それも清益はわかっている。このようにお前は色々な者の心を動かしてきた。だから、反対する者がいたところで構わない。いつかお前を認めてくれるという自信がある」

清益も藍玉も、紅妍のことを認め、応援《おうえん》しているのだ。なんて温かいのだろう。けれどこれは、一人では出来なかったこと。秀礼が支えてくれたためだ。

その秀礼は紅妍の様子をつぶさに眺《なが》めていた。目が合うなり、彼は告げる。

「長くなったが、お前を私の妃にしたい。そのためには素性を明かさなければならず、今後、妃となったお前を妬《ねた》む者も少なからず現れるだろう。だから一度、お前に問いたい」

するりと、手が差し出される。それは紅妍よりも大きく、剣《けん》を握《にぎ》るためかごつごつとした男の手だ。

「お前を、私のそばに置いてもよいか？」

問われている。紅妍の返答を求めているのだ。

「わたしは……」

答えは既《すで》に、心にあった。

（わたしは――許されるのなら、秀礼様のそばにいたい）

そばにいることで喜びを感じるのが紅妍だけでなく、秀礼も同じなのだと知り、心のうちが温かくなる。後宮での姿も、集陽でのくだけた振《ふ》る舞《ま》いも、紅妍をからかう時の悪戯《いたずら》っぽい笑《え》みも、すべてが愛《いと》しい。彼が語った想《おも》いは、紅妍の身のうちで幸福へと変わる。

幸せとはこんなにも温かいのか。

そっと、紅妍は手を伸ばす。

その指がいざ触《ふ》れるかというところで、秀礼が言った。

「お前がこの手を取れば、手を摑《つか》む程度では止められん。こう見えても、お前のことが好きで随分《ずいぶん》と我慢《がまん》している」

「……っ、が、我慢とは」

「私の寵愛《ちょうあい》を受けるのだから、一度捕《つか》まえたら逃《に》がさんぞ」

紅妍の頰《ほお》がぽっと赤く染まる。花詠《よ》みにて彼の想いを知ってしまったといえ、直接伝えられるのは面映《おもは》ゆい。この恥《は》じらいを嫌《いや》だとはまったく思わなかった。

(秀礼様のとなりが、わたしの居場所)

秀礼を求めて、彼の手に触れる。

「あなたのおそばで、帝になるあなたを見守りたいのです。この国を良き方向へ動かしていくだろう秀礼様を支えたい。宮城にてあなたをお守りしたい。これは華仙術師としての返答です。そして——」

紅妍だって、この手に触れてしまえば二度と離せなくなりそうで怖《こわ》かった。けれどいざ触れてみれば、心が落ち着いていく。

「華仙《かせん》紅妍として、秀礼様をお慕《した》いしています。わたしはあなたの妃《きさき》になりたい。あなたを愛しているから、あなたに愛されたい」

手が震《ふる》える。自分の気持ちを伝えるのがこれほどに怖く、勇気がいるものだと思ってもいなかった。けれど伝え終えれば清々《すがすが》しい。

「紅妍、」

名を呼ばれたと思いきや、紅妍の視界が揺《ゆ》れた。

ぐっと引き寄せられている。いや、違《ちが》う。秀礼に抱《だ》きしめられているのだ。彼の体が持つ熱が肌《はだ》に触れる。背に回された手はたくましく、力強い。

「帝《みかど》ではなく英秀礼として、お前に愛を誓《ちか》おう。けして離さない」

その腕《うで》から離れることなど、誰《だれ》ができるだろう。

これまでに何度も死を覚悟《かくご》し、死んだ方が楽になると諦《あきら》めていた。だがいま初めて、生きていることへの喜びを感じた。それは紅妍だけでなく、つらい日々を乗り越《こ》えてきた秀礼も似たものを感じているのかもしれない。二人が出会い、結ばれたこと。奇跡《きせき》のような邂逅《かいこう》はつらい日々を生き抜《ぬ》いたからこそ成ったものだ。

紅妍もそっと彼の背に手を這《は》わせる。骨ばった、広い背。距離《きょり》の近さから心音が聞こえ、それは生きていると伝えるかのようだった。なんて幸福な音だろう。

「こうしていると、止められなくなってしまいそうだ」

艶《つや》やかな紅髪《こうはつ》を撫《な》でながら、秀礼が言った。

「妃として呼ぶために、もう少し待っていてくれ。必ず環境《かんきょう》を整えて、お前を迎えにいく」

秀礼と共にいられるのなら、いくらでも待ち続ける。紅妍は頷いた。彼が語った未来を思い浮《う》かべ――そこで紅妍の思考は嫌な記憶《きおく》を拾い上げた。

（……違う。だめだ。わたしはまだ、秀礼様の隣《となり》にいてはならない）

それは華仙の里だ。紅妍が仙術師であると明かして妃になれば、華仙の里は黙《だま》っていないだろう。この禍根《かこん》を残したまま、妃となるわけにはいかなかった。

（共にいる未来のために秀礼様は動いている。ならばわたしも、秀礼様と一緒《いっしょ》にいられるように片付けなければならない）

華仙の里について考えれば、浮《うわ》ついた頭が冷え、心が遠くに離れていくような心地だ。だが立ち向かわなければならない。一度、華仙の里に行って話をしなければ。

「紅妍、何かあったか？　気になることがあるのならば聞くぞ」

少々悩《なや》んだが、紅妍はこのことを伝えなかった。それでなくても忙《いそが》しいであろう秀礼に、これ以上の負担を強《し》いることはできない。

紅妍は微笑《ほほえ》んだ。それは冬花宮に来て学んだ笑顔だ。

「いえ。何でもありません」

華仙の里に戻《もど》るということを伝えず、嘘《うそ》をついた。明かしてしまえば秀礼はきっと心配する。この手を離すことができなくなってしまうから。

場所は集陽。紅妍は藍玉や霹児といった数名の宮女を連れて、宮城を出ていた。これは秀礼が手配したものである。秀礼が迎《むか》えにくるまでここで待つという話になっていたのだが、華仙の里に戻るという紅妍の話を聞くなり、藍玉が青ざめながら叫《さけ》ぶ。

「絶対になりません！　そのようなこと、秀礼様に叱《しか》られてしまいます」

「でも、一度戻って、説明してこないと」

「ひどい場所だったと聞いています。そのような場所に戻るなど……せめてわたくしも連れて行ってください」

猛反対《もうはんたい》されても、紅妍の意志は固い。それに藍玉を連れて行く気はなかった。もしも宮城から連絡《れんらく》があった時、藍玉が残っていた方がよいと考えたためだ。

「すぐに戻ってくるから、一人で大丈夫《だいじょうぶ》。秀礼様が迎えにくるまでには戻ってくる」

この問答はしばらく続き、ついに折れたのは藍玉だった。

そうして紅妍の姿は華仙の里にあった。季節の変化に伴《ともな》い山の植物は緑色を濃《こ》くし、葉はのびのびと茂《しげ》っている。余所余所《よそよそ》しい空気を感じ取ってしまうのは、宮城での暮らしに慣れてしまったせいだろう。

華仙の里は大騒《おおさわ》ぎだった。忌《い》み嫌《きら》っていた紅妍が帰ってきたのである。一人が紅妍に気づくと、まるで鬼霊《きりよう》が出たかのように怯《おび》え、長《おさ》と婆《ばあ》を呼びに行った。

「……なぜ戻ってきた」

紅妍の姿を見るなり、長は険しい顔をより鋭《するど》くさせる。一族の者も集まって紅妍を囲み、その中に白嬢《はくじよう》の姿もあった。紅妍はその場に膝《ひざ》をつく。

「お伝えしたいことがあり戻ってまいりました」

「戻らずとも処されればよかったものを。忌《い》み痣《あざ》持ちが戻るなど何てこと」

婆は嘆《なげ》き、大きなため息をついていた。これを無視し、紅妍は頭を下げたまま告げる。

「これまで宮城に勤めていましたが、このたび、皇太子に働きを認めていただきました」

「何を言っている。我ら仙術師がそのように認められるなど」

「本当です。宮城にて鬼霊祓《きりようばら》いを行い、この功績を認めていただいたのです。そしてこれからも宮城に仕えるよう、お話を頂きました」

長と婆は言葉を欠き、他《ほか》の華仙の者たちはざわついている。

それもそのはずだ。華仙一族にとって帝や宮城は恐《おそ》ろしいもの。過去のしがらみはじゅうぶんに、彼らを怯えさせていた。

「これよりは宮城に戻り、仙術師の身分を明かします。これは皇太子に提案いただいたこと。宮城に仙術師を置くことで、いずれこの国は仙術を恐れなくなるでしょう」

「……つまり、我々が迫害《はくがい》されることはなくなる、と」

「いずれそうなるはず、いえ、そうなるように努めます」

片眉《まゆ》がぴくりと、不快感を示すように跳《は》ね上がる。長はまだ紅妍を睨《にら》みつけていた。

「お前は女官《にょかん》として仕えるのか」

「いえ――皇太子の妃になります」

瞬間《しゅんかん》、ざわめきは増した。長も婆も絶句している。この言葉は白嬢の耳にも届いていた。

あんぐりと口を開け、紅妍を見つめている。

紅妍は再び長と婆の前で頭を下げた。伝えることは伝えたのだ。後は、戻るだけである。

「時間はかかるかもしれませんが仙術師は隠《かく》れなくても生きられるようになるはず。これをお伝えするために戻っただけです。ご安心ください、わたしはこちらに二度と戻り――」

二度と戻りません。そう告げて、背を向けるはずだった。

視界で、長が手をあげた。合図を送っているのだ。そして、紅妍の声を遮《さえぎ》って叫ぶ。

「捕《と》らえろ！」

一瞬《いっしゅん》の出来事である。理解できない紅妍の身に襲《おそ》いかかるは華仙の者たちだ。彼らは一《いっ》斉《せい》に飛びかかり、紅妍の体を押さえつける。為《な》す術《すべ》なく、地に押しつけられてしまった。

「ど、どうして……」

狼狽《ろうばい》する紅妍に影《かげ》が落ちる。長と婆が見下ろしているのだ。

「誰がお前を許すものか。まったく、鈍臭《どんくさ》い娘だ。これだから忌み痣の者は」

婆はにたりと下卑《げび》た笑《え》みを浮かべている。その隣に立つ長も冷え切った目を向けていた。

「皇太子はまもなく即位《そくい》するのだろう。帝が仙術師を認めたとなれば、これよりは仙術師が重宝《ちょうほう》されていく。ならばお前を手放すわけにはいかぬ」

「お前のようなものを妃《きさき》に選ぶのだから、次なる帝はよほどの暗愚《あんぐ》だろうね。もしも寵愛《ちょうあい》を受けているのなら、まったく恐ろしい。どちらにせよお前には利用価値がある」

紅妍は絶句していた。きちんと伝えれば、彼らにわかってもらえるのではないかと思っていたのだ。それは甘い夢に過ぎず、結果はこの傲慢《ごうまん》さである。

一族の者は縄《なわ》を持ってきて、紅妍の手足を縛《しば》っていた。その間、長と婆は紅妍に聞こえるのも厭《いと》わず話し合っている。

「麓《ふもと》の村に人売りがいたはずだね。交渉《こうしょう》してこよう。高く売れるはずだよ」

「早計だ。まずは皇太子に話を持ちかける。もしも紅妍が寵愛を受けているのなら、大量の金子《きんす》と引き換《か》えに身柄《みがら》を求めるはず」

手足を縛る縄はきつく、抵抗《ていこう》しても緩《ゆる》む様子がない。絶望に落ちていく紅妍の前に白嬢が立つ。長や婆と違い、彼女の瞳《ひとみ》はひどく冷え、そして誰よりも紅妍を恨《うら》んでいた。

紅妍は倉に閉じ込められていた。そこは秀礼と初めて会った場所でもある。

手足に食い込む縄の痛みは耐《た》えられたが、気がかりなのは残してきた者たちのことだ。藍玉や清益、そして秀礼のこと。

（今頃《いまごろ》、秀礼様はどうしているのだろう）

考えたところでこれほどに距離《きより》が離《はな》れてしまえば難しい。この状態では厳しいとわかっているのに、もう一度、彼の手に触《ふ》れたいと叶《かな》わぬ願いを抱《いだ》いてしまう。

そこで、誰《だれ》かが倉に入ってきた。手燭《てしよく》の明かりに照らされて見えたのは白嬢だった。

紅妍の顔が恐怖《きようふ》に引きつる。こうして長や婆がいないところで白嬢と二人になった時、決まって嫌《いや》なことばかりされてきたためだ。

「あんた、相変わらず浅ましいのね」

白嬢は、床《ゆか》に転がされた紅妍を見下ろしている。その冷えた瞳が恐ろしい。

「ここを出てから随分《ずいぶん》と良《い》い暮らしをしていたのね。良いものを着て、髪《かみ》だって綺麗《きれい》になった。あんたのように汚《きたな》い娘《むすめ》でも妃になれるのだから、皇太子はよほど見る目がないのね」

「わ、わたしは……」

「使者が来た時、あんたに行かせずわたしが出ればよかった――こうなるとわかっていて、あんたは室《むろ》から出たのでしょう。わたしが妃になれる機会を奪《うば》うために！」

語気を荒《あら》らげると同時に、腹に強い痛みが走った。蹴《け》られたのだ。

あまりの痛みに、紅妍は呻《うめ》き声をあげたが、白嬢に力を緩める様子は見られなかった。

「浅ましい！　忌み痣も華仙術も！　あんたが憎《にく》くてたまらない！」

「ぐ……う、あ……」

手足を縛られていては守ることもできない。身を丸めて必死の抵抗をするも敵《かな》わず、蹴られるがままである。

（昔と、同じだ）

紅妍にとってこれが当たり前だった。長も婆も白嬢も、紅妍を人間として扱《あつか》うことがない。どれほど痩《や》せ細り弱っても、手を差し伸《の》べてくれることは一度もなかった。

ひたすら耐えていると、白嬢の動きが止まった。

どういうことかと訝《いぶか》しみ、おそるおそる白嬢の表情を確かめる。不思議なことに、白嬢はにこりと微笑《ほほえ》んでいた。このようなことは初めてだ。背筋がぞわりと粟立《あわだ》つ。

「これでわかったでしょう。身の程《ほど》を弁《わきま》えてちょうだい」

白嬢の手がこちらに伸びる。何をされるのかわからず、ぎゅっと瞳を閉じた紅妍だったが、痛みはなかった。その代わりにするりと、髪から簪《かんざし》を引き抜《ぬ》かれる。

それは秀礼からもらった簪だ。白嬢はこれを手に取ると、恍惚《こうこつ》とした表情で眺《なが》めた。

「わたしが妃になればいいの。美しいわたしこそ、若き新皇帝《しんこうてい》の妃に相応《ふさわ》しい。あんたを選んだのは間違《まちが》いだったと、目が醒《さ》めるはずよ」

視界で、他人の手に渡《わた》る、大切なもの。

それはどんな暴力よりも、深く心を傷つけた。弾《はじ》かれるように紅妍が身を捩《よじ》らせた。

「やめて！　それを返して！」

這《は》いずり、少しでも白嬢へ近づこうと試みる。その簪だけは奪われたくなかった。思考は怒《いか》りと焦《あせ》りで染まり、冷静な判断が出来なくなる。

そんな紅妍に対し、白嬢は今までになく顔を歪《ゆが》めて見下ろしていた。紅妍がこのように反抗《はんこう》することが初めてだったのである。

「うるさい！　これはわたしのものよ」

「あなたじゃ皇太子に選ばれることはない。華仙術を使えないもの。だから簪を返して」

白嬢はこれを真に受けず、一笑《いっしょう》に付した。

「くだらない。華仙術なんて誤魔化《ごまか》せばいい。仙術なんて今さら必要ないのよ」

わざと紅妍に見せるようにし、白嬢は簪を挿《さ》す。満足げに笑みを浮《う》かべると、二度と紅妍に目を向けることなく、その姿は倉から消えた。

残された紅妍は絶望の中に沈《しず》むような心地《ここち》だ。奪われた簪は、紅妍が持っていた物の中で、一番大切なものである。それだけは、奪われたくなかった。

（白嬢は、華仙の者は、そんなにも華仙術が嫌《きら》いなの？）

長《おさ》も婆《ばあ》も白嬢も、華仙の者たちは総じて華仙術を嫌う。けれど紅妍は、優《やさ》しい華仙術のことが好きだった。つらい環境《かんきょう》にあった紅妍の支えとなるだけでなく、鬼霊《きりょう》の心に寄り添《そ》えるのだ。これのために虐《しいた》げられるとわかっても、華仙術を捨てることはできなかった。

そして後宮で過ごした日々。様々な鬼霊を祓《はら》ったが、そこには必ず生者の姿もあった。楊妃の死で後悔《こうかい》を残した霹児や、小鈴《しゃおりん》を弔《とむら》うことのできた永貴妃。愛《いと》しい璋貴妃を見送った建礎帝。華仙術は鬼霊を救うだけでなく、鬼霊を通じて生者も救ってきたのである。

(わたしはこの華仙術が好きだから……認められたことが何よりも嬉《うれ》しかった)

華仙の者が、華仙術を疎《うと》んじれば、紅妍の心が傷つく。それは誰よりも紅妍自身が華仙術を愛しているからだ。

その考えに至った時、疑問が生じた。

(それで、わたしには何ができるの?)

以前、永貴妃にも言われたことがある。彼女は、受け身で流されている紅妍を案じ、紅妍が自らやりたいと思うことはないのかと聞いていた。誰かに命じられるのではなく、紅妍が自ら強く願うこと。叶えたいこと。やりたいこと。

(秀礼様の隣《となり》に戻《もど》りたい。秀礼様も華仙術も守りたい)

心に問いかけると、それは簡単に浮かぶ。これまで見ないふりをして諦《あきら》めていただけで、願いはしっかりと心にあった。

(秀礼様の許《もと》に……戻らないと……)

瞼《まぶた》が重たい。華仙の里がある山を歩き、さらには白嬢にいたぶられたのだ。疲《つか》れた体は限界を超《こ》えている。それでも、ここを出て秀礼に会うために諦めてはいけない。手足の縄を解《ほど》こうとあがき続けた。

陽《ひ》が入りこんで、倉の中がかすかに明るくなった頃《ころ》である。紅妍は、外が騒《さわ》がしいことに気づいた。這いずって扉《とびら》に近づき、耳をそばだてる。

「使者だ！　集陽の使者がやってきた」

「急げ、長に報告だ」

華仙の者が騒ぐ内容から、使者が来ている。一族の者が隠《かく》れようとしているのか、慌《あわ》ただしく走る音も聞こえた。

紅妍は扉を見上げた。何のために使者がきたのかはわからないが、助けを求める好機である。だが、紅妍は動くことができなかった。

華仙の里というこの場所が、嫌な記憶《きおく》を呼び起こす。ひどい仕打ちを受けても、悲鳴をあげても、紅妍を助ける者はいなかった。だから助けを求めることをしなくなったのである。花痣《あざ》を持って生まれたのだからこう生きるしかないのだと諦めて、耐え続けていた。

（助けを求めたいのに、怖《こわ》い。声が出せない）

身に染《し》みついた恐怖は簡単に拭《ぬぐ》い去ることができない。まるで呪縛《じゅばく》だ。恐怖は紅妍を支配し、思考が冷えていく。蹴られた場所が重たくなったように感じるのは、体がこれ以上の痛みを恐《おそ》れたからだろう。

「まあ、わたしを迎《むか》えにきてくださったの」

それは扉の向こうから聞こえた。猫《ねこ》を被《かぶ》ったような白嬢の声である。音の大きさからして近くにいるのだろう。

「今度こそわたしを連れて行ってくださいませ。お役に立ってみせますわ」

誰に話しかけているのか。相手が気になり、より耳を澄《す》ませる。

「……なぜ、お前がこの簪を持っている。紅妍はどこだ」

その者の声が鼓膜《こまく》を揺《ゆ》らした瞬間《しゅんかん》、紅妍は呼吸を忘れそうになった。

聞《き》き間違えることなどない。紅妍はこの者をよく知っている。

「た、すけて……」

声が掠《かす》れた。助けを求めることは恐ろしい。その声が誰《だれ》にも届かなかった時、期待は裏切られ、絶望に陥《おちい》ることを知っている。何度も、何度も裏切られた。その絶望に沈みすぎて、諦念《ていねん》を知ったのだ。身に染みついた恐怖が這い上がり、紅妍の喉《のど》に絡《から》みつく。

（でも……きっと応《こた》えてくれる。どんな状況《じょうきょう》にあっても見ぬふりなどしない。この人は助けてくれる）

恐怖から逃《のが》れようと前を向く。扉の向こうにいるのは紅妍の絶望を照らす一筋の光。誰よりも信頼《しんらい》できる、愛しい人——英秀礼だ。

(声を、出して……秀礼様なら絶対に気づいてくれる)

自らを奮い立たせ、顔をあげる。秀礼のことを思えば震《ふる》えが止まった。大きく息を吸いこむ。この声が彼に届くように願い、叫《さけ》んだ。

「助けて！　わたしはここです！　秀礼様！」

秀礼に抱《いだ》く愛おしさが紅妍を動かした。恐怖の呪縛は消え去り、涙《なみだ》となって頬《ほお》を伝う。

この声がどうか秀礼に届くよう。聞こえたならばきっと、迷うことなく手を差し伸べるだろう。彼はそういう人だと紅妍は知っている。

聞こえたのはこちらに駆《か》けてくる音。

そして——。

「紅妍！」

扉は数度大きく揺れ、木の割れる音も聞こえた。食い入るように見つめていた紅妍の視界で、扉が開く。眩《まぶ》しい外の光を背に、秀礼がいた。

「秀礼……様……」

これが夢でなければいいと願い、彼の名を呟《つぶや》いていた。秀礼は返答より先に紅妍の許に駆け寄ると、紅妍の頬を撫《な》でた。生きていることを確かめているのだ。

「……待たせたな。お前を助けにきた」

秀礼の言葉には安堵《あんど》が滲《にじ》んでいた。彼は紅妍が置かれている状況に気づき、すぐに縄《なわ》を解いた。そして抱《だ》き寄せる。

「お前の声が聞こえた。私に助けを求めていただろう」

「……はい。秀礼様なら気づいてくれると……信じていました」

「ああ。もちろんだ。この恐ろしい状況で、よく頑張《がんば》ったな」

助けを求めるのは勇気がいる。勇気を振《ふ》り絞《しぼ》って声をあげたことを認められると、張り詰《つ》めていた心が一気に解けた。秀礼との再会。助けてもらえたことへの喜び。そういったものが涙となって、ぽたりと落ちる。

「……怖かっただろう。存分に泣けばいい」

秀礼の言葉が紅妍の心に寄り添う。彼は紅妍の頭に優しく手を添え、涙する紅妍の顔を自らの胸に押しつけた。泣きじゃくる紅妍を守るかのように包みこむ。

表情には出していなかったが、秀礼の息はあがっていた。体温も熱い。紅妍を捜《さが》すために慌てていたのだろう。彼をそこまで動かすほど、愛されている。そのこともまた嬉しく、彼に気持ちを伝えたいと心が急《せ》く。紅妍は顔をあげ、秀礼を見上げた。

「秀礼様……助けてくれてありがとうございます」

「迎えにいくと言っただろう。ここまで遠いとは思っていなかったが」

視線が交差する。秀礼は涙に濡《ぬ》れた紅妍の頰を拭った。

「どうしてわたしがここにいるとわかったのでしょうか？」

「藍玉に聞いた。そして、華仙の里という禍根《かこん》を残すわけにはいかないとお前が思い詰めていたことも教えてもらった」

その言葉を終えると同時に、より強く抱きしめられた。

「一度捕《つか》まえたら逃《に》がさないと言っただろう。離《はな》れればこうして捜してしまう。だから、勝手に行くな。せめて私に告げてからにしてくれ」

「……ごめんなさい。次からは秀礼様に伝えるようにします」

腕《うで》に込められていた力が抜《ぬ》けた。それは秀礼の意識が紅妍から別の者に向けられたためだ。彼の視線を追うと、そこにはひどい形相でこちらを睨《にら》みつける白嬢がいた。

「どうして、紅妍なのよ！」

悔《くや》しさの混じった怒声《どせい》は、倉に響《ひび》き渡《わた》る。

見れば白嬢だけでなく、長《おさ》や婆《ばば》といった華仙の者たちも倉の周りに集まっていた。

「忌《い》み痣を持つ不気味な娘《むすめ》よりも、美しいわたしの方が相応《ふさわ》しいに決まっているわ。なのにどうして、わたしじゃないの！」

「……美しい？　お前は何を言っている」

秀礼の態度は冷え切っている。先ほどまで紅妍を抱きしめていた温かさは霧散《むさん》し、白嬢の言葉を鼻で笑った。

「華仙の里が、紅妍にどのような仕打ちをしてきたのか私は知っている。ここに閉じ込めたのも、紅妍を利用するためだろう」

それは白嬢だけに止《とど》まらず、様子を見ている華仙の者たちにも向けられていた。

秀礼は紅妍に手を貸し、立ち上がらせる。紅妍の手首には縄の食い込んだ跡《あと》が残り、裙《くん》にも泥《どろ》がついている。まるで蹴《け》られたような跡だと、秀礼は察しているのだろう。その痛ましさに目を細めた後、再び白嬢や華仙の者を睨みつけた。

「美しいとは紅妍の心を表す言葉。お前たちは他人を虐《しいた》げることを厭《いと》わない醜《みにく》い者たちだ」

「違《ちが》います！　虐げているのではありません。忌み痣を持つ紅妍が悪いのです」

「黙《だま》れ」

食い下がる白嬢に、秀礼がついに怒《いか》りを露《あら》わにした。怒気《どき》を孕《はら》んだ声が響き、白嬢を含《ふく》め皆《みな》が言葉を呑《の》む。

「私は賢帝《けんてい》を目指し、民《たみ》に尽《つ》くすつもりでいるが、悪《あ》しき心を持つ者には容赦《ようしゃ》しない。私は紅妍を守ると言っているのだ。これを害するのならば相応の覚悟《かくご》をするがよい」

どれほどあがいても敵《かな》わないと察し、白嬢は唇《くちびる》を噛《か》みしめるだけで、それ以上反論しようとはしなかった。

秀礼は改めて、紅妍に向き直る。そして、紅妍の手に簪《かんざし》を置いた。それは白嬢に奪《うば》われていたものである。倉に入る前に取り返してくれたのだろう。

「これはお前に贈《おく》ったものだが……あのような者に奪われては嫌《いや》な記憶が残ってしまう。集陽に戻《もど》り次第《しだい》、新しいものを作り直す」

「いえ。わたしはこれがいいのです」

紅妍は簪を受け取ると、それを髪《かみ》に挿《さ》す。

「秀礼様がわたしにくださったもの。この簪に誓《ちか》ってくださったのですから」

「……そうだな」

ふ、と小さく微笑《ほほえ》み、秀礼は紅妍を抱《かか》え上げようとし——紅妍は慌てて手を横に振った。

「じ、自分で歩けます！」

前に抱き上げられた時は紅妍が疲弊《ひへい》していたためだった。いまはというと、体は疲《つか》れているが、それよりも羞恥心《しゅうちしん》が勝《まさ》る。華仙の者が見ているだろう。

「嫌だ」

秀礼は短く答えると、紅妍の制止を振り切り、その体を軽々と抱き上げた。視点が一気に高くなる。

「私がお前に触《ふ》れていたいのだ。二度と離れたくない」

「で、ですが……！」

「観念しろ。そのように顔を赤くして戸惑《とまど》う姿を他《ほか》の者に見せたくない。お前は私のものだ。だからこのまま連れて行く」

鼓膜を揺らす甘い言葉は羞恥心を麻痺《まひ》させていく。紅妍は抗《あらが》うのをやめて素直《すなお》に身を預け、きゅっと彼の腕を摑《つか》んだ。

秀礼に抱《かか》えられて外に出れば、陽《ひ》の光が眩しい。空は雲一つなく清々《すがすが》しい色をし、華仙の里を広く感じる。いつもと違う視点の高さは、外の広さがよくわかる。陰鬱《いんうつ》な空気は微《み》塵《じん》もなく、吹《ふ》き抜ける風は自由を象徴《しょうちょう》するかのようだ。美しい景色だ。それはそばに秀礼がいるから。彼と共にいる幸福が、この景色を煌《きら》めかせている。

ちらりと見上げれば、秀礼は嬉《うれ》しそうに微笑んでいた。

「では改めて簪に誓おう――私はお前を愛している。何があっても必ずお前を守り抜く」

過去の呪縛《じゅばく》から解き放たれ、華仙術が認められ、そして――愛《いと》しい人がいる。

今の紅妍は、誰《だれ》かに流されるではなく、自らのやりたいことがある。秀礼を見上げ、紅妍も誓いの言葉を紡《つむ》いだ。

「わたしも秀礼様を愛し、お支え致《いた》します。この身と華仙術で、あなたに尽くしましょう」

仙術師が認められる世までどれほどの時間を要するかもわからない。だが不安は生じなかった。どんな苦労があったとしても、秀礼がいれば乗り越《こ》えられる。

「では、集陽へ戻ろう。藍玉が心配していたぞ」

「藍玉にも謝らなければなりませんね……」

「あれは清益の姪《めい》だからな。覚悟した方がいいぞ。蘇《そ》一族の説教はねちっこい」

清益のように、ねちねちと怒《おこ》る藍玉の姿は容易に想像できた。それに紅妍が笑うと、秀礼も笑った。抱きかかえた紅妍を自らの体に押しつけるように強く抱きしめて。

二人を紡ぐは、人の想《おも》いを紡ぎ、鬼霊《きりょう》にも生者にも救済を与《あた》える優《やさ》しき華仙術。

華仙の里に咲《さ》く花が揺《ゆ》れ、里から離れていく二人を見送るように、花びらが舞《ま》っていた。

後に、高《こう》の歴史は秀礼の名を刻む。迫害《はくがい》されていた仙術師を救い、鬼霊で悩《なや》む高を導いた、救国の帝《みかど》として。

彼は生涯《しょうがい》ただ一人を愛した。その寵愛《ちょうあい》を一身に受けるは、不遇《ふぐう》の出自でありながら皇后となり、優しき華仙術を用いて帝と高を支えた娘。

華仙紅妍。その娘は帝に愛《め》でられ、後宮に咲き誇《ほこ》る名花となる。

あとがき

はじめまして。松藤《まつふじ》かるりと申します。

本作品をお手にとっていただき、ありがとうございます。

本作は『第二十回角川ビーンズ小説大賞』にて優秀賞《ゆうしゅうしょう》と読者賞をいただいた作品を、改《かい》稿《こう》・改題したお話です。

花がたくさん出てくるお話を書きたい！　という気持ちから始まったのが、『後宮の花詠《よ》み仙女《せんにょ》』でした。植物は、動くことも喋《しゃべ》ることもしませんが、もしかすると様々なものを見ているのかもしれない。そんな考えから華仙術《かせんじゅつ》が生まれました。

華仙術といえばヒロインの紅妍《こうけん》ですね。応募《おうぼ》時の原稿《げんこう》から人間味が増しました。秀礼《しゅうれい》と幸せになってほしいです。秀礼のことですから、甘味を食べさせようと紅妍を連れて抜《ぬ》け出《だ》しそうですね。もしくは、今度こそ熟した甘い蜜瓜《みつうり》を持ってくるかもしれません。

改稿によってサブキャラクターも魅力《みりょく》的に変わりました。一番変わったのは韓辰《かんたつ》ですね。WEB版をご存知の方は、韓辰の変化に驚《おどろ》かれたかもしれません。

書籍《しょせき》制作にあたり、たくさんの方々にご尽力《じんりょく》をいただきました。制作に携《たずさ》わったすべての方々に御礼《おれい》を申し上げます。

イラストを担当してくださった秋鹿《あいか》ユギリ様。想像を超《こ》える美麗《びれい》なイラストを拝見するたび歓喜《かんき》の声をあげていました。本作品でご一緒《いっしょ》できたことを光栄に思います。ありがとうございます。

担当編集様。本作品に欠けていたものを埋《う》めることができたのは、担当様の励《はげ》ましと導きがあってこそ。感謝してもしきれません。これからもご指導のほどよろしくお願いいたします。

いつも支えてくれる友人たち。またオンライン飲み会しましょう。私はビールで。

そして、読者の皆様《みなさま》に心からの感謝を。お読みいただきありがとうございます。この本を通じて、あなたに会えたことを嬉《うれ》しく思います。

いま、私の部屋に竜胆《りんどう》を飾《かざ》っています。花詠みをしたら、あとがきを書く幸福を噛《か》みしめた私が見えることでしょう。そして、最後に綴《つづ》るこの言葉に、願いを託《たく》すのです。

また、皆様とお会いできますように。

松藤かるり

BEANS BUNKO

「後宮の花詠み仙女　白百合は秘めたる恋慕を告げる」の感想をお寄せください。
おたよりのあて先
〒102-8177　東京都千代田区富士見2-13-3
株式会社KADOKAWA　角川ビーンズ文庫編集部気付
「松藤かるり」先生・「秋鹿ユギリ」先生
また、編集部へのご意見ご希望は、同じ住所で「ビーンズ文庫編集部」
までお寄せください。

後宮《こうきゅう》の花詠《はなよ》み仙女《せんにょ》

白百合《しらゆり》は秘《ひ》めたる恋慕《れんぼ》を告《つ》げる

松藤《まつふじ》かるり

角川ビーンズ文庫　23402

令和4年11月1日　初版発行

発行者―――山下直久
発　行―――株式会社KADOKAWA
〒102-8177　東京都千代田区富士見2-13-3
電話 0570-002-301（ナビダイヤル）
印刷所―――株式会社暁印刷
製本所―――本間製本株式会社
装幀者―――micro fish

●お問い合わせ
https://www.kadokawa.co.jp/ （「お問い合わせ」へお進みください）
※内容によっては、お答えできない場合があります。
※サポートは日本国内のみとさせていただきます。
※Japanese text only

ISBN978-4-04-113124-4 C0193 定価はカバーに表示してあります。

異母妹を虐げていると噂される、悪名高い白蓮。
皇帝の寵愛を得たのは異母妹……なのに白蓮は得意の錬金術で、
後宮で異母妹を貶める罠を次々と暴いていく。
だが、皇帝呪殺を狙う事件が！　しかも犯人は……白蓮!?

角川ビーンズ小説大賞
原稿募集中！
君の〝物語〟がここから始まる！
角川ビーンズ小説大賞がパワーアップ！
https://beans.kadokawa.co.jp
詳細は公式サイトでチェック!!!
【一般部門】&【WEB テーマ部門】
賞金 大賞 100万円
優秀賞 30万円
他副賞
締切 3月31日
発表 9月発表（予定）
イラスト／紫　真依